夜ごと蜜は滴りて

1

今宵《こよい》の夜会《やかい》の舞台となるホテルは上流階級の人々でにぎわい、色彩と喧噪《けんそう》に溢《あふ》れている。

楽団は軽やかな楽曲を奏《かな》で、ある者は談笑し、ある者はフロアで踊る。ありふれた夜会の光景だった。

開会から一時間ほど遅れて到着した清澗寺《せいかんじ》和貴《かずたか》は、主催者である彩小路《あやのこうじ》公爵に挨拶《あいさつ》をし、シャンパンで唇《くちびる》を湿らせたところだった。

この秋も凶作で農家は貧苦に喘《あえ》いでいるというのに、ここはまるで別天地のような華《はな》やかさだ。

料理も酒も豊富に用意されており、羽振《はぶ》りのいい彩小路家の財力を存分に見せつけていた。

テラス近くに居場所を定めた和貴は、視線を感じた気がして、反射的に振り返った。

視線の主は、出口付近に立っている長身の青年だろうか。端整《たんせい》な面立《おもだ》ちをしているとは思ったものの、遠目では細かな表情まではわからない。どこかで会ったことのある相手だろうか。

そんな和貴の思索を断ち切ったのは、若い女性の明るい声だった。

「和貴さん！」

目ざとく和貴を見つけた一人の令嬢が、こちらへと歩み寄ってくる。その声につられるように、流行《はやり》のドレスに身を包んだ若い女性たちが和貴のもとへやって来た。

「お久しぶりです」

わけあってこのところ夜遊びは控えていたのだが、久しぶりに会っても彼女たちはまるで変わらない。

和貴がその薄い唇を綻《ほころ》ばせると、取り巻きの女性たちはほうっとため息をついた。

ほっそりとした肢体《したい》を仕立ての良い礼服で包んだ和貴は、その匂い立つような華やかな美貌《びぼう》も相まって、衆目《しゅうもく》を集めずにはいられない。

「もうお躰の調子はよろしいの？　その……お葬式《そうしき》のあとに、体調を崩したと伺《うかが》いましたけど」

「ご心配をおかけして、申し訳ありませんでした。ですが、もう大丈夫ですよ」

硝子《ガラス》に映った和貴の上品な美貌は、玻璃《はり》のように繊細で、全体的に作りものめいている。

象牙《ぞうげ》色の膚《はだ》、長い睫毛《まつげ》で縁取《ふちど》られた二重の瞳。唇はわずかに朱《しゅ》を帯び、二十四歳にしては逞《たくま》しさの欠片《かけら》もないが、線が細い顔つきは遺伝なのだから仕方がない。

また少し、父に似てきたような気がする。どうせなら、亡母《ぼうぼ》にでも似てくれればよかったのに。

「最近は何をなさってらっしゃるの？」

「この夏から、議員の木島《きじま》先生のところで仕事をしています」

「あら、では秘書を？」

「僕ごときが秘書というのも、おこがましいくらいですが。行儀見習《ぎょうぎ》いのようなものですから」

和貴が冗談《じょうだん》めかして言うと、女性陣はころころと声を立てて笑った。

「木島先生なら、先ほどいらしていたわ。とても素敵な殿方とご一緒だったけど、あの人も秘書だったのかしら？」

「ああ、あの方は、以前も横濱《よこはま》のホテルでお目にかかったわ。和貴さんはそのときは、お早くお帰りになったのよね」

彼女たちはよほどその青年が気になっていたらしく、ひとしきりその話題に花が咲いた。

「残念ながら、僕にも心当たりはありません」

木島の秘書といっても和貴を入れて三名しかいなかったし、そもそも女性が騒ぐような人物がいただろうか。おそらく、木島の知り合いを秘書と勘違いしているに違いない。

「でも、突然にお仕事なんて、どういう風の吹き回しですの？」

「兄の意向です。兄は花嫁修業と言ってましたが」

『兄』と口にするときわずかに心が痛んだが、それだけだ。引きずってはならない。あの人はもういないのだ。そう思わなくては、やっていけなかった。

「お兄様の件はお気の毒でしたわ、本当に」

「過ぎたことです。それに、喪《も》に服すのは性《しょう》に合わない。ゆっくり花嫁修業でもしますよ」

　広間から聞こえてくる演奏は、いつしかゆったりとしたワルツへと変わっている。

「和貴さんでしたら、当家の秘書にいらしてほしいくらい」

「ずるいわ、真紀子《まきこ》さん。わたくし、木島様のお宅の倍はお給料を出しましてよ」

「嫌《いや》だわ、お金の問題ではないでしょう」

　とかく女性というものはかしましい。彼女たちのやわらかな膚を和貴は愛してやまなかったが、こうして詮《せん》無き会話が続くと辟易《へきえき》してしまう。

「ねえ、あちらにいらっしゃるのは、伏見《ふしみ》様ではなくて？」

「本当だわ。相変わらず素敵ですこと」

　密《ひそ》やかな声に促されるようにそちらに視線を投げかけると、壮年の美丈夫《びじょうふ》が広間に足を踏み入れたところだった。

　伏見義康《よしやす》。

　和貴の父・冬貴《ふゆき》の幼馴染《おさななじ》みで、秘書で、そして愛人。その三つを兼《か》ねる男は、和貴にいつも複雑な感情をもたらした。

　伏見は男爵《だんしゃく》家の生まれだが、爵位《しゃくい》を与えられたのは嫡子《ちゃくし》で、彼自身は無爵《むしゃく》だった。それはちょうど、現在の和貴の立場と同じようなものだ。

　招待主への挨拶を終えた伏見が、不意にこちらに目を向け——その視線が、和貴のものと絡《から》み合う。

　伏見は口元に笑みを浮かべたまま、つかつかと歩み寄ってきた。

「元気そうだな、和貴君」

「そちらこそ」

昨晩も自宅で顔を合わせたというのに、白々しいものだ。

「さすがにお二人が並ぶと絵になりますこと」

淑女《しゅくじょ》らしい慎《つつし》みと節度を忘れていないとはいえ、彼女たちの声に、今日ばかりは頭痛がしてくる。久しぶりの夜会の空気に悪酔いしそうだった。

「失礼」

和貴は席を外し、テラスへと向かおうとした。

「てっきり喪に服してるとばかり思ったのに」

ふと、そんな声が聞こえてくる。

「夜会の華やかさが忘れられないんだろう？　なにせあの清澗寺の次男坊だ。次から次に男を乗り換えなければ、気が済まないというわけだ」

「顔も性格も父親似の色狂《いろぐる》いってことか」

「あれじゃ、亡くなった国貴君《くにたか》も浮かばれないよな。葬式から十日と経ってないんじゃないのか？」

同じ華族《かぞく》とはいえ、互いに連帯感や親近感があるとは限らない。むしろ、高慢で皮肉屋なうえに素行《そこう》の悪い和貴に、眉をひそめる者のほうが多かった。

「取り巻きの連中が恋しいか、パトロンを探してるか。優秀な兄君がいなくなれば、落ち目の清澗寺家なんて、今度こそ終わりだろうな。男妾《おとこめかけ》なんて、恥知らずのあいつにはぴったりじゃないか」

「次は誰を毒牙《どくが》にかけるか、賭《か》けでもしないか？」

聞こえよがしの下卑《げび》た忍び笑いが、鼓膜《こまく》を打った。

何と言われようと知ったことか。すべて事実なのだから、いちいち否定して回るのも馬鹿馬鹿しい。

大ホールは一階にあり、和貴はテラスから庭園に出た。

梢《こずえ》のあいだを、折からの風が吹き抜けていく。

人々の話し声が少し遠くなったようだ。

さすがに冷え込む戸外に人はおらず、和貴は脇の階段から庭に下り、石柱に寄りかかった。

夜会は好きだ。ここにいれば、何も考えなくても済む。ただ上辺《うわべ》だけのくだらない会話をなぞっていればいいし、一夜限りの遊び相手も、望むだけ物色することができた。

閨《ねや》を共にする相手は男女のどちらでも構わないものの、姦通罪《かんつうざい》がある以上は女性を選ぶと面倒も増える。男女の差というのもそれだけの意味しかないが、必然的に和貴の相手は同性が多かった。

殊《こと》に、地位の高い年上の相手が一番面白い。

小枝が折れる音に反射的に振り返ると、そこには伏見が佇《たたず》んでいた。

「この冷え込みでは、風邪《かぜ》を引く」

「あなたでも、僕のことを心配なさると?」

「それは勿論《もちろん》。次期当主《とうしゅ》殿」

彼の声音《こわね》に、ささやかな皮肉の色が入り交じる。

「わざわざそんな呼び方をなさるとは、兄の喪も明けぬうちに遊び回るなというご忠告ですか?」

「忠告なんてしたところで、君のようなじゃじゃ馬が聞き入れるとは思えないね。それとも、いつもの自分らしく振る舞おうとしているのか?」

一瞬、かっと胃の奥が熱くなったが、和貴はそれを高慢な表情の下に押し隠した。

「何のことでしょう」

「自覚がないならいいんだよ。私としても、君の美しい顔が曇っているところを見るのは忍《しの》びない」

口元に笑みを湛《たた》え、伏見は和貴を見下ろす。

「お上手ですね。あなたが僕に興味を持つのは、僕が父と同じ顔だからでしょう?」

「私は美しいものが好きなんだ」

頬《ほお》に彼の指が触れ、誘われるように和貴は手を伸ばす。しなやかな腕を相手の首に絡めてその唇を求めると、すぐに濃厚なくちづけが与えられた。

「……ん、んっ」

男の指が衣服を掻《か》き分け、敏感な部分に触れてくる。そのあいだにも舌を絡められ、吸われ、和貴は小さく声を漏らした。この薄闇の中では、濡れた声音で相手の劣情を誘うことが一番手っ取り早い。

「君がなぜこうして私を誘うのか、知らないとでも思っているのか?」

無言のまま、傲慢な表情を隠してたおやかな顔を作り、和貴は濡れた瞳で男を見上げる。

「清澗寺の若君御《わかぎみおんみずか》自らお誘いくださって光栄だと咽《むせ》び泣くような連中《れんちゅう》と、一緒にされても困るな。そんなやり口では、私を騙《だま》すことはできない」

伏見は父の情人にして、十年前、和貴が生まれて初めて寝た相手でもある。年上の男は、それくらい余裕があるというわけか。

「今夜だけ、騙されてくださってもいいでしょう？」

和貴の声音に、計算されきった艶《つや》が交じる。

こう囁《ささや》かれて、落ちない男などいないはずだ。

一度でも、和貴のこの肢体を味わってしまえば。

「あなたを知りたいんです……もっと」

甘く息を吐き、和貴は男の胸にしなだれかかった。

「言葉などなくても、躰でなら相手を理解できる、か。君のその方法論はつくづくたちが悪い」

「あなたが教えてくださったのに？」

和貴は顔を上げ、伏見を見つめて婉然《えんぜん》と微笑んだ。


情事という方法論で理解できなかった相手は、目の前にいる伏見くらいのものだ。

「私が君を連れて帰ったと知れたら、君のお取り巻きに何を言われるかな」

「つまり僕は、その危険を冒《おか》してまで手に入れるほどのものではないと？」

嫌味を織り交ぜると、伏見は低い声で笑った。

「そんなことを言えば、君を社交界の高嶺《たかね》の花と賛美する連中に、半殺しにされてしまうよ。君を手に入れられる人間など、この世にいるものか」

「彼らは軟弱ですよ。あなたが思っておられるより」

「木島先生のところにも、君に熱を上げている輩《やから》がいるそうじゃないか」

「ええ、かなり迷惑しています」

「そうやって、何人破滅させれば気が済むんだ？」

その言葉には応《こた》えず、和貴は艶やかに微笑した。

和貴に入れあげた者は、たいてい悲惨な末路を辿《たど》る。この躰に溺《おぼ》れて己《おのれ》を見失い、破滅、あるいは自滅していく。

それを観察する愉《たの》しみでもなければ、人生はあまりにも退屈だった。否《いな》、それこそが和貴の人生の唯《ゆい》一《いつ》の目的なのかもしれない。

この肉体は道具だ。

何も持たぬ和貴に、唯一与えられた武器。

「まったく、昔はあんなに優しい子だったのに……君はいったい誰に似たんだろうね」

伏見は知っているはずだ。

和貴の肉体の内側——美貌を覆《おお》う皮膚の中に滾《たぎ》る憎悪《ぞうお》も鬱屈《うっくつ》も、悲嘆もすべて。けれども知っていても、この男は和貴に救いの手を差し伸べることはない。伏見は常に、冬貴しか見ていないのだから。

「父でしょう。僕はあの人の血を引いていますから」

「血だけでは判断できないよ。その証拠に、君はむしろ私に似ている気がする」

「でしたら、あなたは父を憎んでいるのですか?」

その問いに伏見は答えなかったが、同じだと言うのならば、彼もまた和貴のように、相反《あいはん》する感情を抱いているのかもしれない。

どうしてなのだろう。それほど憎んでも憎んでも、なぜ他人を愛せるのだろう?

和貴には愛せない。

愛という概念《がいねん》は、和貴の理解を超越している。

「答えはベッドで教えてあげよう。——おいで」

低くそう囁いた伏見は、和貴の腰に腕を回す。

たとえどんな恍惚《こうこつ》とした瞬間であっても、和貴は自分を見失うことがない。

遊蕩《ゆうとう》に身を任せていたとしても、いつも突き放したように冷静に、自分で自分を見つめている。

和貴はいつも空虚《くうきょ》で、満たされることのない躰と心を持て余すばかりだった。


陽《ひ》は既《すで》に高くなりかけている。

清澗寺家のお抱え運転手である成田《なりた》に頼んで勤務

先の木島邸近くで車を降りた和貴は、今更《いまさら》急ぐこともあるまいと、ゆったりと歩いた。完全に遅刻なのだが、木島はそういうところでは和貴に甘い。おまけに法外な給与を弾《はず》んでくれるため、木島淳博《あつひろ》は和貴にとっては得難《えがた》い雇用主《こよう》だった。

垣根の木々は色づき、あるいは葉を落とし、季節の変化を端的《たんてき》に示している。

和貴には、何もかもが色褪《あ》せて見える。まるで、この世界に最初から色などなかったかのように。

華族の名門である清澗寺家の次男という肩書きが、和貴からすべてを奪ってしまったのかもしれない。

己を取り巻く世界は、息をするのも嫌になるほど、すべてが醜悪《しゅうあく》だ。

大正十一年、初冬。

豊穣《ほうじょう》の季節を迎えることは能《あた》わず、農村は困窮《こんきゅう》しきっていた。貧窮する農民は売るものに事欠き、人身売買も横行している。しかし、その事実が物議を醸《かも》すことすらなかった。

この国全体が、どうしようもなく疲弊《ひへい》しきっているのだ。

正門へ向かっていた和貴は、あちらから一人の青年がやって来るのに気づいて足を止める。

「深沢《ふかざわ》君」

「清澗寺さん、おはようございます」

高価ではないだろうが、それなりに仕立ての良い三つ揃いを着こなした青年——深沢直巳《なおみ》は、和貴を認めて軽く礼をする。

多くの書生《しょせい》や論客《ろんかく》が出入りする木島邸でも、深沢はどことなく存在感がある。

和貴のように人目を惹く華やかさはないものの、彼の面立ちは端整だ。細い縁《ふち》の眼鏡《めがね》をかけているところも、真面目《まじめ》で理知的な印象を引き立てていた。

とはいえ、身に纏《まと》う穏和な雰囲気《ふんいき》に反してどことなく怜悧《れいり》な印象を拭《ぬぐ》えないのは、切れ長の瞳と落ち着き払った物腰がなせるわざだろう。

東京帝大法科を首席で卒業したという深沢は、和貴の雇用主である代議士の木島に書生時代から可愛がられており、今は主席秘書として重用《ちょうよう》されている。

「おはようという時間じゃないだろう?」

「ああ、そうですね。失礼いたしました」

硬質だが、一方ですっと耳に馴染む、深みのある美声だった。

誰に対しても丁寧《ていねい》な口を利《き》くのは、深沢の特徴の一つだ。和貴を伯爵《はくしゃく》家の一員として敬《うやま》っているのではなく、彼は他人に対して常に慇懃《いんぎん》だった。

それにつられて、普段は敬語で他人と接する和貴の口調は、逆に随分《ずいぶん》くだけたものになる。

和貴にとって、丁寧な言葉遣いは他人と一線を引くための手段だ。誰にも気を許していないからこそ、敬語を使うのだ。

「君がこんな時間に出てくるなんて、珍しいな」

「木島先生に葉巻《はまき》を頼まれたので、買い物に行っていたんです」

彼は穏やかな笑みを浮かべてそう告《つ》げた。

和貴もすらりとした体躯《たいく》の持ち主だったが、深沢と並ぶと自然に彼を見上げねばならなくなる。確か二十七、八歳だと聞いているものの、彼は年よりもずっと落ち着いて見えた。

和貴がこの屋敷に勤め始めて三カ月ほど経つが、深沢と個人的に会話を交《か》わすのは初めてだ。

もとより彼は常に人よりも一歩退《ひ》いたところがあり、こうして和貴が気まぐれを起こさなければ話す機会はなかっただろう。あるいは自分は、日常によほど倦《う》んでいるのかもしれない。この退屈を打ち消す、新しい玩具《おもちゃ》が欲しくてたまらないのだ。

「君は政治家を志《こころざ》して秘書になったんだろう? なのに、使いっ走りをしているのか?」

「書生たちが皆、手一杯だったので。それに私は木島先生に世話になっている身の上ですから、先生のお役に立てれば、それで嬉しいですよ」

皮肉を込めた揶揄《やゆ》に気づかないのか、深沢は愚直《ぐちょく》な意見を返してきた。

「優等生なんだな。木島先生を追い落としてまでも、という野心もないわけか」

「野心がなければ、今頃《いまごろ》は実家で畑仕事でもしています」

さらりと返された言葉は意味深なものにも取れたが、あえてそれを追求せずに流しておく。

「木島先生とは、どのようなご縁で？」

「学校の試験の結果をご覧になって、私を書生にしたいと抜擢《ばってき》してくださいました。たまたまご母堂《ぼどう》が同郷のご出身だそうで」

「……ふうん」

総じてどの返答もあまりに凡庸《ぼんよう》で、優等生すぎた。

——駄目だな、この男は。

もっと面白いことを言えば食指《しょくし》も動くのだが、この程度で真面目だけが取り柄の人間ならば、和貴の周囲にも少なくはない。そういう相手に限って、和貴にのぼせ上がるとろくなことがないのだ。

所詮《しょせん》は地方の貧農の出ということか。

どのみち深沢は、自分が相手にする価値もない、つまらない男なのだろう。

和貴は、すぐに深沢から興味を失った。

正門に近づくにつれて次第にざわめきが聞こえ、人だかりが見えてくる。その光景に和貴が眉をひそめたことに気づき、深沢は「新聞社の連中です」と告げた。

「新聞社？　何かあったのか？」

「造船所の疑獄《ぎごく》事件です。木島先生の政敵の藤田《ふじた》議員が逮捕されたとかで」

相槌《あいづち》を打とうとしたそのとき、記者たちは和貴の存在に気づいた。

「おい、見ろよ」

「清澗寺の次男坊じゃないか」

さざめきが広がっていく。

「驚いたな。長男の喪も明けぬうちに、木島淳博が次のお相手か？　こいつはすごいスキャンダルだ」

「まさか。木島氏は愛妻家で有名だ。いくら何でも、あの次男坊に手を出すはずがないさ」

ひそひそと話すそんな声が、鼓膜《こまく》をくすぐった。

華族の醜聞《しゅうぶん》は常日頃《つねひごろ》から新聞をにぎわせており、とりわけエリート軍人を兄に持った和貴の派手な振る舞いは、この平和な時代に税金泥棒《どろぼう》としてお荷物扱いされる軍部への反発と相まって、記者たちを喜ばせた。和貴が些細《ささい》な問題を起こすだけで、彼らはしきりにゴシップ記事を書き立てる。

自分がどう生きようと、和貴の自由だ。誹《そし》りたければ誹ればいいし、詰《なじ》りたければそうすればいい。

しかし、深沢は違うだろう。たとえ職場が一緒であっても、和貴のような人種と親しくすることはマイナスにしかなり得ない。

和貴はわずかに歩幅を緩《ゆる》め、深沢のあとから門をくぐろうとした。が。

「清澗寺さん、どうぞ」

門を開けて、深沢はごく自然に和貴の腕を引いた。


記者たちの目前だというのに、あまりに堂々とした行動に驚き、和貴は目を瞠《みは》る。

和貴の表情の変化を、彼は別の理由から生じたものと受け取ったようだ。

「すみません。あまりじろじろ見られるのも嫌かと思ったのですが……お気に障《さわ》りましたか？」

「いや、そうではなく……君こそ気にしないのか？」

邸内に足を踏み入れ、和貴は改めてそう訊《き》いた。

「何をですか？」

本当に何もわかっていないのだろうか。

いくら穏和な人格者とはいえ、政治家を目指す人物が果たしてそこまで抜けているものなのかと、和貴は訝《いぶか》った。

「僕の評判……いや、悪評くらい、君の耳にも届いているのだろう？　清澗寺の次男坊は父親に似て頭が空っぽな色狂いで、男も女も構わずに咥《くわ》え込むとね。僕と親しくして、記者連中に飯の種を提供してやることもないはずだ」

「あなたがどんな人間なのか、見極めるのは私自身です。風評《ふうひょう》など関係ない」

返ってきたのは、こちらが意外に思うほどの毅然《きぜん》とした物言いだった。

だが、それは和貴の不興を買うだけだ。

真面目なだけではなく、甘ったるい理想主義者と見える。こんな男を自分の後継者に選んだのであれば、木島にも見る目がない。

「そんな言葉を信じられるとは、君はさぞかし素晴らしい教育を受けてきたんだろうな」

ささやかな皮肉のはずだった。しかし、深沢はそれをまったく違うものとして捉えたらしい。穏やかな微笑《びしょう》とともに、彼は口を開いた。

「私は、地方の貧農の出です。木島先生が援助してくださらなければ、今頃、進学などおぼつかなかったでしょう」

低くよく通る声で、発音に訛《なまり》は感じられない。

「ならば、政治家ではなく資本家を目指せばいい」

「この国の現状では、貧富の差がそのまま教育の差になる。金のない人間の子供は学問を修《おさ》めることができず、かといって、学がなければ出世するのは難しい。結局、無学な人間は、よほど幸運でなければ這《は》い上がれない。私は、そんな状況を何とか変えたいと思っています」

「理想など、所詮は砂上の楼閣《ろうかく》だ。現実という泥沼を這いずり回る人間には、一片《いっぺん》の価値もない」

吐き気がするほどの理想論に、激しい苛立ちを覚え、和貴は咄嗟《とっさ》に反論を口にしていた。

「手厳しいことをおっしゃる。ですが、信じることは人間の自由です」

「それが独善にならないと言えるのか？　財閥と結《けっ》託《たく》した政党に、その日暮らしの人間を救うことなどできるものか」

高邁《こうまい》な思想など、欲望の前には欠片の価値もない。試しに、皮膚を一枚剝《は》げばいい。そこにあるのは薄汚い欲望だけだ。

「どのみち現行の政治体制は欠点だらけだ。君だって、政治家になって国を変えられるなんて夢は見ていないだろう？　ならば、おとなしく利権でも漁《あさ》っていたほうが身のためだ」

我《われ》ながら狭量《きょうりょう》で、政治論議というよりも理不尽《りふじん》な言いがかりに等しい発言だった。

なのに、深沢は嬉しそうに微笑したのだ。

「——なんだ？」

「さすが、頭の回転がお速いですね。確か慶應《けいおう》出でいらっしゃるとか」

「帝大卒の人間に褒《ほ》められるとは光栄だな。でも、僕はひねくれて世を斜《はす》に構えて見ているだけだ」

「確かに現実主義のようですが、先ほど、『救う』とおっしゃったでしょう。ご自分でおっしゃるほど、ひねくれておられないと存じますが」

それは言葉のあやでしかない。

——嫌な奴だ、と思った。

唾棄《だき》すべき理想主義者だ。和貴に指摘されたくらいでは、その高潔《こうけつ》な理想は揺るがないのだ。

深沢は、世の人間にはあまねく素晴らしい資質が備わっているとでも信じているのだろう。きっと、和貴の中からもあるはずのない美点を見出そうとしているに違いない。

馬鹿馬鹿しい。

和貴には、何もないというのに。なぜ、そんなことがわからないのか。

こういう相手は、完膚《かんぷ》無きまでに叩きのめしてやらなければ気が済まない。和貴の前で、もう二度と理想など語れぬように。

「——君。今日の昼食の予定は？」

「昼食ですか？」

「どこかへ行かないか。それくらい、いいだろう？」

「お申し出は有り難いのですが……」

そこで彼は言い淀《よど》む。

「やはり、僕とは同席できないとでも？」

こうしたところで彼の本心がちらつくと、揶揄《やゆ》するように言ってやる。どう取り繕《つくろ》おうと、所詮、深沢もあの新聞記者たちと同じ手合いにすぎないのだ。

「いえ、違います！　あの……でしたら、一緒に芋《いも》を食べませんか？」

「芋？」

咄嗟に和貴は問い返した。

「書生の町田《まちだ》君が里帰りして、どっさり仕入れてきたんですよ。それで昨日から皆で芋ばかりです」

「——ああ、なるほど」

毒気を抜かれるというのは、こういう気持ちを指すのかもしれない。

「よろしかったら一緒に焼き芋でもいかがですか？」

「僕に小学生よろしく焚き火を囲ませるつもりか？」

「ええ」

思わず脱力しそうになり、そして和貴は不意に声を立てて笑った。

「清澗寺さん？」

「いや……悪い」


書生仲間で芋を焼くと言っても、和貴を誘う者は誰もいなかった。この、深沢以外には。

何しろ和貴の行状は評判が悪かったし、一方では和貴に手を出そうとしきりに誘いかける輩もいたからだ。和貴はこの職場にとっては、波風を立てる異分子でしかなかった。

なのにこの男は、鈍いのか、よほど人がいいのか、和貴を排除せずに受け容《い》れようとしている。

「僕などが仲間に入ったら、やりづらいだろう」

「そんなことはありませんよ。清澗寺さんがお綺麗《きれい》なので、皆、気後《きおく》れしているだけです」

過剰《かじょう》な皮肉の応酬《おうしゅう》ののちにも、あまりあるほどの誠実な言葉を口に出してみせる。

こんな男が、この世の中にはいたのだ。

自分の知らない資質を持った人間が。

「——じゃあ、たまにはお相伴《しょうばん》させてもらおうか」

それを聞いて、ほっとしたように深沢が笑う。

清涼な風が、和貴の心に吹き込んだ気がした。

2

清澗寺《せいかんじ》家の屋敷は、東京市《とうきょうし》麻布《あざぶ》区にある。

その内実は火の車とはいえ、広大な敷地に瀟洒《しょうしゃ》な洋館と和風建築の離れを構え、その偉容《いよう》は近隣に聞こえていた。

曾祖父《そうそふ》は明治十七年に伯爵《はくしゃく》に叙爵《じょしゃく》され、以来その称号は代々の当主によって世襲《せしゅう》されている。

御一新《ごいっしん》の前後から曾祖父は東京に住居を移して商売を始め、生活習慣も洋風に改めた。

とかく商売下手《べた》と言われる華族にしては珍しく、先々代は商才に長《た》けていたそうだ。

天皇より各華族に下賜《かし》された、家門永続資金《かもんえいぞくしきん》を元手に曾祖父が始めた貿易業は、時流に乗ってとんとん拍子《びょうし》で事業を拡大し、いつしか重工業や造船業にまで手を広げた。多くの華族が没落する中、ここまで成功したのは類を見ないと語られている。

しかし、一族の栄華《えいが》もそこまでだった。

前《さき》の世界大戦の終結に伴い、繁栄をもたらした戦争特需《とくじゅ》が終わり、今や日本中を不況の嵐が吹き荒れている。財閥傘下《ざいばつさんか》の企業の業績が落ちる中、唯一《ゆいいつ》好調なのは清澗寺紡績《ぼうせき》だったが、その社長も現在は病《びょう》床《しょう》にあり、後継者がいない有様だ。

おまけに伯爵となってからの三代目——和貴《かずたか》たちの父の冬貴《ふゆき》は事業にはとことん無関心だった。

落魄《らくはく》する一族にとどめを刺したのは、一家の財政を立て直すために奔走《ほんそう》していた二つ年上の長兄・国《くに》貴《たか》の出奔《しゅっぽん》だろう。

父の冬貴には生活能力がないうえに母を早くに亡くしたせいで、長男で陸軍中尉の国貴は、三人の弟妹——和貴、道貴《みちたか》、鞠子《まりこ》のために馳駆《ちく》していた。

公的には、国貴は事故死したことになっており、葬式も済ませた。尤《もっと》も、真実は事後処理にあたった和貴と一握りの憲兵《けんぺい》しか知らない。兄の出奔は、ことが公《おおやけ》になれば軍部をも巻き込んだスキャンダルになるのは明白で、清澗寺家と兄の命を守るためには、和貴はその裏工作を承諾《しょうだく》するほかなかった。

今頃、国貴はどこで何をしているのやら。兄が生き延びているかどうかも定かではないが、この国に戻ってきても死が待っているというのなら、新天地での彼の幸福を願うほかない。

たとえ——結果として兄が、この『家』という重荷を和貴に押しつけたことになるのだとしても。

国貴の出奔を隠匿《いんとく》すると決めたその瞬間から、和貴はこの家を背負わねばならなくなったのだ。

因習《いんしゅう》と呪縛《じゅばく》に満ちた、この一族を。

「和貴様、よろしいですか？」

寝室の扉の向こうから、執事《しつじ》の内藤《ないとう》が遠慮がちに声をかけてくる。

「どうぞ」

扉を開けた内藤の顔に一瞬、複雑な安堵《あんど》の色が浮かぶ。和貴がどこぞの人間を引き込んで遊蕩《ゆうとう》に耽《ふけ》っているのではないかと、懸念《けねん》していたのだろう。

さすがの和貴も、この屋敷に幾人《いくにん》もの男女を引き込み、その快楽に溺《おぼ》れる自堕落《じだらく》な父とは違う。自宅には相手を連れ込まないとの線引きくらいはしているのだが、誰もが和貴と父を同列にしたがるのだ。

それに苛立った時期もとうに過ぎ、和貴も今や冬貴に似ているという事実すら受け容《い》れている。

自分は、冬貴によく似て頭が空っぽな淫乱なのだ。

他人からそう思われる分には構わない。

「口幅《くちはば》ったいことを申し上げるようで恐縮《きょうしゅく》ですが、先月お仕立てになった衣装の請求書が来ております」

「ああ……そういえばそうだったな」

「そのうえ、先々月から支払いが滞《とどこお》っているのですが」

「——わかった。早めに用立ててくるよ」

「はい。失礼いたしました」

どのように用立てるのかを具体的に聞いてこない

この聡明な老執事のことを、和貴は気に入っていた。

　彼にとって大切なのは嫡男《ちゃくなん》の国貴で、冬貴や和貴の行状も国貴の存在ゆえに目をつぶっていたのだろう。その彼がいなくなっても執事を辞めないのは、国貴がいたこの家によほどの愛着があるのか。

　ともあれ、早急《さっきゅう》にパトロンを見つけよう。

　幸い、今日も夜会に招かれているし、適当な相手を引っかけてくればいい。

　これまでも遊び相手からの『援助』は多く、兄は和貴の行状に眉をひそめていた。しかし、事業はとうに傾き、貴族院議員《きぞくいんぎいん》としての父の歳費《さいひ》はないに等しいのだから、次期当主候補にされてしまった和貴が金を稼いでくるほかない。

　そうでなくとも弟の道貴の学費も必要となる。妹の鞠子も女学校に行かせてやりたかったし、結婚させるならさせるで、支度《したく》にも金がいる。

　運命とは皮肉なものだ。

　この家を延命させようと奔走していた兄がそれを捨て、誰よりも家を憎み、汚《けが》し続けた和貴が、流されるままにそれを引き継ぐ羽目《はめ》になったのだから。

　ならば、いつの日か、最も陰惨《いんさん》な方法で一族を破滅に導いてやろう。そう夢想《むそう》することで、和貴はこの不本意な状態を己に納得させようとしていた。

　こんな家など滅びてしまえばいいのだ。欲望と泥濘《でいねい》にまみれ、自分をこの世に生み出した一族など。

　春を鬻《ひさ》いで金を稼ぎ、それでこの腐りきった一族を養う。ほかには何の取り柄もない自分には似合いの職業だと、和貴は自嘲《じちょう》に唇を歪《ゆが》める。

　なに、肉体などただの道具だ。構うものか。

　淫乱だという和貴の評判は一方では正しく、そしてもう一方では誤ったものだ。

　和貴のこの躰は、いつも冷えきっている。

　我を忘れるほどの情事というものを、和貴は経験したことはなかった。どんな瞬間でも、冴《さ》え冴《ざ》えと凍《こご》えた理性が残っているのだ。

　しかし、伏見《ふしみ》に十分な技巧を仕込まれた肢体は相手に快楽を与える道具としては申し分ない。よがり狂う真似《まね》も媚態《びたい》も手慣れたものだ。

相手が望みさえすれば、和貴は処女のように従順になったし、娼婦《しょうふ》のように淫奔《いんぽん》になりもした。

政財界の重鎮《じゅうちん》も前途洋々たる若者も、肉欲の前には誰もが獣《けもの》に成り下がる。彼らの多くは和貴に夢中になり、誑《たぶら》かされ、溺れていく。

人々は和貴にひれ伏し、その情欲と愛を乞《こ》う。所詮《しょせん》、人間はその程度のものなのだ。

欲望という原始的な衝動の前には、高邁《こうまい》な思想も言葉も関係ない。難解な議論の積み重ねも、試行錯《しこうさく》誤《ご》も、駆け引きすら必要なかった。

肉体と心は同義であり、躰さえ手に入れれば、たいていの相手は心までも和貴に投げ出した。

他人を理解するのには、躰があれば十分だ。

相手を理解することができれば、支配もまた容易《たやす》い。そう、朽《く》ちたこの肉体を使えば、他人を支配するのは簡単なことなのだ。


人々に淫乱だと嘲笑《ちょうしょう》されても、和貴があくまで高慢でこの自尊心を保《たも》っていられるのは、彼らを操《あやつ》り、弄《もてあそ》んでいるのは己だという自信があるからだ。

悦楽とは無縁であるからこそ、和貴は人々を高見から見下ろし、この無為《むい》な戯《たわむ》れに没頭できた。

斯《か》くも醜悪《しゅうあく》な血肉を使った遊戯。

石鹸《せっけん》で手を洗い、そしてふと右肩のほうを振り返って自分の匂いを確かめる。

この身からは忌《い》まわしい匂いがしないだろうか。

時に、子供のように、そんな馬鹿げたことが不安になる。

日に日に心ごと朽《く》ちてゆく、この躰から立ち上る腐臭《ふしゅう》が。

「それにしても、昨今《さっこん》のロシアの動きは、なんともきな臭いねえ。共産主義なんてものが跋扈《ばっこ》していて、迷惑千万《せんばん》だ」

「そうですね」

残念ながら、と言うべきか——和貴は政治には興味がない。先ほどから退屈そうに車外に目をやっているのだが、そのことに気づかず、傍《かたわ》らに座った尾《お》口男爵《ぐちだんしゃく》は小難しい話題を続けている。

早速《さっそく》パトロンとなるべき人物を見つけたつもりだったが、人選を誤ったかもしれない。

「ああ、失礼。共産主義の話題は不謹慎《ふきんしん》だったかな」

いっこうに興が乗らない和貴の様子にそこで初めて気づき、尾口は話を止めた。

「兄はもういませんし、僕の思考は中立ですから」

「君たち兄弟は、似ていないと評判だったな」

「ええ。少なくとも僕は、人生を楽しむ方法を知っています」

和貴の自嘲めいた言葉に、尾口は小さく笑った。

彼の吐息《といき》が皮膚《ひふ》を撫《な》でる感触に、和貴はぞっとする。

金のためとはいえ、虫が好かない相手だった。つい先ほどまで抱かれていたということさえ、忘れてしまいたい醜悪な記憶に成り代わろうとしている。

閨《ねや》で頬《ほお》にちくちく刺さったカイゼル髭《ひげ》が、特に不快だったことを思い出す。

中年の男特有のしつこい行為に辟易《へきえき》としたこともあり、和貴はものの数秒で、新しいパトロンに見切りをつけることに決めていた。

「もうすぐ、木島《きじま》先生のお宅に着く。その近くで降ろせばいいんだろう？」

「ありがとうございます」

せめて礼くらいは口にしてもいいだろう。和貴が慇懃《いんぎん》に謝礼の言葉を告げると、尾口は嬉しそうに何度も頷いた。

「君のたっての願いとあらば、送り迎えくらいいたいしたことじゃない」

尾口は、和貴の手をそっと握り締める。汗ばんだ掌《てのひら》を押しつけられて、和貴は不快を露《あらわ》にして男の手を振り解《ほど》いた。

「寝室以外の場所で僕に触れるのは、やめていただけませんか？　不愉快《ふゆかい》です」

「あ……いや、これは失礼」

不愉快でもあり、それは同時に愉快でもあった。

和貴の倍近く年上で、揺るぎない地位と資産を約束された相手が、こうして自分におもねり、その言動に一喜一憂している。

しかし和貴にとって彼の存在など、地上を這い回る虫螻《むしけら》ほどの意味もない。

「僕は穢《けが》れていますから、あまり触れると厄災《やくさい》を招きますよ」

「厄災？　それどころか、君は高嶺《たかね》の花じゃないか。どうすれば君の心を手に入れられるか、社交界の連中は競ってその謎を突き止めようとしている」

「謎、ですか」

和貴はしらけたように肩を竦《すく》めた。

謎どころか、和貴の中には何も存在しない——そう、何も。何一つとして。

「どうやったら君を独占できる？」

「——そうですね……何もかも捨ててくださったら、僕の心も動くかもしれませんね」

「これは手厳しいな」

「僕への情熱の前には、虚飾《きょしょく》など無意味だと証明していただきたいのです」

「なるほど」

その言葉を鵜呑《うの》みにするほど愚《おろ》かでもないだろうが、和貴のありきたりな言葉に耳を傾けるあたりが、つくづく凡庸《ぼんよう》だ。

「それよりも、君とご家庭への投資だったね。前向きに検討しておくよ」

「助かります」

一度の夜伽《よとぎ》の代価に当面の生活費を得られるのであれば、この躰くらい安いものだ。

「兄上がお亡くなりになってから、随分苦労してるんだろう？」

実業家として知られる尾口は商売より投機に長けており、それを買われて落ち目の男爵家に婿《むこ》入りした。昨今は綿織物で莫大《ばくだい》な利益を上げる各紡績会社の株を買い占めており、中でも東都《とうと》紡績の筆頭株主《ひっとうかぶぬし》として随分と羽振りもいい。殊《こと》に現在好調なモスリンの紡績工場を幾《いく》つも増設する予定なのだと、嬉しそうに語っていた。

「停《と》めてください」

不意に和貴はそう告げて、運転手に停車させた。

「何か？」

和貴を怒らせたのかもしれないと訝しむ彼の小物ぶりは、いっそ滑稽《こっけい》だ。

「さすがに、門前で降りる度胸はありませんから」

運転手はそこで降りると、急いで和貴のために扉を開けた。

「では、またいずれ」

「楽しみにしているよ」

尾口はにこやかに微笑み、和貴を見送った。

二度目などあるものか。あんな男に膚を許した自分が情けなかった。

ほかの男であれば、和貴に夢中にさせておいてから手酷《てひど》く捨ててやるのだが、尾口にはそんな手間をかける価値もないだろう。

門を抜けて邸内に足を踏み入れた和貴は、木島《きじま》の秘書や書生たちが詰める離れへ向かう。

「清澗寺君」

そこで声をかけてきたのは、小山《こやま》という男だった。篤志《とくし》家の木島は優秀な人材を書生とすることにも関心を持ち、何人もの青年の面倒を見ているのだ。彼はその一人だった。

「小山さん。何か？」

和貴がそう尋ねると、小山は「話がある」と和貴の腕を強引に引こうとする。

「話があるのなら、こちらでどうぞ」

「人前では、しにくい話だ」

彼はそう言って、和貴を木陰へと連れ込んだ。

――またか。

自業自得《じごうじとく》とはわかっているものの、こうして誰彼構わず言い寄られるのは面倒だった。

「手短にお願いします」

「俺とつき合ってもらえないだろうか」

小山の言葉は、単刀直入なものだった。

「君のことを考えると、夜も眠れなくなる。このままでは、仕事も手に着かないんだ」

「あなたが眠れようが眠れなかろうが、僕の知ったことではないでしょう」

和貴は素っ気なく言い放った。

「では……一度でいい。一晩でいいから、つき合ってもらえないか」

「なるほど、躰が目当てというわけですか？　それでは尚更《なおさら》、お断りです」

思い詰めた声音だったが、同情を感じる理由もない。同じ職場の人間と懇《ねんご》ろになるとあとが厄介だし、そもそもこういったしつこそうな手合いは苦手だ。

いくら和貴とはいえ、刃傷沙汰《にんじょうざた》だけは御免《ごめん》だった。

長兄の命で嫌々《いやいや》就職させられた和貴は、仕事にはまったく興味がなかった。学問は嫌いではないが、好きでもない。取り立てて何かに興味を持ったこともなく、気儘《きまま》に生きていた和貴にとって、肩書きも職業も無駄なだけだ。

「君が秋波《しゅうは》を送っていたんだろう！」

「勝手な言い分はやめてください。お話がそれだけなら、失礼させてもらいます」

「俺のどこが悪い……？」

「どこも何も、僕はあなたに興味がありません」

「色狂いの淫乱のくせに、選《え》り好みする気か!?」

とうとう相手は激昂《げっこう》し、和貴の両腕を摑んで壁に押しつけた。

「ッ」

華奢《きゃしゃ》な腕をひねり上げられた痛みに声が漏れたが、彼は頓着《とんちゃく》しなかった。

「今日も男に車で送らせたんだろ？　いつも違う男がおまえを送ってくると評判だ。こんなお綺麗な顔をして何人咥《くわ》え込んだ？」

興奮した小山の息が膚に触れ、ひどく不快だった。

「そういや、あの深沢《ふかざわ》にだって手を出そうとしてるんだよな？　あんな真面目な奴が、おまえのようなふしだらな男になびくもんか」

「深沢君を……？」

和貴はくっと小さく笑う。確かに彼は興味深い相手だが、数回会話をしただけだ。それをこうも邪推《じゃすい》されるとは思わなかった。

「馬鹿も休み休みにして、そろそろ放していただけませんか？　あなたには残念でしょうが、僕にも相手を選ぶ権利がある。少なくとも、僕を満足させる相手以外は、選ぶつもりはありません」

「何をっ」

欲望にぎらついた小山の表情は、吐き気がするほど醜《みにく》かった。

「来いよ！」

男は和貴の腕を引き、更に人気《ひとけ》のない裏庭へと連れ込もうとした。和貴よりも体格の勝る相手だけに、抵抗していられるのも時間の問題だ。

かといって、下手《へた》に騒ぎを広げてこの仕事を失うのも得策ではない。

「木島先生のお宅で、馬鹿な真似はよしたらどうです？　それとも、この程度の分別《ふんべつ》も持たないほどに救い難《がた》いのですか？」

「おまえが誘ったと言えばいい。どうせ皆、それを鵜呑みにするだろうからな！　おまえなら、どんな男にだって悦《よろこ》んで腰を振るんだろ？」

下卑《げび》た言葉を浴びせられて、和貴は侮蔑《ぶべつ》の籠《こ》もった冷ややかな笑みを浮かべた。

「思い通りにできなければ、辱《はずかし》める——随分と愚劣《ぐれつ》な真似をするものですね」

「この……！」

小山が腕を振り上げ、まさに和貴を殴ろうとしたそのときだ。

不意に靴音が聞こえ、小山は動きを止めた。詰所《つめしょ》の方角からやってきたのは、深沢だった。

彼は和貴たちに一瞥《いちべつ》をくれる。

不穏な様子の二人に気づき、深沢は皮肉げに口元を綻《ほころ》ばせた。

助けを求めようとした和貴は、深沢の表情とそのまなざしに凝然《ぎょうぜん》とする。

凍《こご》えた、あまりにも鋭利な視線だった。

——違う……これは、深沢じゃない。

そう錯覚するほどに、凍《い》てついた視線だった。

心臓にまで、彼のその冷たいまなざしが突き刺さるような、そんな錯覚にすら襲われる。

軽蔑か、侮蔑か。どちらにせよこの事態を嘲《あざけ》っているのは、明白だろう。

おまけに深沢は、和貴が今にも襲われようとしているのに、そこから視線を逸《そ》らしたのだ。

そして、ついぞ立ち止まることもなく、その場を去った。

不思議な静謐《せいひつ》があった。

あまりに淡々とした様に、和貴を摑み上げたままの小山とて呆気《あっけ》に取られたようだ。

「何をしているんだっ！」

そこで声を荒らげたのは、向こうからやって来た別の書生だった。

「いや、これは」

小山は弁解のために口を開いたが、この光景では火を見るよりも明らかだ。町田《まちだ》という名の書生は、顔を真っ赤にさせて怒りを露《あらわ》にした。

「いやしくも木島先生の書生たる君が、清澗寺君に乱暴でもするつもりだったのか？」

「そうではない。俺の話を聞け」

「ではなぜ、そんな格好をしている⁉」

小山の拘束《こうそく》が緩み、その隙に、これ幸いとばかりに和貴は彼の腕から抜け出した。

「町田君。僕は何もされてはいないよ」

濡れた唇を綻ばせ、和貴は町田の耳元で囁《ささや》く。

「少し、小山君と話をしていただけだ。このことは、皆に黙っていてくれないか」

聞こえるか聞こえないか程度の声で甘く耳打ちされて、町田はかあっと頰を染める。

「そ、それは、君がそう言うのなら……」

「ありがとう。じゃあ、僕は先に行っているよ」

その場を切り抜けた和貴は、悠然《ゆうぜん》と離れへ向かう。

「清澗寺君、遅かったじゃないか」

背後から別の青年に声をかけられて、和貴は「ちょっと」と言葉を濁した。

和貴がその気になれば、周囲から親切な反応を引き出すことくらい容易かった。世の中には、たおやかな和貴を放っておけない者のほうが多いからだ。

だが、先ほどの深沢は和貴に目もくれなかった。

和貴が小山に乱暴されかねない現場であったというのに、深沢は無関心を貫《つらぬ》いた。

和貴のことなど、どうなっても構わないとでも言いたいのか。

このあいだまでは和貴に親しげに話しかけてきたくせに、今日に限って無視をしてくるとは、どういう了見なのだろう。

躊躇《ためら》うこともなく自分の手を取った深沢の行動は、嘘《うそ》だったとでもいうのか……？

苛立《いらだ》ちを覚えて、和貴はきりりと唇を噛《か》み締める。

「清澗寺さん」

そこで声をかけてきたのは、母屋《おもや》から書類を携《たずさ》えて戻ってきた深沢だった。

「さっきのは、どういうつもりだ？　僕のことを無視しただろう？」

怒りを隠して押し殺した声音で尋ねると、彼は困《こん》惑《わく》した表情になる。

「無視したのではなく、小山を逆上させたくなかっただけです。彼は頭に血が上りやすい。下手に第三者が口を挟《はさ》めば、あなたに怪我《けが》をさせかねません」

和貴を納得させうる、無理のない言い分だった。

それでも漠然とわだかまりが残るのは、あのときの体温の感じられぬまなざしのせいだろうか。

刹那《せつな》で消え失《う》せたものだが、それは他人の深淵《しんえん》を

覗《のぞ》き込むような、あまりにも鋭い視線だった。

奇妙な不快感と苛立ちに襲われて、和貴はそのまま口を閉ざす。

「それよりも、一息入れませんか。いただきものですが、美味しい羊羹《ようかん》がありますよ」

春の陽射しのように暖かい笑顔を向けられ、和貴はようやく自分の歪んだ思考を彼方《かなた》へと押しやった。

彼を疑うのも、馬鹿げた話ではないか。

「……お茶だけいただこうか」

他人の言葉や仕草から裏を読もうとするのは、和貴の悪い癖だ。

深沢は、和貴の身を案じてくれただけだ。

もう少し素直に物事を見たほうがいいはずだ。

そんならしからぬことを考えてしまうのも、深沢の影響なのかもしれなかった。

3

『清澗寺《せいかんじ》伯爵《はくしゃく》家存亡《そんぼう》の危機。借財《しゃくざい》は数万円か』

仕事中に今朝《けさ》の新聞の見出しを思い返し、和貴《かずたか》は苛立ちを覚える。出勤時には家の前に記者たちが詰めかけており、和貴をますます辟易《へきえき》とさせた。

名門を継ぐという重圧と、予想以上に一家の財政が逼迫《ひっぱく》しているという事実に、和貴はすっかり疲弊《ひへい》しきっていた。

——やはり、どこぞの成金《なりきん》にでも、鞠子《まりこ》を嫁にやるほかないのか。

鞠子はまだ十五だが、二、三年後の結婚を条件に婚約させるのも悪くはない。優しい妹は、家のためだと言えば納得するだろう。和貴には結婚する気などさらさらないし、事業の才覚もない。その程度の案しか思い浮かばなかった。

「いやはや、深沢《ふかざわ》君は頼もしいものだねえ。政治家の器《うつわ》だと思っていたが、あれならば、実業家にも向きそうだ」

庭からそんな声が聞こえてきて、和貴はふと耳を傾ける。本日の来客は木島《きじま》の旧知の実業家で、清澗寺財閥よりも遥《はる》かに大きな財閥の創設者だ。人を見る目には定評があった。

「ええ、本当に。秘書にしておくには惜しいのですが、政治家の仕事を覚えたいと申しましてね。人柄もよいし、希《まれ》に見る逸材《いつざい》ですよ」

「なるほど。できることなら、我が社に……いや、それよりも、うちの孫娘の婿《むこ》にしたいくらいだ」

「残念ながら、そう簡単には渡せませんな」

「能ある鷹《たか》は爪を隠すと言うものだからな。彼がいつ大化けするのか、楽しみだな」

雨音に紛《まぎ》れ、声は次第に遠のいていく。

真面目《まじめ》だけが取り柄だと思っていたが、深沢は驚くほど優秀な男だった。今では木島の右腕として、法案についても意見を具申《ぐしん》している。

人というものは、見かけによらない。

和貴にとっては、深沢は扱いやすい好青年でしかないが、彼の中にも、人がいいという言葉のみでは量《はか》れぬ部分があるのかもしれない。そうでなければ、深沢も政治家を目指したりはしないだろう。

時折、夢想《むそう》する。

深沢のように有能な当主がいたら、清澗寺家も何かが変わっていたのかもしれない。時代の変遷《へんせん》に取り残されることもなく、兄も軍人にならなくてよかったのかもしれない、と。

「……馬鹿馬鹿しい」

詮《せん》無き空想だった。あの父から、国貴が生まれたことだけでも奇跡なのだ。深沢のように優秀な男を望むのであれば、養子《ようし》でも迎えるのが精一杯だ。

だいたい、誰が好きこのんで、斜陽《しゃよう》の没落華族のところになど来るものか。

そんなことを考えていたとき、突然、部屋に寒風が吹き込んできた。

「外はまだ、だいぶ冷えますね」

入ってきたのは、深沢だった。彼は外との温度差で曇りかけた眼鏡を何気なく外した。

思いがけぬことに、どきりとする。

予想よりもずっと、端整な顔立ちが露《あらわ》になったのだ。和貴でさえ見惚《みほ》れてしまうほどに鋭利で美しい表情を、彼はその薄い硝子《ガラス》の下に隠していたのか。

驚きのあまり、声も出なかった。

ハンカチーフで眼鏡を拭いた深沢は何事もなかったようにそれをかけ直し、和貴を見て微笑する。

刹那《せつな》のうちにその表情は掻《か》き消え、そこにはいつもの深沢が現れた。しかし、一瞬の変幻《へんげん》に、和貴の目は奪われたままだ。

「手伝いましょうか」

「……いや、平気だ。もうすぐ終わるから」

雨滴《うてき》が窓を叩く音が、沈黙の合間に響く。

「疲れてらっしゃるようですね。大丈夫ですか？」

「そう見えるか？」

わずかばかりの自嘲《じちょう》が、和貴の声音に滲《にじ》んだ。

「いつものように皮肉の一つでもおっしゃっていただかないと、気持ちが落ち着きません」

「ふうん。そんなに虐《いじ》められるのが好きだとは、思わなかったな」

「鍛えていただいてますから」

からかう声音をさらりと受け流し、深沢は思い出したように鞄《かばん》を探った。

「そういえば、お借りした本をお返ししようと思ったんです。ありがとうございました」

「うん」

「お兄様は、素晴らしい蔵書をお持ちだったようですね。羨《うらや》ましい限りです」

「興味があるのなら、うちに来ればいい」

「よろしいのですか？」

控えめで落ち着いた彼の声が、喜色を帯びる。

「君なら歓迎するよ。その代わり、今日は帰りにつき合ってくれないか？　飲みたい気分なんだ」

「ええ、喜んで」

こうして親しくなってみると、深沢は気持ちのいい男だった。和貴の美貌や躰、家柄、そのいずれにも興味を示さぬ相手には滅多《めった》に会ったことがない。

彼は純粋に、和貴との交友を愉《たの》しんでいる。

それがわかるだけに、少し面映《おもは》ゆく、そしてひどく嬉しかった。

だからこそ、和貴にしては珍しく、深沢との関係に肉体を介する気にはなれずにいる。

他人とのつき合いに欲望を差し挟めば、いずれそれは破綻《はたん》するだろう。脆《もろ》い快楽の上に築かれた関係が、長続きするとは思えなかった。

本当は、深沢のことをもっと知りたかった。

そのために使えるのなら、この躰さえも使いたい。

この男の中に、野心や欲望はないのだろうか。

和貴の傍《かたわ》らにいるには、彼はあまりにも清潔だった。腐肉《ふにく》でできた己と比して、和貴がそのたびに不快を覚えずにはいられぬほどに。

なのに、それでもなお深沢を突き放す気にはなれず、かといって、彼と躰を重ねる覚悟も決まらずにいる。

自分の中にあるこの曖昧《あいまい》な領分は、いったい何なのだろう？

深沢と一緒にいれば、その謎もいつか解けるのかもしれない。

「今夜は君と一緒にいたい」

深沢は、和貴の美貌をまじまじと見つめる。

きっと彼は、夜伽《よとぎ》に誘われたと誤解したのだろう。生真面目な青年の反応がおかしく、和貴は声を立てて笑った。

「君と気が済むまで飲みたいだけだ」

「ああ……」

ほっとしたように、空気が緩《ゆる》んだ。

「私も、清澗寺さんとはゆっくり話をしてみたかったんです」

「残念ながら、僕には真面目な政治論争なんていうものはできないから、そのつもりで」

「大丈夫ですよ。私も相手を選びます」

「言ってくれる」

和貴はごく自然に口元を綻《ほころ》ばせる。これが友人というものなのかと、柄にもなく嬉しかった。

深沢は内ポケットに手を入れて、そこから銀の懐《かい》中時計《ちゅう》を取り出した。

「あと二時間ほどありますね」

「そうだな。——その時計は？」

「大学を卒業するときにいただいたものです」

「恩賜《おんし》の銀時計というわけか。さすがに優秀だな」

右手を差し出すと、深沢は時計を和貴の掌に載せる。帝大を首席で卒業した者に与えられるという時計には深沢の体温が残されていたが、それは不快なものではなかった。

それどころか、その重みとぬくもりが心地よくて。


そのことが、和貴には少しだけ意外だった。


一度やんだ雨は、夕方になって再び降り出した。

「今日は、君の知っている店を案内してくれないか」

木島邸を出て、和貴は思いつきからそう口にした。

「私の……ですか？　知っているのは、定食屋や飲み屋くらいのものですよ」

「だから、いいんだ」

「わかりました」

深沢は和貴を先導して市電《しでん》に乗り込み、二駅目で降りる。路地を縫うように歩くその様子は、いつになく能動的に思えた。

ふと。

ぱしゃぱしゃという音が聞こえてきて、和貴は反射的にそちらを見やる。

お遣いの帰りだろうか。薄手のシャツを着た子供が軒下《のきした》に駆け込み、寒そうにぶるっと身を震わせた。

今日は朝から降ったりやんだりを繰り返しており、たまたま傘を持たずに出てきたのだろう。

「ちょっと待ってください」

深沢はそう言って、少年に近寄った。

二言三言交わし、彼に己の傘を差し出す。逡巡《しゅんじゅん》ののちに、少年はにこりと笑ってそれを受け取り、深沢に向かって頭を下げた。

そのやり取りを見守っていると、深沢が今度は雨に打たれながら戻ってきた。

「すみません、お待たせしてしまって」

「構わないが、君の傘は？」

「貸しました」

「何だって？」

「どうせ店はすぐ近くですから」

あの少年に同情を覚えたのはわかるが、傘を貸し与えれば、今度は深沢が濡れてしまう。

信じられないほどのお人好《よ》しだと半ば呆れたが、このままでは彼がずぶ濡れになってしまう。

和貴は「入れ」と自分の傘を突き出した。

「それでは清澗寺さんが濡れてしまいます」

「ないよりましだ」

「では、お言葉《え》に甘えますが——持たせてください」

深沢は傘の柄を摑むと、和貴にそれをさしかけた。

「でも、貸したって、あの子は知り合いなのか？」

「いえ。ですが、木島先生のお宅をお教えしました。このあたりでは有名ですし」

「教えたところで、返ってくるわけがないだろう」

「返ってきますよ」

馬鹿ではないのか、この男は。

無用のものならば構わないが、現に今、彼は雨に打たれているのだ。それなのに、傘を他人に貸してしまうなんて、信じられない。

自己犠牲《ぎせい》と言えば聞こえはいいが、これはただの自己満足だ。あんな子供に親切にしたところで、何の得もない。傘なんて、返ってくるわけがない。

それとも、深沢は一途《いちず》に信じているのだろうか。

他人の中にある美しい心を。

彼の目には、この世界は美しいものとして映っているのだろうか……？

和貴にとっては、何もかもが耐え難いほどに醜《みにく》いのに。自分自身の存在すら、許せぬほどに。

「こちらですが、本当に大丈夫ですか？」

古びた縄《なわ》のれんを指さした深沢に気遣うように尋《たず》ねられ、和貴は反射的に頷《うなず》いた。

からりと戸を開けると、中は活気と熱気に充《み》ち満《み》ちている。

「あらぁ、深沢さんじゃないの！　このところ、とんとお見限りだと思ってたのよ」

女将《おかみ》が陽気な声をかけてくる。

「仕事が忙しかったものですから」

「まあ、ひどく濡れてるじゃない。待ってて、今、手拭《てぬぐ》いを持ってくるから」

彼女の言葉にはっと深沢を見ると、彼の左半身はしたたかに濡れてしまっている。和貴は右肩がわずかに濡れただけで、深沢が和貴を庇《かば》って慎重《しんちょう》に歩いていたというのは、明白だった。

ぎゅうっと、心臓が疼《うず》くように痛んだ。

深沢は、あまりにも愚《おろ》かだ。

なのにどうして、胸が掻きむしられるように苦しくなるのだろう。

悔しいのだろうか。羨ましいのだろうか。

自分には決して持ち得ぬ善良さを備えたこの青年を、和貴は妬《ねた》んでいるのだろうか。

「日本酒でよろしいですか？　躰が暖まりますよ」

「ああ……うん」

「この店は、魚介が美味しいんです。三陸《さんりく》の生ほやとか、帆立味噌《ほたてみそ》とか」

このほかに品書きに書かれたのは、秋刀魚《さんま》の丸干しなどで、どれもが十銭《せん》程度と驚くほど安かった。

「でも、あまり清澗寺さんには似合いませんね。あなたには、もっと高級な料理のほうがよさそうだ」

「君が居酒屋に入ることだって、随分意外だ」

人間には、誰しも隠された一面があるのだろう。

真面目なばかりの深沢がこういう店で息をつくのかと思えば、それもまた興味深かった。

「外見ばかりで中味のない店は、苦手なので」

その言葉は、外側だけを豪奢《ごうしゃ》に飾り立てて中身のないあの家を、そして虚《うつ》ろなまま日々を生きる和貴自身を、暗に揶揄《やゆ》されている気がした。

「では、僕のように見てくればかりの男は不合格ということか」

「まさか。清澗寺さんにはちゃんと中味がある。教養も知性も備わっているじゃないですか」

「中味なんて何もない」

吐き捨てるように和貴は言った。

この躰は、ただの骸《むくろ》だ。それだけだ。

「——不思議ですね。あなたの姿形が美しいのは認めますが、あなたはいつも、ご自分の内面の価値を否定してかかる」

意外な言葉を聞かされ、和貴は咄嗟《とっさ》に反応できなかった。

「私自身も、ほかの連中は、あなたの美貌を目当てに群がるのだとばかり思っていました。ですが、あなたの魅力は美貌だけではない。あなた自身に、人を惹きつける力があるはずです。それを否定する理由が、私にはわかりかねます」

彼の真摯《しんし》な口調に嫌気が差し、和貴は茶化《ちゃか》すように口を挟んだ。

「その魅力とやらを知りたくて口説《くど》いてくれているのなら、僕と寝てみないか？」

「ご冗談を」

端然《たんぜん》と酒を口元に運び、深沢は首を振った。

「僕は君の役に立つはずだ。こう見えても、僕は政財界には顔が広い。親しくなれば、君にとっても得なことがあるとは思わないか？」

「友人では、いけないのですか？」

「駄目だ」

「ならば、できない相談です。私はあなたを友人として信頼しています。過《あやま》ちを犯したくはない」

「過ち……？」

これまで和貴が築き上げてきた方策を、深沢はそんな簡単な言葉で否定するのか。

人と人が知り合うのは、膚《はだ》の上だけでいい。少なくとも和貴は、それしか望んでいない。

その方法しか知りはしない。

「必要なものは、自分で手に入れます。他人に与えられるものでは意味がない」

「他力本願であろうと、金は金、力は力だ。意外と青臭いことを言うんだな」

真摯《しんし》な顔つきで、深沢は和貴を見つめた。

「そんなことのために、あなたを利用したくはない」

その真っ直ぐな視線が、和貴のそれに絡《から》まる。

和貴とは違う世界を映す、澄んだ瞳だった。

――――欲しい……！

刹那《せつな》、仄《ほの》暗い心の底で、鮮やかな火花が散った。

なんて清廉《せいれん》な男なのだろう。

彼はなんと高潔《こうけつ》で美しい心を持っているのか。

同じように血肉を備えた人間でありながら、自分は干涸《ひか》らびていくばかりだ。つまらないことに拘泥《こうでい》し、裏切られ、そして滅びていく。

なのに深沢は、和貴には決して見えぬものを見ている。彼は和貴の手には届かぬ場所にいる。

だからこそ、この男が欲しい。

それは一瞬のうちに噴き出した、嵐のように苛烈《かれつ》な衝動だった。和貴でさえも初めて出会う、恐ろしいほどに激しい感情の波。

深沢を手に入れて、ぼろぼろになるまで蹂躙《じゅうりん》してやりたい。これ以上ないというほどに叩きのめし、その清らかな心を踏みにじりたかった。

この世の中では、深沢が語る理想など無意味なのだと、そんなものを信じることが愚かなのだと、その身を以《もっ》て教えてやりたい。

それは――――憎悪《ぞうお》にも近い欲望だった。

友人としての深沢に抱いていたわずかばかりの好

意は、呆気《あっけ》なく反転した。

深沢とならば、躰を介さずにわかり合えるだろう。支配も破滅も介在しない、希有《けう》の関係を築けるかもしれない。

それは確信に近い予感だった。

だからこそ、この男と寝なければならない。

彼を切り捨て、その幻想を捨て去るために。


「大丈夫ですか、清澗寺さん」

「ああ」

案内された深沢の下宿は、狭いがきちんと整頓《せいとん》されている。その人柄通りに清潔な印象だった。

本当はまったく酔っていなかったのだが、気分が悪くて帰れないと告げると、彼はあっさりとその嘘を信じた。タクシーが捕まるような場所でもなかったことが、和貴に味方してくれた。

横たえられた布団《ふとん》は清潔で、敷布《しきふ》も洗い立てだろう。書棚に並べられた本はどれもが堅くて、通俗小説などは見あたらない。彼らしい実直さで満たされた室内は、和貴の心をよけいに波立たせた。

「どうぞ」

水を運んできた彼に、和貴は手を伸ばす。

「飲ませてくれ」

起きられないんだ、と媚《こ》びた声音で誘う。

「深酒は躰に毒ですよ」

跪《ひざまず》いた深沢が和貴の頭を持ち上げて、唇に水の入った湯呑み茶碗を軽く当てた。

「限度をご存じないとは……あなたの躰が心配です」

不意に、胸が詰まる。

真摯な表情と言葉で気遣われると、和貴の決意も揺らぎそうになった。

――駄目だ。ついさっき、この男を手に入れると心に決めたではないか。

これが和貴の知る、唯一《ゆいいつ》の方法のはずだ。

和貴には同年代の『友人』ができた例《ためし》がない。物心がついた頃から、他人はすべて支配すべき対象だったからだ。

そうでなければ、逃れられない。

足下をすくわれ、捕まってしまう。

あの——過去の幻影に。

それに、和貴の心を乱す相手は、たとえ深沢であろうと許すことができなかった。

「心配してくれるのか……?」

「当然でしょう」

高邁な理想を語った瞳が、今、目の前にある。和貴は湯呑みを払い除《の》け、深沢の首を引き寄せた。

湯呑みは畳の上に落ち、零《こぼ》れた水がじわりと敷布を濡らしていく。

「っ」

重ねた唇の狭間《はざま》で、深沢がくぐもった声を発するのがわかる。そのうぶな動揺ぶりに満足し、和貴は接吻《せっぷん》をしたまま口元を綻《ほころ》ばせた。

何もできぬまま逃げまどう彼の舌を絡め取り、きつく吸い上げる。くちづけだけで他人を籠絡《ろうらく》できるほどに、和貴の技術は巧みなはずだ。

「何、を」

ようやく顔を離すと、深沢は逃れようと後ずさり、すぐに壁に逃げ道を塞《ふさ》がれた。

「心配してくれたお礼だよ。女はともかく、男は知らないだろう? 僕が教えてあげよう」

狼狽《うろた》える彼の衣服を緩め、下肢を探る。すぐに目当てのものに触れ、和貴は笑みを浮かべた。

「やめてください!」

「なぜ……?」

和貴は婉然《えんぜん》と微笑み、組み敷いた深沢を見つめた。

「僕は君を知りたいんだ。これは、人間と人間が知り合う、最も手っ取り早い方法だ」

いつも冷静なこの男から狼狽を引き出したことが、和貴に愉悦をもたらしていた。

身を屈《かが》めた和貴は、躊躇《ためら》うことなく彼の性器に唇を寄せ、まずはその先端にくちづける。

「ッ」

「女にもこんな真似、されたことがないだろう？」

男を陥落《かんらく》させるすべくらい、心得ている。

ぴちゃぴちゃとわざと水音を立てて、飴玉《あめ》を転がすように、和貴は深沢の性器を淫《みだ》らに舐《ねぶ》った。唾液《だえき》をたっぷり絡めておけば、あとの行為が楽になる。

「離してください！」

「嫌だ。君は……こんなに美味しいのに」

彼の下腹に頭を載せ、和貴は甘い声を作って囁く。

次第に体積を増すそれは、雄の欲望の象徴だ。

深沢の欲望は、今、和貴の手の内にある。

この清澄《せいちょう》な男を支配できるのだ。

服を一枚剝《は》げば、誰もが同じこと。

肉欲を抱えた獣でしかない。

たとえそれが、深沢であろうとも。

その事実を——証明してやる。

「ほら、大きくなった……」

嵩《かさ》を増した茎を口腔《こうこう》に含み、唇で扱《しご》くように卑猥《ひわい》な愛撫を施《ほどこ》す。

「——こんなものが、あなたにとっての……快楽なのですか？」

ささやかな声音で問われて、和貴は気怠《けだる》い視線を上げる。乱れた前髪の狭間《はざま》から、深沢の密やかな笑みが見えた気がした。

「そう……これがいいんだ……」

和貴は媚《こ》びた声色で告げる。

これこそが、ひとの定義する、快楽というもの。

ただし、和貴には永遠に理解できないもの。

幾人もの男女と膚を重ねておきながら、和貴は快楽に溺れたことはなかった。

脳裏《のうり》には冴え冴えと冷たい、忘れ去ることのできぬ理性が絶えず残っている。

だからこそ、躰を介しての駆け引きには絶対の自信があった。

深沢には、絶対に誓わせてやる。

和貴のものになるのだと。

このままどこまでも堕《お》ちていくのだと。

「僕のものになると誓えば、もっと……快《よ》くしてあげよう」

蜜《みつ》を啜《すす》り、甘い声音で和貴は囁く。

早くこの身に深沢を咥え込んで、堕落させてやりたい。そう思うと、和貴の心はいつになく昂揚《こうよう》した。

彼一人が清廉であることなど、許すものか。

汚泥《おでい》にまみれる人間は、一人でも多いほうがいい。

昏《くら》い欲望が、和貴の胸中で脈動を始めていた。

4

「あーあ……川、行きたかったなあ」

膨《ふく》れる和貴《かずたか》の頬《ほお》を、国貴《くにたか》が突《つつ》く。

二つ年上の国貴は、和貴にとってはよき兄であり遊び相手でもあった。二人とも十に満たず、遊びたい盛りでもある。

「仕方ないよ。ばあやの具合が悪いんだもの」

夏の陽射しは、二人の子供に降り注ぐ灼熱《しゃくねつ》だった。

「暑ーい……」

川遊びには絶好の日和《ひより》なのに、道中でばあやの具合が悪くなってしまったのだ。おかげで二人の兄弟は、途中で帰宅することを余儀《よぎ》なくされた。

「ほら、ちゃんと帽子被《かぶ》って」

そう言って、国貴は和貴の帽子を直してやる。

「じゃあ、あっちに行こう、兄様！」

「駄目だよ、和貴。そっちにはお父様の離れがあるじゃないか。あそこは、入ったら怒られる」

いかにも年長らしい国貴の言葉に、和貴はぷうっと唇を尖《とが》らせた。

「わかってるよ。でも、あの辺が一番涼しいもん」

「あの辺が涼しいって……おまえ、入ったのか？」

「ちょっとだけ」

「もう！　駄目だって言われてるのに！」

「ごめんなさい」

離れが涼しいのは、鬱蒼《うっそう》とした木立《こだち》に囲まれているせいだ。だがそこに足を踏み入れることは禁じられており、さすがの和貴も室内を見たことはない。

そこに近づけば母が悲しむのはわかっていたのに、他愛《たわい》もない言い合いをしているうちに、この日に限って、二人は離れのそばまで来てしまっていた。

そこで和貴は、はっと足を止めた。

風に乗って微《かす》かに聞こえてくるのは、苦しげな父の声だったからだ。国貴も、それに気づいたようだ。

「もしかしたら、お父様もお腹痛いのかも。どうしよう、お兄様」

国貴はしばし考え込んでいるようだったが、やがて、おそるおそる玄関に近づいていく。

ほんのわずかに開けられた戸の隙間《すきま》から、その声は漏《も》れ聞こえていた。

国貴がその戸に手をかけ、ぐっと開く。

中は襖《ふすま》が開け放たれており、薄暗い屋内の様子が見えた。

——そこには、尋常《じんじょう》ならざる父の姿があった。

家に出入りしている伏見《ふしみ》に押し倒され、冬貴《ふゆき》は切れ切れに声を上げている。

「——行こう！」

咄嗟《とっさ》に国貴は身を翻《ひるがえ》し、和貴の手を引いて庭へ戻ろうとした。

だけど、無体な仕打ちをされている父を助けなくてもいいのだろうか。

どうすればいいのかと、視線をさまよわせた和貴が振り返った刹那《せつな》、冬貴がこちらを見やる。

漠《ばく》とした未知の恐怖に怯える息子を見て、父は婉《えん》然《ぜん》と微笑んだ。その白い華奢《きゃしゃ》な脚を、伏見の腰にしっかりと絡めながら。

今でも覚えている。

あのひとの艶《つや》やかな笑みを。

ぞっとするほど彼は……美しかった。

以来、和貴は何度もあの光景を夢に見たほどだ。

あれはきっと、自分の未来の姿だ。

父の相手は男女を問わず、おまけに一人ではなく、複数の人間を寝所《しんじょ》に引き込むこともあった。その乱れた生活は社交界ではとみに有名で、和貴たちも後ろ指を指されることが多かった。

いつか自分はああなってしまう。

情交に溺《おぼ》れ、男に組み敷かれ、その精を搾《しぼ》り尽くすだけの化け物になってしまう。

その運命から、どうしたら逃れられるのだろう。


どうすれば、このおぞましい腐臭《ふしゅう》を削《そ》ぎ落とせるのだろう？

自分には、誰よりも濃く父親の血が流れている。それは、この顔を見れば明白だ。

このままでは自分は、父と同じになってしまう。

何とかしなくては――。

「清澗寺さん」

遠慮がちに呼びかけられて、和貴はうっすらと目を開けた。

「……ん」

「うたた寝をなさっては、風邪《かぜ》を引きますよ」

こうして彼と膚《はだ》を重ねるようになって数度目となるが、深沢《ふかざわ》の態度は普段《ふだん》と何ら変わることがない。それが好ましくもあり、そして不思議でもあった。

「この頃木島《きじま》先生のところにはお見えになってないようですが……辞めてしまうのですか？」

「少し体調を崩していただけだ」

さすがの和貴も秘書と男妾《だんしょう》めいた二重生活に疲れ

果て、三日ほど寝込んでいたのだ。

「先生が心配なさっていました。このまま辞めてしまわれるのではないかと」

深沢は手を伸ばし、和貴の手に己《おのれ》のそれを重ねた。最初は冷たかった彼の指が、やがてぬくみを帯びて——和貴を溶かしてしまう。

こんなに優しく儚《はかな》い熱を与えられたら、和貴は壊れてしまうだろう。

なのに、その手を振り解《ほど》けない。

この熱を分けてもらわなければ、凍《こご》えてしまう。だからきっと、わけもなく彼を欲するのだ。

「明日にでも、また顔を出すよ」

「そうしていただけると助かります。一度に三人も減るのは、さすがに堪《こた》えますし」

「三人？　ほかに誰か辞めたのか？」

夢うつつだった和貴でさえも、その言葉には引っかかりを覚えた。

「書生の小山《こやま》君と町田《まちだ》君が喧嘩《けんか》をして、二人とも辞めてしまったんです。町田君は、肋骨《ろっこつ》を折るほどの怪我で」

「そう、だったのか……」

小山とは、以前和貴を襲おうとした男だ。そして町田は、あのとき和貴を助けてくれた人物だった。

妙な因縁《いんねん》もあるものだ。

「原因は？」

「——さあ……痴情《ちじょう》のもつれかもしれませんが、どちらにせよ、あなたには関係ないことです」

どこか投げやりな声音に、和貴は何かを思い出しそうになるが、今は眠気が勝《まさ》った。

「君の手は……気持ちいいな……」

気怠《けだる》く甘い眠りが和貴を包み込む。

もう少しだけ、こうしていたかった。


「迎えの方がいらしたようですよ」

いつの間に着替えたのか、衣服を整えた深沢は、和貴の傍《かたわ》らでそう囁《ささや》いた。

「……もう？」

和貴は身を起こし、そして欠伸《あくび》をした。

深沢との情事は退屈で、相変わらず和貴は、一片《いっぺん》の快楽すら感じることができなかった。

あの日から、何も変わることがない。

初めて伏見《ふしみ》に抱かれた夜、和貴が得たのは快楽ではなく、歪んだ歓喜と昂揚《こうよう》だった。

自《みずか》らが快楽も酩酊《めいてい》も味わわなかったことに、和貴は狂喜した。

こんなものに夢中になっていたのか。こんなことに囚《とら》われているのか。――父は。

そう思うと、おかしくてたまらなかったのだ。

あの日から、他人と膚を重ね、どれほど貫かれても、和貴は上辺《うわべ》だけの刺激しか得られない。

おかげで、薄っぺらな悦楽《えつらく》に溺れる父と、この肉体に群がる人々を、和貴は心おきなく蔑《さげす》むことができた。


なのに、深沢は違う。

彼は和貴の与える悦楽に絡め取られることもなく、相変わらず清廉《せいれん》な視線で和貴を見つめるのだ。

そして自分は、そんな深沢を理解できずに苛立ちさえ覚えている。

こんなにも彼に拘泥《こうでい》している自分が馬鹿だと思う。

けれども、彼が頑《かたく》なになればなるほど、和貴は深沢に固執《こしつ》した。

自分の方法論で理解できない男は、和貴にとっては忌々《いまいま》しく目障《めざわ》りな存在でしかないというのに。

あれほど躰を重ねているのに、まだわからない。

深沢を手に入れたければ、こちらも切り札を見せるほかないのか。

「――深沢」

剝《む》き出しの手足をしどけなく伸ばす和貴から、深沢は目のやり場に困ったように顔を背《そむ》けた。

「僕のものになると誓ったことを覚えているか？」

「清澗寺さん、それは」

確かに深沢は、それに同意したことはない。睦言《むつごと》に取り交ぜて、和貴が一方的に迫っているだけだ。

「たとえ誓わなくても、君には僕と寝た代価を払う義務がある」

和貴は傲然《ごうぜん》と告げる。

生真面目な深沢のことだ。こういう言い方をすれば、首を縦に振るだろう。

「だから、君は僕の妹と——鞠子《まりこ》と結婚すればいい。要は婿《むこ》入りだな」

この案は、思いつきにしてはなかなか上等な部類に入るはずだ。

一族に、どこの馬の骨ともしれぬ男を引き入れ、血族の誇りを土足で踏みにじってやるのだ。

「それはできない相談です」

予想に反して、深沢はきっぱりとそれを拒絶した。

「どうして？」

「華族《かぞく》の結婚には、宮内《くない》大臣の許可がいるのをお忘れですか？　私は小作農《こさくのう》出身ですよ」

「……詳しいな」

「常識ですから」

常識のわけがない。

深沢には、妙に聡《さと》いところがあった。それが彼の最後の一線を崩しきれない理由なのかもしれない。

「大臣の許可など、形式的なものだ。平民と結婚する華族はいくらでもいるし、問題は外聞くらいだ。君にも好いた女性がいるのならば諦《あきら》めるが、そういうわけでもないんだろう？」

深沢は答えなかった。

「政治家になるには、財力も人脈も必要だ。確かにうちの財閥《ざいばつ》は衰退の一途《いっと》だが、立て直すことさえできれば、君の力になれるかもしれない」

「本気でおっしゃってるとは思いませんね。だいたい、私には、そんな役目は務まりません」

どうして深沢は、こうも頑《かたく》ななのだろう。穏和に見えるくせに、彼には意外と頑固な面もあるようだ。

「小作農と華族では、どちらの肩書きが有利かは子供だってわかる」

和貴の声音に、無自覚の蔑みが交じる。

「好きでもない男と結婚させられるのは、妹さんが可哀相《かわいそう》です。それでは道具と一緒ではありませんか」

柄にもなく、ずきりと胸が痛んだ。

国貴や和貴が背負いきれなかったものを、鞠子に背負わせていいものか。

それを指摘されると確かにぐうの音《ね》も出ないのだが、ついむきになってしまう。

「僕の言うことが聞けないのか?」

「いくらあなたの頼みでも、無理な相談です」

深沢はそう言うと、和貴に手を差し伸べてきた。

むっとした和貴は、その手を払い除ける。自分の思いどおりにならぬ男の手など、借りたくもなかった。

「外までお送りいたします」

「結構」

「では、傘をお持ちください」

深沢は一足先に玄関に向かい、傘を手に取る。

「――それは……」

「今朝、返ってきたんです。ちょうどよかった」

胃の奥が熱くなり、和貴は口を閉ざす。

――どうしてなのだろう……?

どうして彼だけはこうも純粋《じゅんすい》に、ひたむきに、この世界は美しいと信じていられるのだろう。

だから、和貴のような腐った人間の持ち物にはなれないとでもいうのか。

「おやすみなさい、清澗寺さん」

優しい声を背に、和貴は深沢の部屋を立ち去った。

下宿から少し離れたところに、見覚えのある自家用車が停まっている。

和貴が乗り込むと、すぐに車は発進した。

御《ぎょ》しやすいはずの相手は案外攻め難く、和貴はひどく焦《じ》れていた。この世に自分の思い通りにならない相手がいることが、我慢ならない。

「……おや?」

成田《なりた》が小さく声を上げたのを聞き咎《とが》め、和貴は顔を上げる。彼はブレーキを踏み、車は雨を跳《は》ね上げながら徐々に減速し始めていた。

「どうした？」

すぐそばに自宅の門が見えており、和貴には不審な点は見受けられなかった。

「いや、門のところに誰か立ってるんですよ。この雨だってのに」

和貴が眉をひそめて窓の外を見やると、確かに門前に誰かが立ち尽くしている。寒の雨ともなればさぞや躰に堪《こた》えるだろう。

自動車のライトが門前の男を照らし出し、その容《よう》貌《ぼう》に和貴ははっとした。

だいぶ痩《や》せ衰えてはいたが、以前のパトロンである尾口男爵《おぐちだんしゃく》であることには間違いがなかったからだ。尾口のことはどうしても好きになれず、一度金をもらっただけでその誘いには二度と乗らなかった。

尾口は和貴の存在に気づくとこちらに駆け寄り、速度を緩めた自動車の窓を叩いた。

そうでなくとも疲れているのに、うんざりする。

「僕はここで降りるから、尾口男爵をご自宅にお送りしてくれ」

そう言い残して運転手にドアを開けさせた和貴の腕を、尾口の手が捕らえた。

「和貴君……！」

指が食い込むほどに強く外套《がいとう》越しに腕を握られ、和貴は痛みに眉をひそめる。

「何か？」

「君と話がしたい」

「お話しすることなど何もありません」

「虚飾《きょしょく》をすべて捨てたら、私のものになってくれる約束だったろう？」

約束とは何のことなのか、すぐには思い出すことができなかった。

「妻とは別れることに決めた。男爵の地位も捨てる。だから、私のものになってくれ」

「僕は誰とも約束しません。これまでも、この先も」

和貴は口元を綻《ほころ》ばせて、笑みを作った。

「なぜ、そんな冷たいことを言うんだ！」

悲鳴に近い声が、和貴の鼓膜《こまく》に突き刺さる。

瘦《こ》けた頰も落ちくぼんだ眼窩《がんか》も、すべてが無様《ぶざま》だった。以前は洒落《しゃれ》者で通り、爪の手入れまで怠《おこた》らなかった人物が、信じられないほどの落ちぶれ方だ。

尾口と寝たことがあるという事実すら、今の和貴には厭《いと》わしく思えた。

こんな男さえ簡単に手に入るのに、どうして深沢は最後の最後で自分を拒《こば》むのか。

なぜ彼だけが、手に入らない？

「まさか、ほかの男と寝てきたのか！」

吐き気がするほどの執着《しゅうちゃく》を向けられ、和貴はその手を払い除ける。

「ええ。相手には不自由しませんから。醜態《しゅうたい》を晒《さら》したくないのなら、どうぞお引き取りください」

「和貴君！」

惨《みじ》めな男だ。息子ほど年齢の違う和貴に哀願《あいがん》し、情愛を乞《こ》う。

どうして誰もが、そんなものを求めるのだろうか。

和貴の心に、そんな暖かなものは、もう残されてはいないというのに。

干涸《ひか》らびたこの心には、愛などないというのに。

「どうしても約束してほしいとおっしゃるのなら、約束して差し上げましょう」

「本当に……？」

男の声音に安堵《あんど》が交じる。

和貴は口元を綻ばせて、美しい笑みを作った。

「はい、喜んで。もう二度とお目にかかりません。そう約束いたします」

和貴の言葉を聞いて、男が怒鳴る。

「裏切り者！　この尻軽のあばずれめ！　人の気持ちを弄《もてあそ》んで、それで愉《たの》しいのか!?」

「勿論《もちろん》、愉しいですよ？　愉しくないことなど、しても意味がないでしょう？」

罵《ののし》れば罵るほど、詰《なじ》れば詰るほど、尾口はどうしようもなく汚れていく。

憎しみという名の糸に絡め取られ、彼は和貴に支配され続けるのだ。

だから早く、深沢もここまで堕ちてくればいい。終わることのない、この地獄に。

「これほどの愉しみはありません」

降りしきる雨が、和貴の躰を包み込む。

「この……悪魔め……」

無言のまま和貴は微笑《ほほえ》んだ。

これが和貴の復讐《ふくしゅう》だ。

たとえ、尾口に罪はなくとも。

「ふざけるな！」

尾口は無防備な和貴に飛びかかろうとしたが、折しもやって来た使用人たちに取り押さえられた。

「和貴様、お怪我《けが》はございませんか？」

「大丈夫だ。丁重《ていちょう》にご自宅まで送ってやってくれ」

斯《か》くして尾口は、車へと乗せられた。


「申し訳ございません。不審な男が徘徊《はいかい》していたとは聞いたのですが、尾口男爵は、旦那《だんな》様の古くからのお知り合いで……」

恐縮《きょうしゅく》しきった内藤《ないとう》に、和貴は首を振った。

どうせ警察に届けたところで、悪いのは和貴だという見解になるだろう。新聞に更《さら》なる醜聞《しゅうぶん》の種を提供するよりは、帰ってくれるのを待っていたほうがいいと判断したらしい。

「わかっている。おまえのせいではないのだから、気にすることはない。面倒をかけたな」

「……いえ」

いつにないねぎらいの言葉に、一瞬驚いたような顔になり、次《つ》いで内藤は頭を下げた。

「今、温かい珈琲《コーヒー》を淹《い》れさせております」

「ありがとう」

自分の髪から滴《したた》り落ちた雨滴が、銀の弧《こ》を描いて街灯の向こうへと消える。顔を上げたところで、玄関に不安そうに立つ鞠子と目が合った。

「お兄様……お怪我は？」

「大丈夫だよ、鞠子」

「私が学校から帰ってくる途中で、あの人を見かけたの。だから、とても怖くて……」

「そうだったのか。おまえに何もなくてよかったよ」

「ごめんなさい。私がちゃんと、内藤さんにお話ししていれば……」

　こうして和貴の身を案じる鞠子に比して、自分はなんと醜《みにく》いのだろう。彼女を利用し、深沢に捧《ささ》げる供物《くもつ》にしようとしているのだ。

「すまない、鞠子」

　だけど、それでもあの男が欲しい。

　深沢こそが、この家を滅ぼすための道具でなくてはならない。だが、彼に諭《さと》された通り、愛のない結婚は鞠子の人生に汚点を残しかねない。

　それは、如何《いかん》ともし難い矛盾《むじゅん》だった。

　自室に戻り、濡れた衣服を着替えた和貴は、珈琲を飲みながら窓の外を見やる。

　暗い庭の向こうに、あの離れがあるのだ。

　すべてが始まったあの場所が。

　――その刹那《せつな》。

　和貴の脳裏に、決定的な案が閃《ひらめ》いた。

　はっとした和貴は、自室を出て階下へ向かう。

　その足音に、内藤が執務室から顔を出した。

「内藤！　成田は戻っているか？」

　彼は眠そうな顔で「はい、先ほど」と答えた。

「悪いが車を出してくれ。急用ができた」

「かしこまりました」

　運転手を何度もこき使うのは気が引けたものの、どうしても今夜中に片を付けたかった。

「先ほどの長屋へ頼む」

「はい」

　車に乗り込んだ和貴はそう指示すると、シートに身を埋めた。

　興奮に躰が火照《ほて》ってくるような気がする。

「着きました」

「ありがとう。待っていてくれ」

車から降りた和貴は、軒下《のきした》へと走り込む。

そして、深沢の部屋の戸を叩いた。

「——はい」

扉が開き、深沢は和貴の姿を認めて目を瞠《みは》る。

「清澗寺さん……忘れ物ですか？」

「結婚が無理なら、婚約で構わない」

「え？」

唐突《とうとつ》にそう宣言されて、深沢は面食らったようだ。

「濡れてしまいます。お話は、中でどうぞ」

「すぐに帰るから、ここでいい」

「また体調を崩してしまいますよ」

頑なに首を振り、和貴は深沢を見据えた。

「鞠子と婚約するんだ。僕に妥協《だきょう》できるのは、ここまでだ」

何も実際に結婚させる必要はないのだ。婚約という枷《かせ》で、この男を縛りつけてしまえばいい。

どんな方法であれ、この男を手に入れたい。

逃れられぬ契約で、彼を縛りたかった。

深沢の心も未来も、何もかも滅茶苦茶にしてぶち壊してやりたい。ならば、清澗寺という重い十字架を背負わせ、彼を泥沼に沈めてしまえばいい。

一度引き込んでしまえば、あとは簡単だ。

いくら深沢が優秀であっても、崩壊を始めた一族を立て直すことなど不可能だろう。中身はとうに腐っているくせに、未《いま》だ滅びることもできぬあの家に引導《いんどう》を渡すのは、深沢こそが相応《ふさわ》しい。

そんなことを夢想するほどに和貴は深沢を欲し、同時に彼を激しく憎んでいたのだ。

「僕のものになると、誓え」

冷淡な声音で、和貴は傲然と要求した。

降りしきる雨が、和貴の髪を濡らし続ける。

室内の照明のせいで逆光になって男の表情は見えなかったが、やがて彼が「——わかりました」と抑揚《よくよう》のない声で答えるのが聞こえた。

5

父の寝室には、穏やかな春の陽射しが満ちている。

陽光は乱れたベッドを鮮やかに照らし出し、先夜の情事の存在は傍目《はため》にも明らかだった。

「鞠子《まりこ》を婚約させようと思っています。どうせ興味はないと思いますが、一応ご報告を」

はだけた女物の長襦袢《ながじゅばん》のあいだから覗《のぞ》く、冬貴《ふゆき》のすべらかな腿《もも》も臑《すね》も目の毒だ。そこかしこに残されたくちづけの痕《あと》は、伏見《ふしみ》のものなのだろうか。

「鞠子は幾《いく》つになる？」

「再来月《さ》には十六になります」

やはり冬貴は、鞠子の結婚には欠片《かけら》の興味もないらしい。彼は面倒くさそうに欠伸《あくび》をして、また布団《ふとん》に潜り込んだ。

「冬貴。少しは話を聞いてやったらどうだ。和貴君《かずたか》が折角《せっかく》段取りを決めてきたんだ」

外を眺めていた伏見がベッドサイドに場所を移し、冬貴に膝枕をしてやる。

父と息子、そしてその愛人がこうも和《なご》やかに話をしている光景は、ある意味でおぞましい構図なのかもしれない。しかし、和貴はもう慣れてしまっている。自分はあまりにも長く、この家の澱《よど》んだ水に浸《つ》かりすぎたのだろう。

「鞠子もまだ学生ですから、いきなり結婚させるのは問題がありますし……」

「だったらなぜ、今、婚約させる？」

何事にも無関心な冬貴に代わり、こうした話を聞くのはいつも伏見の役目だった。

「有能な男を見つけたからです。我が家の将来のためにも、どうしても手放したくはない」

「なるほど。それで、相手は？」

「木島《きじま》先生の秘書の深沢直巳《ふかざわなおみ》という人物で、金沢《かなざわ》出身です。実家は小作農だとか」

「小作農か。それはまた、随分《ずいぶん》と面白い人材を拾ってくるんだな」

わずかな侮蔑《ぶべつ》が、伏見の声に滲んだ。

「僕は、鞠子を託すに足る人物だと信じています」

「——君はいったい何を企《たくら》んでいる？」

「べつに、何も。企んでいるとは人聞きの悪いことをおっしゃる」

ただ、この家の滅亡のための花道を用意しようとしているだけだ。

どうせ滅ぼすのなら、完膚《かんぷ》無きまでに叩き潰《つぶ》してしまったほうがいい。そして深沢に、拭い去れぬほど大きな罪の烙印《らくいん》を押してやるつもりだった。いわば一石二鳥というわけだ。

深沢に出会ったことがきっかけで、和貴の夢想は現実のものとなろうとしている。

「何か考えがなければ、どこの馬の骨とも知れぬ輩《やから》を家に入れようなどとは思えないだろう？」

「楽がしたいだけですよ。彼はとても優秀で、清澗寺財閥再建の力になってくれるでしょうから」

「たった一人に何ができる？」

「そのたった一人が無能なだけで、事業が立ちゆかなくなることもあります。形式だけでも婚約させておけば、同族経営の我が財閥でも、新しい人材を引き込む言い訳が立つ。鞠子に好きな相手ができれば、婚約は破棄《はき》すればいい」

たとえば、財閥傘下《さんか》の清澗寺紡績《ぼうせき》の社長は病床《びょうしょう》にあるため、深沢を社長代理にすればいい。和貴が監督《かんとく》すると言えば、表立って反対できないだろう。尤《もっと》も、和貴にその手腕があるかどうかは別だったが。

「この家を生き長らえさせたいと？」

「そうです」

「嘘《うそ》つきだな。君がこの家にどんな感情を抱いているか、私が知らないとでも？　そうまでして執着《しゅうちゃく》する相手ができた。それだけの話じゃないのか？」

動揺しては負けだ。和貴は冷静を装《よそお》って、「まさか」

とその言葉を鼻先で笑い飛ばしてみせた。

「それに、我々の婚姻には宮内《くない》大臣の許可がいる。たかが婚約とはいえ、地方の小作農が相手では、認められるとは思わないが」

「その点は、木島先生に養子縁組《ようしえんぐみ》していただくことに承諾《しょうだく》をいただいております」

「用意周到だな」

伏見の声音に棘《とげ》が交じった。

華族の結婚に対する宮内大臣の許可など有名無実と化しているが、他人にあれこれ詮索《せんさく》されるよりは、多少の手順を踏んでおいたほうがよかった。

「ええ。当主である父上のご意向も伺《うかが》わずに、申し訳ないとは思いましたが」

「べつに構わないよ、私は」

寝転がった冬貴は、上目遣《うわめづか》いでこちらを見やる。

「何をしようと、おまえの自由だ。生きるのも死ぬのも、勝手にすればいい」

――そうやって突き放すのだ、この人は。


冬貴は他人の感情も葛藤《かっとう》も無視し、すべてを無関心でやり過ごそうとする。

「義康《よしやす》。今日は外に出かけたい」

甘えたような声音で冬貴は伏見にそう語りかける。

父が彼に手を伸ばそうとするとその拍子《ひょうし》に襦袢が捲《まく》れ、二の腕までもが露《あらわ》になった。

「珍しいな。芝居でも観に行くか？」

「ん。喉《のど》も渇いた」

幼子のように冬貴はこっくりと頷《うなず》き、そしてのろのろと身を起こした。

「メイドに何か持ってこさせよう。待ってなさい」

二人きりで取り残されて、和貴は俯《うつむ》く。

冬貴に似ていると人から評されて、自分は常にその事実に反発と憎悪《ぞうお》を覚えてきた。だが、時として、彼よりも自分のほうがよほど利己主義者なのではないかと考えることもある。

「鞠子の婚約を勝手に決めて、怒っていますか？」

「怒る理由がない」

抑揚のない声音に、和貴はむっとした。

一瞬にして弾《はじ》けそうになった感情を堪《こら》えるために、和貴は軽く己の手を握り締め、爪を立てる。

よけいな言葉を口にすれば、呪《のろ》わしくなるだけだ。

「では、僕はこれで失礼いたします」

冬貴は無言で和貴の退室を許した。

幼い頃、素直な問いを父にぶつけたことを、彼は覚えているだろうか？

どうしてあなたは他人の体温を求めずにはいられないのか、と聞いたことを。

その答えを、和貴はどうしても思い出せずにいる。

そもそも、彼がそれに答えてくれたかどうかすら定かではない。

自分はそんな父から生まれた、最も醜悪《しゅうあく》な存在だ。

この家の汚泥《おでい》で作られた人形。

塵《ちり》から生まれ、そして塵に返る。

神の手で泥を捏《こ》ねて作られた人間は、所詮塵芥《しょせんじんかい》と同列でしかない。そんな人の一生などあまりに虚《むな》しく、そしてつまらぬものだ。


「お兄様」

サロンにやって来た鞠子が身につけているのは、仕立て下ろしの真っ白なワンピースだった。

――はつは白無垢《しろむく》、死出立《しにでたち》……か。

『曽根崎心中《そねざきしんじゅう》』の一節を思い浮かべながら、和貴は鞠子に微笑《ほほえ》んだ。

白無垢は死装束《しょうぞく》でもある。嫁《とつ》ぐとき、娘は生家と決別《けつべつ》するために白無垢を着るものだと言われている。白無垢の由来《ゆらい》には諸説があるが、その解釈は正しいのかもしれない。

「綺麗《きれい》じゃないか」

「ふふふ、そう？」

彼女がくるっと一回転すると、シルクの服地がふわりと揺れる。

国貴の件もあり、婚約披露《ひろう》は屋敷で内々で行われることになった。そのため、鞠子にはワンピースを新調してやることくらいしかできなかった。

「――今更《いまさら》かもしれないが、構わないわ。本当に、いいのか？」

「婚約くらいなら、構わないわ。直巳さんは優しいし、ハンサムで素敵な人だし」

「直巳さん」という聞き慣れぬ物言いに、なぜかきっと心臓が痛む。

本当に、ここしばらくで彼女は見違えるように大人びた。まるで花嫁の父のような心境になって、さすがの和貴も口数が少なくなってしまう。

「お兄様も、直巳さんのことをとても好きなんでしょう？」

鞠子の子供じみた物言いに、和貴は苦笑した。

「べつに、好きなわけじゃない」

「だって、そうでなければ、婚約者と一緒に住もうなんて言わないと思うわ」

今回の婚約を機に、深沢は議員秘書を辞め、清澗寺財閥の仕事を手伝うことになっていた。同時に彼は、この屋敷に住むことになる。それらはすべて、和貴の意向にほかならなかった。

「彼ならばうちの財政も立て直せるだろうし、家にいてくれたほうが何かと好都合だ。世間の連中には、公家《くげ》特有のしきたりとでも言えば納得する」

まだ十五の鞠子には、和貴の感情の機微《きび》がわかるはずがなかった。この家を憎む和貴が、その因習《いんしゅう》を逆手に取っているのだから――愚かなものだ。

「難しいことはわからないけれど、今だけなら、お兄様に協力してあげる」

「ありがとう。だけど、その先の人生はおまえのものだ。おまえは自由に生きればいい」

いずれ鞠子が望めば、深沢との結婚を許してもいい。鞠子がそれを拒んだとしても、深沢がこの家に入る基盤《きばん》はできあがっていることだろう。改めて養子にし、当主に据《す》えればいいだけのことだ。

「失礼いたします」

深沢の声に、和貴は「どうぞ」と応える。

「直巳さん！」

鞠子は深沢の姿を認めて、口元を綻《ほころ》ばせた。

今日の深沢は上質の礼服に身を包み、眼鏡《めがね》は外している。そのせいか、あまりにも鋭いまなざしが和貴の瞳を射抜き、それに思わずたじろいだ。

既視感《きしかん》。

以前、どこかで深沢に会ったことがあるのではないだろうか。

しかし、その疑問は、歪《ゆが》んだ悦《よろこ》びの前にはすぐに消え去った。

ようやく、彼が手に入るのだ。

この清廉《せいれん》な男の未来を、和貴が己の手で滅茶苦茶にしてやる。この一族ごと滅ぼしてやれるのだ。

こうして他人を蹂躙《じゅうりん》し、破滅に導《みちび》く。

和貴がその忌まわしい螺旋《らせん》から抜け出せぬ理由を、この男は永遠に理解することはないだろう。

男たちを破滅せしめることで、和貴は父を殺し続けているのだ。


「この婚約を、せいぜい君の役に立てることだな」

深沢は何も言わずに、やわらかく笑んだ。

「行きましょうよ、二人とも」

連れ立って応接間に向かうと、正装になった父と伏見が、シャンパンを飲んでいるところだった。

まともな格好をしている父の姿を見ることは、滅《めっ》多《た》にない。黒い上着は冬貴の臈《ろう》長《た》けた美貌に映え、その白い膚《はだ》をよりいっそう引き立てていた。

「先にいただいているよ」

そう言った伏見は微笑《びしょう》し、何事かを冬貴に耳打ちする。それに応じて冬貴が紅い唇を綻ばせると、その顔にぞっとするほど凄艶《せいえん》な色が宿った。

家族だけのパーティだったが、食前酒くらいは広間で飲もうということになっていた。

「初めてお目にかかります、冬貴様」

驚いたことに深沢は、父や伏見と相対してもまるで動じるところがなかった。それどころか、背筋を伸ばして堂々としている様子は、まるで十年も前か

ら社交界にいたような印象を与えるほどだ。

「うん」

冬貴はいかにも退屈そうに応えて、伏見の胸にもたれかかった。

「もう、飽きた」

「飽きる前に食事だろう？」

伏見の声は甘く、毒を孕《はら》んでいるようだ。

「ごめん、遅れちゃった！」

明るい声で、三男の道貴《みちたか》が部屋に飛び込んでくる。途端《とたん》に室内の空気が明るいものになった。

「はじめまして、深沢さん。いや、直巳さん、かな。鞠ちゃんをよろしくお願いします」

丁重《ていちょう》に頭を下げられて、深沢は鷹揚《おうよう》に頷いた。

こんな茶番を目にしたら、兄は何と言っただろう。

己のエゴイズムのままに生きる和貴を批判し、軽蔑《けいべつ》したはずだ。家の犠牲《ぎせい》になるのは自分だけで十分だと主張したかもしれない。

捨てたのは、国貴《くにたか》なのに。

和貴をこの家に取り残したまま。

自分は兄とは違う。兄のようにはなれない。

だから、この家を背負い続けるだけだ。

逃げることも、投げ出すこともできずに。

「——どうしましたか、清澗寺さん」

深沢に問われて、和貴は不機嫌そうに顔を上げる。

「この家では誰もが『清澗寺』だ」

「失礼しました、和貴…様」

どの敬称をつけるか一瞬迷ったようだが、深沢は和貴の自尊心を満足させるすべを知っていた。

聡明で実直だが、それは愚鈍《ぐどん》な証拠でもある。

己の企みのために妹を犠牲にしきれなかったのは、鞠子の人生を滅茶苦茶にしてしまうことを恐れたからだ。そう思えばこそ、和貴は彼女に『結婚』という枷《かせ》を与えることを躊躇《ためら》った。

まだまだ自分は甘いのかもしれない。

この善良な男を破滅させようと企んでいるのに。

「では、ここが最後だ。書斎《しょさい》に案内しよう」

「……はい」

邸内《ていない》を案内する和貴に、深沢は遠慮がちに頷く。広い庭を見せ、執事とメイドに顔見せをしたあと、広い邸宅を連れて回った。ただし、離れだけは、疑念を抱かせない程度の素《そ》っ気《け》なさで素通りをしたが。

「こちらは普段、兄が使っていたものだ。必要があれば、君の思うとおりに変えてくれて構わない」

室内に足を踏み入れ、深沢はあたりを見回した。

「素晴らしい蔵書ですね」

「ああ。兄は軍人には似合わず、本と芝居、それに音楽が好きだった」

日曜日になると、国貴は読書に耽《ふけ》ったり、芝居に行ったりして穏やかな時間を過ごしていた。

凛《りん》として背筋を伸ばした、美しいひと。

所詮《しょせん》、自分とは違う。何もかもが。

「ご立派な方だったと伺っております。私のような者が、ここを使うのは気が引けますが」

「いずれはこの清澗寺家を継いでもらうというのに、その気弱な態度は困るな」

「私はそんなことは望んでおりません。和貴様、あなたがこの家の戸主《こしゅ》になるはずです。私はただ、あなたのお手伝いをするためにここに来たのですから」

否《いな》、それだけのためではないはずだ。

木島の秘書であることと、傾きかけているとはいえ清澗寺財閥の力を得るのとではどちらが得なのか、深沢は考えたに違いない。

もしくは、何度となくこの肉体に溺れた代価として、和貴に従うことを選んだのか。

いずれにせよ、和貴にはたいした違いはない。

これはただの遊びだ。朽《く》ちてゆく躰を使った遊戯。

「これだけは忘れられては困る。清澗寺の一員となるというのは、僕のものになるということだ」

「――わかっております」

「この家にいる限り、君を生かすのも殺すのも僕次第。……そういうことだ」

華奢な指を伸ばし、和貴は深沢の顎を捉える。

濃厚な接吻《せっぷん》を仕掛け、和貴はその唇を味わった。

「ん……」

深沢は生真面目な男で、情事も面白みのあるものとは言えない。しかし、仮にも婚約をした以上は、和貴との関係に、幾ばくかの躊躇いを覚えるはずだ。

彼が罪の意識に打ち震えるところを、見たい。

「今後、君の主人は僕だ。僕の命令にはすべて従ってもらう」

ようやく彼を解放し、和貴は艶《つや》やかな笑みを作る。

「捨てられたくないのなら、君は何も考えずに、ただ僕のものであればいい」

結局、深沢は道具だ。傀儡《かいらい》にすぎない。

和貴の声には、はっきりと優劣の図式が滲み出ていた。二人の明確な関係が、ここに規定されたのだ。

「私にすべてを捨てろとおっしゃるのですか？」

「いいや。僕も、当面は君に利用されてあげよう。君が政治家になるための足がかりになってやる」

「なるほど」

相槌《あいづち》を打つ声には、何の感情も込められていない。

「大丈夫だよ。慣れれば何でもなくなる」

「慣れ、ですか」

「ああ。他人のものになることは、その状況に慣れるか慣れないか……それだけのことだ」

和貴はそう囁き、彼をはためくカーテンの波間へと押しつけ、そこに跪《ひざまず》いた。

「和貴様……」

低い声で深沢が和貴の名前を呼ぶ。狼狽《ろうばい》すら帯びた声音に確かな満足を覚え、和貴は微笑んだ。

「君の欲望さえも、すべて僕のものだ。僕以外のものになることは許さない」

この男に自分の肉体を与えてやるのも、今日だけだ。悦楽を罠《わな》に、和貴を欲しくてたまらなくなるところまで焦らし、やがては心の底から隷属《れいぞく》させてやろう。この美しく聡明な男を。

深沢を虜《とりこ》にするのは、快楽を介してでなければならなかった。

和貴は、己の方法論の正当性を示さねばならない。この男が清潔でいればいるほど、和貴は自分自身を否定される。自尊心を傷つけられるような気がして、不快だった。

深沢を支配したと言い切るには、彼は和貴には溺れきっていない。

その心も、躰も。

「約束は有効だ。――永遠に」

深沢の衣服をくつろげ、和貴は引き出した彼の性器に舌を這わせる。上目遣いに彼を見上げると、深沢は無言のままこちらに視線を落とした。

どうして、なぜ、何のために。

男のまなざしはそう尋ねているようだった。

理由のない行為は、最も崇高《すうこう》だ。

意味がないからこそ価値がある。

6

「和貴《かずたか》様。お早いお戻りですね」

執務《しつむ》中だった深沢《ふかざわ》は一瞬顔を上げ、和貴を目にして微笑《ほほえ》む。

清澗《せいかん》寺紡績《じぼうせき》の社長室は、深沢の趣味を反映し、ごてごてした飾りはすべて排除してしまっている。ものがあると落ち着かないというのが彼の挙《あ》げた理由だったが、それは「気取りのない新社長」ということで、社員の人望を得る一因ともなっていた。

無知は、斯《か》くも罪深い。

どうせ深沢は、和貴の傀儡《かいらい》にすぎぬのに。

「先ほど決裁した書類が、そちらにございます。ご覧になってください」

「わかった」

情事のあとの気怠《けだる》い匂いを身に纏《まと》って帰ってきたというのに、仕事に没頭《ぼっとう》する深沢はそれに気づいていないようだ。それとも、あえて気づかぬふりをしているのだろうか。

婚約に伴い、深沢と和貴は木島《きじま》の秘書を辞した。長患《わずら》いしている清澗寺紡績の社長の首を切り、深沢を新社長に据えたところで、和貴の独断専行《どくだんせんこう》に文句を言うほど気骨《きこつ》のある人物は誰もいなかった。

たかが創業者の曾孫《ひまご》でしかない和貴は、事業のことなどほとんど関知していない。それでもこの強引な人事が通ってしまったこと自体が、財閥の運命を暗示しているようだった。

深沢の机に載っていた決裁済みの書類を捲《めく》り、和貴はそれに簡単に目を通す。

念のため、殊《こと》に経理がらみの案件は和貴が目を通すことになっているが、深沢が不正を働いたことは一度もなかった。

それほどの度胸もないのか、よほど馬鹿なのか。

政治家になるための足がかりをくれてやるという甘言《かんげん》に踊らされて、唯々諾々《いいだくだく》と和貴の命令に従う深沢の精神性を、実のところ和貴も量りかねていた。

「――僕が誰と会っていたか、興味はないのか?」

気まぐれに身を屈《かが》めてそう囁《ささや》くと、深沢はそこで初めてペンを走らせる手を止めた。

「興味ですか?」

いかにも訝《いぶか》しげな言葉。

「そう」

和貴に軽く耳朶《みみたぶ》を噛まれて、彼は口を開いた。

「今日は女性のようですね」

「……兄と同じことを言う」

良くも悪くも、艶事《つやごと》に関してはその程度の判断力しかない、似たもの同士というわけか。

「僕に触らなくて、よく我慢できるな」

「和貴様。今は勤務中です」

「君はそれほど禁欲的なのか?」

「この書類を決裁してしまいたいんです」

生真面目な男は、和貴の誘惑には決して乗ろうとしない。

無論、こうして誘ってやるのは、会社にいるときだけだ。家にいるときは、徹底的にこの男を焦《じ》らす。もしくはどこの誰とも知れぬ男女と交わってから帰るのが、和貴の常だった。

どれほど飢《う》えていたとしても、この男が和貴の意向を無視して手を出すことはあり得ないことだ。

どこまでも焦らして、和貴のことを欲しいと言わせてみたい。実直で生真面目な深沢が嫉妬《しっと》と欲望に狂うところが見られれば、それに勝る余興はない。

退屈な人生を、少しでも愉《たの》しませてほしい。

和貴が欲しいのは、ささやかだが何よりも大きな愉悦《ゆえつ》だった。


はしゃぐ鞠子《まりこ》の声が、風に乗って庭から聞こえてくる。深沢が来てからというもの、彼女は見違えるように美しくなった。

「直巳《なおみ》さん、ねえ、もっと強く押してくださる？」

深沢は、彼女にせがまれて庭の大木にぶらんこを作ってやったのだという。

そんなことをしては庭師が怒るだろうとも思ったのだが、理解を得ることができたらしい。それもまた、深沢の人徳《じんとく》のなすところだろう。

鞠子には優しいし、仕事面でも有能だった。婚約者としての深沢には、及第点《きゅうだい》をやってもいいはずだ。

「――見つからないな……」

母の部屋をいくらひっくり返しても、和貴の捜し物は出てくる様子がなかった。

鞠子の十六歳の誕生日が近づいている。母が大事にしていた翡翠《ひすい》の帯留めを、ブローチにでも作り替えてやろうと思い立ったのだ。

鞠子が生まれてからすぐに母は亡くなったため、妹は母の記憶を持ち合わせていない。今更《さら》のように彼女を不憫《ふびん》に思うのは、偽善《ぎぜん》だろうか。

「あっ」

薄暗い中、カーテンを開けようとした和貴は、姿見に映った己にどきりとして足を止めた。

そこにいたのは紛《まぎ》れもなく和貴自身だったが、薄明かりの下で見るその容貌《ようぼう》は、ぞっとするほど父によく似ていた。

——眩暈《めまい》がする。

少しでも新鮮な空気を求めて、和貴は開け放った窓へと近寄った。

「それじゃ足りないわ。もっと強く押して」

楽しそうな鞠子の声が、鼓膜《こまく》をくすぐる。

「いけませんよ、鞠子さん。怪我《けが》をしたら大変なことになります」

「つまらないの」

「あまりお転婆《てんば》な真似《まね》をして、私を心配させないでください」

深沢の声は、あくまで優しい。彼女を「鞠子さん」と呼ぶ口調も自然で、二人は仲睦《なかむつ》まじかった。


こうして和貴に利用されてもなお、深沢は変わることがないのだろうか。彼の瞳には、世界は、美しく映っているのだろうか。

それを考えることにすら、最近では嫌気《いやけ》が差す。

——お兄様も、直巳さんのことをとても好きなんでしょう?

婚約パーティの日にそう尋ねた鞠子の声が、今でも鼓膜に残ったままだ。

好きなわけでも、執着《しゅうちゃく》しているわけでもない。

ただ。

ただ——深沢だけは違った。

和貴にとって、彼は特別なのだ。

深沢は、ことあるごとに和貴の内面を覗《のぞ》き込もうとした。

いっそ愚《おろ》かとも思えるほどの真摯《しんし》さで。

この空虚《くうきょ》な心を抱える和貴の中に、深沢は何か見つけることができたのだろうか……?

その行為でさえも、和貴の苦しみを増すだけだというのに。

あの男は、優しいくせにひどく残酷《ざんこく》なのだ。

そのうえ、この期《ご》に及んでもまだ、彼は和貴には屈しない。膝を折ろうとしなかった。

「――和貴様」

遠慮がちに声をかけられて振り返ると、背後には執事《しつじ》の内藤《ないとう》が立っていた。

「何か？」

「今月の出納《すいとう》記録です。深沢様が作成なさったものですが、和貴様の決裁を仰ぐようにと」

「そうか」

食費や光熱費、和貴の洋服の代金に使用人たちの賃金など。こうした面倒な作業を押しつけても、深沢は文句一つ言わずに引き受けてくれるのだから、和貴としても有り難かった。

「先月よりも、随分《ずいぶん》出費が控えられているな」

「ええ。深沢様が、出入りの業者と交渉してくださって、少し割引してもらえるようになりました」

「なるほど」

当初は深沢の存在に猜疑《さいぎ》的だった使用人たちも、次第に彼に心を開きかけているようだ。心なし、彼らの表情も生き生きとしてきた気もする。

「いかがでございましょうか？」

「この交際費は？　飛び抜けて多い気がするが」

「先月、鷹野男爵《たかのだんしゃく》のご令息《れいそく》がお怪我をなさったときに、花をお送りいたしました」

随分とそつがない真似をしてくれるものだ。

「それなら、いいんじゃないのか？　深沢がいてくれれば、僕はそのうち楽隠居《らくいんきょ》だ」

深沢を選んだ和貴の目に、狂いはなかったわけだ。

それに満足を覚える和貴ではあったものの、同時に己の誤算に苦笑するほかなかった。

和貴としては、この家を延命させたいわけではないのだ。なのに、深沢は和貴が与えた表向きの存在意義を、淡々《たんたん》とこなしていく。

「そういえば、母の帯留めを知らないか？」

「存じませんが……何か不手際《ふてぎわ》でも？」

「いや、それならばたぶん、誰かがどこかにしまい込んだんだろう。気にしなくても構わない」

和貴はそう言ってのけた。

「……すみません、和貴様」

遠慮がちに声をかけられて、和貴は視線を上げる。内藤の背に隠れ、メイドが来たのが見えなかった。

「どうした？」

「お電話でございます。木島様から」

微《かす》かに眉をひそめ、和貴は「わかった」と答える。書斎《しょさい》で電話を受け取ればいいだろう。

「もしもし、お電話を代わりました」

「ああ、和貴君か？　私だ」

「ご無沙汰《ぶさた》しております」

木島の声は、朗々《ろうろう》として張りがある。

「今日は、久しぶりにチェスでもと思ってね。よかったら相手をしてくれないかい？」

「――はい、喜んで」

あまり気の進まない誘いではあったが、無下《むげ》に断るのも義理を欠く。

近頃、野党幹部としての風格を持つようになった木島は、今や政界きっての論客《ろんかく》と言われている。最近は普通選挙制度導入が取り沙汰されるようになり、民衆の希望はそちらへと集まっていた。

どうせ、すぐ腐敗《ふはい》するに決まっている。民意が政治に反映されることなど、まずあり得ない。それでも人は進歩を求め、がむしゃらに前進しようとする。立ち止まれば破滅するとでもいうかのように。

気まぐれに中庭を覗くと、深沢と鞠子の姿があった。いつの間に加わったのか、道貴《みちたか》が芝生に座り込んでその光景を見守っている。

「あれ？　兄さんもぶらんこに乗りにきたの？」

弟に陽気な声で問われて、和貴は苦笑した。

「まさか」

「和貴様、お出かけですか？」

衣服を着替えた和貴に目を留め、深沢は尋ねた。

「ああ。君のおかげで僕は楽ができる」

すれ違いざまに、和貴は深沢に甘く耳打ちする。

「情事も密会も思いのままだ。有り難いことだよ」

「行ってらっしゃいませ」

彼はそれだけを口にすると、和貴を送り出した。


「まったく、深沢の奴も上手《うま》くやったよな。あいつらしい立ち回りだ」

門をくぐり、木島家の離れへ回ろうとした和貴は、その声にふと足を止めた。

今日は日曜日だ。書生《しょせい》たちがのんびりと、縁側《えんがわ》でくつろいでいるのだろう。

「落ちぶれたと言っても、いずれは清澗寺の婿殿《むこどの》だろう。上手くやれば、遊んで暮らせるわけだ」

立ち聞きのような下品な真似は趣味ではなかったが、彼らの話は興味深いものだった。

「確かあそこは清澗寺君と妹さんのほかに、弟さんがいたよな。だったら、清澗寺君と弟さんが死なない限り、財産は手に入らないだろう」

「そう都合よく二人も死なないさ」

女性には財産の管理能力がないとされる法律のため、清澗寺家の財産を鞠子が相続する場合は、その権利は夫となる深沢に与えられる。

だが、それは遠い未来の話だ。

「清澗寺君がぼんやりしているあいだに、家を乗っ取られるかもしれないな」

「あの人も、世間《せけん》の風評《ふうひょう》ほど馬鹿じゃないさ。それに、深沢は政治家志望だろう？　清澗寺家は財界に強くても政界には疎《うと》そうだし、得策とも思えないな。だったら、自分の将来を変えてもいいくらいに、妹さんに惚《ほ》れ込んだってことじゃないのか？」

なるほどねえ、という相槌《あいづち》が聞こえてくる。

「これで小山《こやま》がいたら、一悶着《もんちゃく》あっただろうなあ。あいつも、清澗寺君に随分のぼせ上がっていたし。たとえ妹との婚約だって認めなかっただろうよ」

小山という名前に和貴は眉をひそめたが、ようやく、いつだったか自分に言い寄ってきた書生だということに気づいた。確か、彼は他の書生と刃傷沙汰《にんじょうざた》を起こして田舎《いなか》に帰されたはずだ。

「小山だって、そこまで思い詰めちゃいないだろ」

「いや、清澗寺に関しては、小山と町田《まちだ》で競っていたからな。それを上手く横取りして、下手《へた》すりゃ刺されていたのは、深沢だったかもしれないぞ」

「鳶《とんび》に油揚げって奴か？　まあ、深沢だって、あいつらとは仲が良かったんだし、取り持ってやればよかったのにな。そうじゃなけりゃ、あんなことにはならなかったろうに」

他愛《たわい》のない噂《うわさ》話はそこで終わったようだ。話が途切れたのを機に、和貴はそちら側へと回った。

「清澗寺君じゃないか！」

途端に、明るい声があたりに満ちる。

縁側に座っていた書生たちは、和貴を認めて居住まいを正した。

「お久しぶりです。木島先生は？」

「離れでお待ちだ。俺たちはチェスの相手にならないからと」

立ち上がった書生の一人は頭を掻きながら言うと、和貴の案内のためにこちらにやって来た。

「深沢はどうしてる？」

「特に変わりはありませんよ」

ふ、と和貴は微笑する。

「あいつなら上手くやるだろうな。生まれは俺たちとたいして変わらなくても、深沢は俺たちとは全然違うものを見てるような気がしてたからさ。どこに行っても成功すると思うよ」

「そんなに違うように思えませんが」

どういうことなのだろうと、和貴は続きを促した。

「たとえばさ……書生同士で馬鹿な話しているときも、あいつは俺たちと一緒にいるように見えて、絶対に交じらない。たまに、こっちがぞっとするほど冷静に俺たちを観察しているんだろうなって思うこともあった。まあ、気のせいなんだろうけどな。とにかく、君は目が高いよ」

もう少し話を聞きたかったのだが、彼は離れの一室に向かって、声をかけた。

「木島先生。清澗寺君です」

「おお、待っていたよ」

「お久しぶりです、木島先生」

葉巻《はまき》を吸っていた木島は和貴の姿を認め、嬉しそうに眦《まなじり》を下げた。日当たりのいい洋間に和貴を招き、椅子《いす》を勧める。

「君たちが辞めてしまって、私も大弱りだ。君といい深沢といい、優秀な者ばかりが辞めていく」

「私のことはともかく、深沢君のことは申し訳ないと思っています。ですが、私としても得難い人材だと思いましたので」

「なあに、いいんだよ。これで君に貸しができた」

「我が家にはお返しできるものはありませんよ？」

「深沢に舵取《かじと》りを任せれば、きっと上手くいくだろう。貸しはいずれ、利子をつけて返してもらうよ」

木島は自分の言葉に納得したように頷いた。

「そうですね。彼となら上手くやっていけそうです」

「尤《もっと》もあれは……両刃《もろは》の剣だな」

不意に、木島の声が低くなった。

「え……？」

「切れすぎる人間は、時として厄介《やっかい》なものだ」

おまえに御《ぎょ》しきれるのかとでも言いたげな木島の声に、和貴は思わず返事を忘れた。

できる。なぜならば、あの男の肉体は自分のものだからだ。そういう契約《けいやく》を交わしたのだ。

では、心は……？

心は鞠子のものだろうか。それとも別の人間のものだろうか。

木島は呵々《かか》と笑ってから、「誰かいないか」と声を上げた。

7

抜けない棘《とげ》、か。

昨日、木島《きじま》の家で聞いた書生たちの会話が、和貴《かずたか》の耳の奥にまだ残っている。

「——どうかなさいましたか？　お顔の色が優《すぐ》れないようですが」

食事中も沈みがちな和貴の心情を慮《おもんぱか》る深沢《ふかざわ》の声は真摯《しんし》なもので、彼らが話していたような小賢《こざか》しさや策謀《さくぼう》があるとは、到底《とうてい》思えなかった。

それとも、深沢の身に纏《まと》う空気に騙《だま》され、和貴は判断力を鈍らされているとでもいうのだろうか。

「いや……ちょっと考え事をしていただけだ」

「それならいいのですが。和貴様は季節の変わり目には熱を出されるようですし、少し気をつけたほうがよろしいですね」

「——どうして、それを」

「それくらい、二カ月も一緒に暮らしていればわかります」

ひやりとしたものが、触れる。

立ち上がった深沢が、自分の額《ひたい》に触れたのだと気づくまで、しばしの時間を必要とした。

「やはり熱があるようですね。明日は九時に家を出れば問題ありませんし、今夜はゆっくり休まれたほうがいい」

諭《さと》すような声音が、和貴の心に波紋を作る。

「まるで、君のほうが、秘書みたいだな」

「つい、癖《くせ》で」

「先ほどまで鷹野男爵《たかのだんしゃく》夫人がいらしていただろう。あれで少し、気疲れしただけだ」

食事を終えた和貴は自室へ戻ろうとし、そこでメイドのサヨに用があったことを思い出した。

女中部屋に近づくと、サヨたちの声が聞こえてくる。にぎやかな話し声は明るく、この家がまた光を取り戻したような錯覚さえ感じた。そこで不意に扉が開き、向こうからサヨが顔を出す。

「あら、和貴様。どうなさいました？」

「遅くにすまない。一つ、聞いておきたいことがあるんだが」

「何でございますか？」

「母の形見の、翡翠《ひすい》の帯留めがあっただろう。どこにあるか知らないか？」

「すみませんが、ちょっと……この頃そういうものの管理は、深沢様にお任せしてるんですよ」

「――深沢に？」

意外な返答に、和貴は小首を傾《かし》げた。

「ええ。私どもですと、どうしても手が回らなかったり、覚えていられなかったりしますからね。その点、あの方ならきっちり管理なさるので、こっちとしても助かってるんです」

「そうか。じゃあ、彼に訊《き》いてみるよ」

和貴はその場を辞し、自室へと向かった。

べつに、たいした問題ではない。

和貴の知らないことを、深沢が知っているという可能性を示唆《しさ》された。それだけのことだ。

ならば、この漠然とした不快感は何なのだろう。

自室に戻った和貴はタイを緩《ゆる》め、届いていた郵便を手に取った。

「…………」

清澗寺財閥傘下《せいかんじざいばつさんか》にある企業の株券《かぶけん》の名義変更についてという書類は記憶になく、和貴は眉をひそめる。

書斎には作りつけの金庫があり、書類や金券類はそこにしまい込んでいる。国貴《くにたか》が出奔したときに、おおかたの処理は弁護士に頼んで終わらせたはずだ。

漣《さざなみ》が、突然大きなうねりとなって、和貴を襲った。

もしや、あの男が何か画策《かくさく》しているのではないか。

一瞬のうちに、深沢に対する疑念がわき起こる。

だが、深沢が和貴を裏切るような真似《まね》をするだろうか。いずれこの家も財産もくれてやると言っているのだ。だからこそ、彼が和貴に反逆する利点はないように思えた。

それでも、燻《くすぶ》る疑惑を抱えたままでは気分が悪い。深沢は、自分の道具でしかないはずだ。

その事実を確かめておきたかった。

廊下《ろうか》を進むと書斎の扉の隙間《すきま》から灯りが漏れており、和貴はノックもせずにそこを開け放った。

「——深沢」

椅子に座って書類を整理していた深沢は、和貴を認めて微笑んだ。

「和貴様。体調はいかがですか?」

「大丈夫だと言ってるだろう。それより、この手紙のことだ。株券の名義変更とは、いったいどういうことだ?」

「ああ、そちらですか。国貴様名義のものがまだ残っておりましたので、和貴様の名義になるよう手続きをしただけです。何か問題でも?」

「…………」

「書類をご覧になりますか? 案外とそのあたりに不備が多いようなので、私が代わりに処理しておきました。ほかに預金口座および、国債《こくさい》の——」

「——もういい」

和貴は不機嫌に言い放つ。

不審な点がないのなら、それで構わなかった。

「そうですか。ほかに何かございますか?」

「ああ、探しているものがあるんだ。母の形見《かたみ》の、翡翠の帯留めを知らないか?」

「このくらいの大きさのものですか?」

深沢に手振りで聞かれて、和貴は「そうだ」とぶっきらぼうに答えた。

「それでしたら、鞠子さんの部屋にございます。確かめるのは、明日になさったほうがよろしいですね」

あまりにも容易《たやす》く答えを得られたことが、燻る不快感に拍車《はくしゃ》をかけた。

「——君は何でも知ってるんだな」

和貴が思わず拗《す》ねたような口ぶりになると、深沢は顔を上げて口元を綻《ほころ》ばせた。

「そうでもありませんよ」

「帯留めなんて、君が管理する理由もないだろう」

「鞠子さんが整頓《せいとん》が苦手だとおっしゃるので、このあいだお手伝いをしただけですよ」

だが、そんなものの所在を覚えていること自体が、和貴には不思議だった。

――――ぞっとした。

株券の名義書換のことも、家計のことも、翡翠の帯留めのことも……。

和貴の知らないことばかりが増えていく。

生まれたときから見知っていたこの館《やかた》が、まったく別のものになってしまったようだ。

たとえば、名義の書き換えができるということは、その気になればいつでも株券を自分の名義にできるということだ。

家計を掌握《しょうあく》し、財産を管理する。

気づけば深沢の支配を受け容《い》れているのだ。

便利さに気を取られ、和貴は最も大事なことを、深沢に委ねてしまっていた。

この家が深沢なしでは立ちゆかなくなるように、彼は画策しているのではないか。

馬鹿馬鹿しい。

だが、その疑念を笑い飛ばすことができなかった。

「――――何を企《たくら》んでいる？」

思わず、声が掠《かす》れた。

「どういう意味ですか？」

「言葉通りだ」

苛立ちとともに、和貴はそう短く吐き捨てた。

「勝手な真似をするのは許さないと言ったはずだ。いったい、何を考えてるんだ？　君は、僕を裏切るような人間ではないはずだ」

深沢は、不意に口元を綻ばせた。

ひどく美しい笑みだった。

蠱惑《こわく》的で、そしてどこか冷たい微笑《びしょう》。

深沢のこんな顔は、今まで見たことがない。

「——でしたら、あなたがご存じの深沢直巳という男は、どんな人物なのですか？」

深沢の低い声音は、ひどく無機的に響く。

どういうことだろう？

今まで和貴が目にしていた深沢は、偽物《にせもの》だとでも言うつもりなのか。

「それは……」

いつも穏やかで優しく、そして——いや、違う。時として、深沢はぞっとするほど冷ややかなまなざしをしてはいなかったか。

和貴の心を凍らせるようなまなざしを。

だが、和貴はそれを見ないようにしてきた。

そのささやかな兆候《ちょうこう》を、気にも留めなかった。所詮《しょせん》は自分に御《ぎょ》しきれる男だから問題ないと片づけてきたのだ。

動揺を抑えるために、和貴は次の切り札を出した。

「——前に、木島先生の書生たちが辞めたという話をしただろう？」

「ええ」

「あれは……おまえが一枚噛んでいるのか？」

「面白いところに目をつけましたね。さすがに優秀でおられる」

否定されなかったことに、眩暈さえ覚えた。

それを事実だと認めているようなものだ。

「おまえは……何を考えてるんだ……？　何のために僕に近づいた？」

「いいのですか？　それを知ってしまえば、もう、あなたは後戻りできませんよ？」

まさか、和貴を脅《おど》すつもりだとでもいうのか。

「全部、教えるんだ。これは命令だ」

和貴は眉をひそめて不快を示し、気丈《きじょう》さを装《よそお》ってそう命じた。

深沢が目当てとするのは、金か、地位か。

それとも——？

「かしこまりました。お望みとあらば、教えて差し上げましょう。私がどういう人間なのか」

深沢が眼鏡《めがね》を外し、それを机に置く。

どきりとするほど鋭いあの表情が露《あらわ》になり、和貴はそれに見惚《みほ》れて立ち尽くした。

「私もそろそろ、茶番には飽《あ》き飽きしていたところです」

彼はゆっくりと立ち上がり、こちらへと近寄ってきた。伸ばされた手が、和貴のネクタイに触れる。止める間《ま》もなくそれを解かれても、和貴は動くことができなかった。

まるで、魅入られたように。

「茶番だと……？」

「こういうことですよ」

男は和貴の両手を摑《つか》み、難なく押さえ込む。

「――放せ…っ…！」

書斎の机に腹這いになるように押しつけられ、和貴は目を見開いた。しかし、深沢は手にしたネクタイを使って、和貴を後ろ手に縛《いまし》めてしまう。

「何の、つもりだ……？」

「知りたいとおっしゃったのは、あなたでしょう？」

「放せと言うのがわからないのか」

狼狽《ろうばい》しているところを見せるのが嫌《いや》で、和貴はあえて権高《けんだか》な口調で命じた。

「あなたは、ご自分のことを何一つとして理解していない」

「自分のことは、自分が一番よく知っている。おまえにとやかく言われる筋合いはない」

「おめでたい方ですね」

背後から低い笑い声が聞こえた。

「いい機会ですし、私が一からお教えしましょう」

何とかして逃れたいのに、押さえつけられた躰はぴくりとも動かなかった。今更のように、和貴は深沢との体格差を思い知る。

「――気に障《さわ》ることがあったならば、謝罪しても構わない。だから、これを解《ほど》け」

精一杯の譲歩のつもりだった。

力では敵《かな》わないとはいえ、どうして自分がこんなことを口にせねばならぬのか。そう思うと、和貴は悔しくてならなかった。

「楽になさっていいのですよ？　これから、あなたのお好きなことをして差し上げるのですから」

身を屈《かが》めた深沢は、和貴の耳元で低く囁いた。

「ここに咥《くわ》え込むのがよろしいのでしょう？　あなたは淫乱《いんらん》な男狂いだそうですから」

男の手が、布越しに窄《すぼ》まりに触れる。

「仮《かり》にお嫌いだとおっしゃったとしても、これから好きになっていただくまでです」

背後から手を回した深沢は、布越しに和貴の性器を捕らえ、緩やかな愛撫を施《ほどこ》してきた。

「やめないか…っ…」

制止を訴えた瞬間、軽くそこを握られて、和貴は本能的な恐怖に身を強張《こわば》らせる。痛みはなかったものの、それが男にとっての弱点であることには変わりがなかった。

「おとなしくなさい」

慇懃《いんぎん》さの殻《から》に包まれたそれは、確かな命令だった。

緩やかに、けれども意図を持って施される愛撫は衣服に阻《はば》まれてもどかしくも拙《つたな》くもある。だが、それが計算尽《ず》くであることを、和貴は直感した。

かたちをなぞるように皮膚を擦《こす》られるだけで、和貴の中枢《ちゅうすう》にじわりと熱が溜まってくる。

「ふざけて…ないで…っ、…放せ……！」

声が揺らいでしまうのは、深沢の与える刺激が、和貴の理性を捕らえ始めているせいなのか。

おかしい。こんなことで反応してしまうほど、自分はうぶではないはずなのに。

縛られた腕を動かそうとしたが、思っていたよりもきつく拘束《こうそく》されてしまっている。

「――放せ…と、言って……のが……」

信じられないことに、与えられるささやかな快感のせいで、少しずつ躰が火照《ほて》り始めていた。

「可愛《かわい》いひとだ」

余裕に満ちた深沢の声が、鼓膜をくすぐる。

「どうせすぐに、べとべとにしてしまわれるのに」

深沢の豹変《ひょうへん》ぶりが、和貴には信じられなかった。

本当に彼は、和貴に悦楽《えつらく》を与えられる一方だったあの深沢と、同一人物なのか。

「折角《せっかく》ですから、直接触ってあげましょう」

男はそう囁き、和貴の衣服をひとまとめにして、膝《ひざ》のあたりまで引き下ろす。そして、和貴の性器をやんわりと掌《てのひら》で包み込んできた。

「もう、濡らしてらっしゃいますね」

淡々と告げられ、和貴の眦《まなじり》が羞恥《しゅうち》に染まる。

悔しいことに、この男の声には体温がない。欲望も情熱も何もないのだ。

「んっ……う……」

彼の指が、根元から先端にかけてを撫で上げるように蠢《うごめ》く。滲み出した雫《しずく》を、水音を立てながら塗り広げられるだけで、皮膚《いじ》がぞくぞくと粟立《あわだ》った。特に敏感な括《くび》れの部分を弄られると、下腹が疼《うず》く。

「この機会に、私に慣らして差し上げましょう」


「ふざけるな…ッ…！」

上体を片手で押さえ込まれ、和貴はもどかしい手指の動きに翻弄《ほんろう》される一方だった。和貴の悦楽がどこから生まれているのかを知り尽くしているとでもいうように、それは狡猾《こうかつ》で巧《たく》みな愛撫だった。

それでも縛られた両手に爪を立て、和貴は押し寄せる波に耐え、声が出ないように堪《こら》え続けた。

「手玉に取るのはお好きでも、取られるのはお嫌いなようだ。こういう扱いをされるのは、初めてなのでしょう？」

ぐちゅぐちゅと濡れた音を立ててそこを弄られると、額に汗が滲む。

「観念なさい。慣れてしまえば楽になるものですよ」

以前和貴が言い放った言葉を逆手《さかて》に取り、深沢は冷淡な口調でそう囁いた。

「黙れ……！」

どうすればいいのかわからぬほど、和貴は混乱していた。意に染まぬ行為を無理強いされるのは初めてだったし、よりによって相手は自分の従属物だと侮《あなど》っていた男なのだ。和貴こそが、深沢を虐《しいた》げ、弄《もてあそ》ぶ権利を持っていたはずだ。こんな屈辱的な事態が起きるとは、予想だにしなかった。

　何よりも、なぜ反応してしまうのかがわからない。自分の躰は、いつも凍《こご》えているべきなのに。

「…ふ…っ…」

　気を抜けば乱れた声が溢《あふ》れてしまいそうになり、和貴は慌てて唇を噛んだ。両手の爪を立て、ぎりぎりと掌に食い込ませる。

　しかし己の意思とは裏腹に、男の手の中で和貴の欲望が育っていく。

　和貴の先走りに濡れた指で括れを丹念《たんねん》に弄《いじ》られると、堪えきれずに吐息《といき》が濡れた。

「随分敏感ですね。ほら、とろとろに溢れて……こんなに私の手を濡らしてる」

　卑猥《ひわい》な言葉を囁かれて、和貴は羞恥に身悶《みもだ》える。

「はな…せっ……」

　深沢の手に操《あやつ》られて達することだけは、どうしても避けたかった。しかし、その思いを知ってか知らずか、深沢の愛撫はますます巧みさを増す。

　全身が過敏になっており、彼の衣服が膚《はだ》に擦れるその刺激でさえも、和貴を追い詰めていく。

「可哀相《かわいそう》に。震えておられる」

　唇でうなじに触れ、次いで彼は耳朶を軽く囓《かじ》る。

「……やめ、ろ……」

　あまりの惨めさに、どうすればいいのかわからなかった。

　背後から覆《おお》い被《かぶ》さっているのは、深沢じゃない。深沢のはずがない。

　こんな男は、知らない。

　和貴にとって、快楽とは己の躰で他人を支配することによって得るものであり、こうして他者から施されるものではなかった。

　和貴の快楽は和貴のものだ。

　誰かに操られるはずがない。

その意思とは裏腹に――どうして、どうしてこんなにも感じてしまうのだろう……？

「もう、…放…ッ……」

必死の思いで、和貴は制止の声を上げる。

気持ちに反して、躰は小刻みにうねって快楽を求めるばかりだったが、このまま深沢のいいようにされては自尊心《じそんしん》が許さなかった。

「――快楽とは」

男がひっそりと耳元で囁く。

「自分で制御《せいぎょ》できないからこそ、よけいに大きくなる。そういうものです」

「ああッ！」

その言葉の意味を、考えるまでもなかった。

深沢は先走りの雫《しずく》にまみれた和貴の性器を捉え、その付け根を指で押さえつけてきたのだ。

膨れ上がった欲望を、他人の手で無理矢理に抑え込まれる。

その苦痛と、恥辱《ちじょく》。

全身にじわじわと汗が滲み、瞳には涙が浮かんだ。

これまで寝た男の中にも、希《まれ》に相手をいたぶりたがる嗜好《しこう》の持ち主はいた。そんなときでさえも、主導権は常に和貴にあったのに。

いつしか上体を押さえつけていた手は離れていたが、和貴はぐったりと机に躰を預け、深沢に腰を突き出さざるを得なかった。こうしていなければ足に力が入らず、今にも頽《くずお》れてしまいそうだ。

「ん、んんっ」

今度は、背後から口中に指を差し入れられる。

彼の指は和貴の口腔《こうこう》を淫《みだ》らに蠢《うごめ》き、感じやすい粘《ねん》膜《まく》を刺激してかかる。

唾液が顎《あご》を伝って落ち、机を濡らしていった。

「は…うっ」

上顎《じょうがく》や口腔を引っ掻かれる刺激は否応《いやおう》なしに性感を高め、和貴の中枢《ちゅうすう》はますます熱くなってくる。

「……んく…ッ…」

悔し紛れにその指に噛みつくと、鈍い血の味が和

貴の口中に広がった。

「いけませんね、和貴様。あまり逆らうとお仕置きをしますよ……？」

指を引き抜いた深沢は、和貴のシャツを無造作《むぞうさ》に捲り上げる。濡れた指先が襞《ひだ》をこじ開けるようにして入り込み、和貴は全身を強張らせた。

「…い、…やだ…っ……」

深沢は報復の代わりに最も屈辱《くつじょく》的なものを与えようとしているのだ。

——快楽という、更なる辱《はずかし》めを。

「も…う……やめろ……！」

ぬめった淫猥《いんわい》な音とともに一息に指を押し込まれ、和貴は息を呑んだ。

「熱いですね……あなたの内部《なか》は」

普段は美しい文字を綴《つづ》るしなやかな指が、和貴の体内を自在に蠢き、狭隘《きょうあい》な襞を入念に探る。

「あ、…アっ…」

そんなところを……擦《こす》られるなんて。

あわいを抉《えぐ》られる刺激に背筋がざわめき、下腹にますます熱が溜まっていく。過敏な襞は深沢の指をぎちぎちと締めつけ、物欲しげに震えてしまう。

「美味しそうに咥《くわ》え込んでいるのが、ご自分でもわかりますか？」

付け根を押さえつけられたままでいるのに焦れて、無意識のうちに下肢を机に押しつけると、深沢の忍び笑いが頭上から降ってくる。

嘘《うそ》だ。こんなことは間違っている。こんなものが快楽のはずがない。

なのに——気持ちよかった。

惑乱《わくらん》する心とは裏腹に、和貴の躰は深沢の与える悦楽を受け容れ、貪欲《どんよく》に味わっていた。

「やだ…、…いや……嫌だっ……」

どうしよう。おかしくなってしまう。

こんな自分が……怖い。怖いのに。

「では、こちらにいたしましょう」

無造作に引き抜かれた指の、代わりに。

「――ッ！」

圧倒的な質感の楔《くさび》がぐうっと押し入ってきて、和貴は声にならない悲鳴を上げた。

「そう締めつけると、入りませんよ？」

未《いま》だに一度も放埒《ほうらつ》を迎えていない躰には、その刺激はあまりにも強すぎる。しかし、綻び始めた躰は、意思とは裏腹に素直に深沢を受け容れてしまう。

「んっ…ん、…あっ、……ああっ！」

喘《あえ》ぎを堪えることは、もうできなかった。

深沢がわずかに身を揺すり、更に先へと進もうとする。その動きだけで内襞が擦られて、和貴の全身に直截《ちょくさい》な快楽を伝えた。

「私をこんなにいやらしく締めつけて……それほど快《い》いものですか？」

冷静さをまったく失わない声で、彼はそう尋ねる。

「ちが…ッ…」

嘘だ。気持ちよくてたまらない。

こんな真似をされているのに、自分は明らかに深沢に屈しかけている。それを食い止めるものこそが、和貴の心に残された自尊心の欠片《かけら》だった。

「やめ、っ……う、う…っく、…いやっ……」

繊細な襞を捲り上げるようにして、深沢は和貴を冷酷に征服していく。

「全部入りましたよ」

たった一点を繋《つな》がれているだけなのに、それだけで深沢は和貴からすべてを奪おうとしていた。

深沢はネクタイを外すことすらなく、髪を乱すわけでもなく、ただその技巧と声音のみで和貴を縛りつける。快楽の淵《ふち》へと繋ぎ止めてしまう。

「可哀相に、こんなにびしょびしょになさって。今も出したくてたまらないのでしょう？」

指先で軽く性器をなぞられて、おまけに内側を軽く擦られて、和貴の躰は情けないほどに震えた。だが、こうも淫蕩《いんとう》に弄ばれても、根元を抑え込まれていては達《い》くことができない。

「……もう……もう、放せ……」

もう、耐えられない。

あとほんの少しで手にできるはずの絶頂の瞬間を、引き延ばされ、焦らされ、そしてささやかな期待を打ち砕かれる。

その繰り返しに、頭がおかしくなりそうだった。

蜜《みつ》が溢れて滲み出すほどに、全身が快楽で満たされていく。自分という殻を突き破って、思考も矜持《きょうじ》もプライドも、すべて垂《た》れ流してしまいそうだ。

「あなたの忍耐力がどれくらい保《も》つのか、調べてみましょう」

ぱちんという音とともに、和貴の耳元に金属のものが触れる。鎖、だろうか。次いで規則的な機械音が聞こえてきて、和貴ははっとした。

深沢が愛用している、懐中時計《かいちゅう》だ。

「どこであなたが落ちるのか、愉しみですよ」

ひどく優しげな囁きとともに、こめかみに彼の唇が触れる。

「ふざ…け…るな…っ…！」

「ふざけてなどいるものですか」

そのひんやりとした声を聞けば、深沢の本気は容易に窺《うかが》い知れた。

彼が付け根を押さえる指を放してくれさえすれば、和貴は欲しいものを手に入れられるのに。

だけどそれは、まだまだ先なのかもしれない。

絶望的なほどの遠い先か、もしくは永遠に与えられないのか。深沢はきっと、和貴が屈服《くっぷく》するその瞬間まで、待ち続けることだろう。

「…ーッ」

全身の感覚という感覚が、異様に研《と》ぎ澄まされているようだ。汗が腿を伝い落ちていくのを、和貴はやけに生々しく感じていた。

男に快楽を与えるすべなど知り尽くしていたはずなのに、深沢を咥え込んだ襞は、まるで処女のようにぎちぎちと彼を締めつけてしまう。

「ん、んっ」

無意識のうちに、和貴は自ら腰をくねらせ、深沢に続きを促していた。

達《い》きたい。だけど同じくらいに、中を抉って、擦って、滅茶苦茶に掻き混ぜてほしくてたまらない。

さっきの指だけでは、足りない。

「可愛いおねだりをなさる」

そのことを教えられても、恥じ入る余裕すらなかった。一番感じるその場所を突いてほしくて、和貴は深沢を誘導《ゆうどう》し、腰を揺すって彼を煽《あお》ろうとする。

だが、深沢はいっこうに動じなかった。

「欲張りですね。ここを奥まで私に嬲《なぶ》られて、おまけに達きたいのでしょう？」

見透かしたような言葉に、悔しくて涙が溢れた。

苦しいのは心なのか、躰なのか。

深沢にだけは、この男にだけは屈したくないのに。

なのに、もう、限界だった。

「——もう……」

和貴は掠れた声で囁いた。

後ろ手に縛られたせいで触れている深沢のシャツをぐっと握り締め、それを引く。

「どうなさいましたか？」

これ以上我慢させられたら、本当に気が狂うかもしれない。

「……終わりに、してくれ……」

「でしたら、それに相応《ふさわ》しい言葉で頼んでいただきましょうか」

深沢が空いた手で戯《たわむ》れに性器をなぞると、そこから生まれた熱が、和貴の脳を更に溶かしていく。

「どうしてほしいのですか？」

「——達かせて……」

無言のまま、彼は括れのあたりを爪で軽く弄る。

脳髄《のうずい》が焼けつくような懊悩《おうのう》に、和貴は啜《すす》り泣いた。

この答えでは、深沢の要求を満たしていないのだ。

出口が欲しい。

躰の中で暴れ回る、この快楽の行き場を。

そうでなければ、おかしくなってしまう。

もう、解放されることしか考えられなかった。

そのことで頭がいっぱいになっている。

とうとう和貴は口を開いた。

「達かせて……ください……」

自尊心をねじ曲げてそう告げた瞬間、ぐずぐずと自分の脳が融《と》け出したような錯覚すら感じた。

永遠に自分の道具だと思っていたはずの男に、こうして快楽をねだらねばならないという屈辱。

「……お願い、達かせて……」

艶を帯びた哀願は、あまりにも淫《みだ》らなものだった。

達かせて、と和貴は何度も回らぬ舌で訴えた。

演技でも何でもなく、こんな風に他人に本気で懇《こん》願《がん》したのは、これが初めてだった。

しかも、相手はほかでもない深沢なのだ。

悔しかった。だが、その感情すらも、快楽を求める欲望はやすやすと凌駕《りょうが》する。

「――よろしい。はしたないところも、とてもお可愛らしいですよ、和貴様」

ぞくり。

その優しい声音を聞いた瞬間、躰に電流が流れた気がした。

男は腰を引き、そして、和貴の最も弱い部分を激しく突き上げる。

同時に、とうとう縛めが外された。

「あぁっ！」

刹那《せつな》、頭の中が真っ白になった。

待ち焦がれた放埒《ほうらつ》は長く、兄の机を精液でべとべとに汚してもなお、とめどなく滴《したた》り続ける。

「たっぷり出ましたね」

深沢は机に飛び散った精液を指で拭い、それを和貴の唇になすりつけた。

「……あっ……ああ…んっ……」

堰《せき》を切ったように、切なげな喘ぎが溢れ出した。

自らに科した禁忌《きんき》を忘れ、和貴は更なる淫楽を求めて腰をくねらせる。

「今度から、達かせてほしいときはそう頼んでごらんなさい」

「う……ん……」

「言うとおりにできたご褒美《ほうび》をあげましょう」

深沢の声が、少しだけ甘みを帯びた。

「いいところを、正直におっしゃってごらんなさい」

その言葉とともに、ずん、と奥深くまで乱暴に突き入れられる。

「…そ…そこ、いいっ……」

気持ちいい。気持ちよくてたまらない。

乱暴に貫かれるたびに、深沢を食《は》んだ襞が楔に絡んで、淫らがましい音を立てる。

この躰は、自分は、悦《よろこ》んでいるのだ。

彼に辱《はずかし》められて。

理性という堤防が、跡形《あとかた》もなく決壊していく。

「もっと……おねが、い………」

魘《うな》されたように、もっとして、と和貴はせがむ。

「痕《あと》になってしまいますし、腕は外して差し上げます。ですが、ご自分で触ってはいけませんよ?」

思考は既に麻痺《まひ》しており、縛られていた腕が自由になったところで、どうすることもできなかった。

呼吸さえも上手くできず、和貴の唇からは、啜り泣きに似た喘ぎだけがひっきりなしに零れる。

「これから、じっくり教えて差し上げますよ。私のことを」

温度のない声が、そう囁きかける。

「破滅とはどんなものなのか」

今や和貴には、深沢の声でさえも音の羅列《られつ》としか捉えられなかった。それほどまでに、肉の愉悦は和貴を捕らえて離さない。

彼のものを奥深くまで咥え込んで、思いのままに何度も征服される。その悦楽。

こんなことは嫌なのに。嫌なはずだったのに。

なのに、逆らえない。

それどころか——。

「あ、あ…もう…ああ…んッ……」

触れられてもいないのに、和貴は再び達した。

この机を汚してはいけないとわかっているのに。

もっと酷《ひど》くしてほしい。もっと。もっと。

熱く熟《う》れた襞はぴったりと深沢を締めつけ、それでもまだ足りないと和貴は貪欲《どんよく》に腰を揺する。

「後ろだけで達けるようですね。ここに嵌《は》められることが、そんなにいいのですか……?」

「――いい……」

不意に男が腰を引き、繋がりを解く。そのやるせなさに、和貴は必死になって首を振った。

やめてほしくない。

折角《せっかく》こんなに、気持ちいいのに――。

「どうしてほしいか、おっしゃってごらんなさい」

「嵌《は》めて……」

意思とは無関係に、唇が動く。

「犯されることが、よほどお気に召《め》したようだ」

うっとりとした顔つきで頷く和貴の躰は、深沢の手で机に仰向《あおむ》けにされ、再び繋がれた。

「……ん、んっ……う……」

脳まで快楽に浸潤《しんじゅん》され、とろりと蕩《と》けた瞳を向けると、彼の唇が押し当てられる。薄く開いた歯列から入った舌に敏感な口腔の粘膜を愛撫され、吸い上げられて。それに懸命《けんめい》に応えているうちに、和貴の躰はまたも熱を帯びていく。

深沢の放った精液と自分のそれが混じり、和貴の腿を幾筋にもなって滴り落ちる。それでも爛《ただ》れた官能の波が退《ひ》く気配はなく、和貴は溺れていくばかりだった。

快楽とはこんなものだったのか。

自尊心も矜持もすべて奪われ、自分が見下していた男に屈従する。たった一つ思いどおりになると考えていた肉体さえ、こうして他人に制御されるのだ。

空虚で何もないはずのこの躰のどこに、これほどの花蜜《かみつ》が隠されていたのだろう。

支配と被支配の関係が、呆気《あっけ》なく覆《くつがえ》される。

それは倒錯《とうさく》に満ちた、けれども罪深く甘い快楽の構図だった。

8

悪夢のような一夜だった。

和貴《かずたか》は寝台から軋《きし》む躰を起こし、ヘッドボードに寄りかかって息をつく。

躰を清められ、寝衣《しんい》を着せられてはいたが、あちこちが鈍く痛み、昨夜自分の身に何が起こったのかを生々しく思い起こさせる。

和貴を裏切ることなどないと信じていた——というよりも、高を括《くく》っていた男にこの躰を引き裂かれ、辱《はずかし》められたのだ。

「……畜生……」

その艶やかな美貌《びぼう》に似合わぬ言葉で深沢《ふかざわ》を罵《ののし》り、和貴はぎゅっと上掛けを握り締めた。

寝衣から覗《のぞ》く腕には縛られた痕が擦《す》り傷となり、うっすらと残っている。

彼のあの唇から紡《つむ》がれた、体温のない声。和貴を翻弄《ほんろう》し、羞恥《しゅうち》の渦へ突き落とした冷酷な言葉の数々。

それらを思い出すと、心も躰もじんわりと疼《うず》いた。

「——和貴様。開けてもよろしいですか」

「どうぞ」

扉の外に立っていたのはまだ十代の新入りのメイドで、寝乱れた様子の和貴に頰《ほお》を染める。

「お、おはようございます。あの、お食事はどうなさいますか？」

「食欲がないんだ。食べずに出かけるよ」

「かしこまりました」

和貴をこんな目に遭《あ》わせた張本人の深沢と顔を合わせるのは、気鬱《きうつ》だった。そうでなくとも自分は、彼の前で激しく乱れ、醜態《しゅうたい》を晒《さら》してしまったのだ。

しかし、会うことを避ければ、それは深沢に負けたことになる。自らの不本意な敗北を認めることも、プライドの高い和貴には耐え難い苦痛だった。

それでも疲労のため、立ち上がる気力もなく寝台に座り込んでいた和貴は、次にやって来た人物の姿に、密やかに息を呑んだ。

「おはようございます、和貴様」

既に背広に着替えた深沢は、和貴を見て軽く頭を下げた。眼鏡《めがね》をかけて髪を撫でつけ、口元にはいつもと同じく穏和な微笑すら湛《たた》えられている。

いったいどの面《つら》を下げて、和貴の前に顔を出すというのか。

自分の手が微かに震えているのに気づき、和貴は上掛けを握り締めることでそれに耐えた。

「本日はお加減が優れないと伺《うかが》いましたので、よろしければ一日休まれたほうが」

「いや、僕は君の秘書だ。たかが食欲がないくらいで、休むわけにはいかない」

「一日くらい、大丈夫ですよ。私一人でも、何とかなります」

優しげな微笑に、吐き気が、いや、眩暈《めまい》がしそうだった。この温厚で実直な男があのような凶行に及ぶとは、未だに信じられない。

だいたい、誰のせいで和貴の体調が悪いのか、知らぬわけではあるまい。

「いいから、先に支度をしていてくれ」

「かしこまりました」

深沢の後ろ姿を見ながら、和貴は唇を嚙《か》み締める。

昨晩和貴が味わったのは、これまで経験したことのないほどの激しい淫楽《いんらく》だった。

未知の快感はおぞましいほどの陶酔《とうすい》をもたらし、和貴は深沢に屈し、許しを乞《こ》うた。

だが、だからといって、自分を弄《もてあそ》んだ男に屈服するほど、和貴は脆弱《ぜいじゃく》ではない。

和貴の誇りを傷つけたことを、後悔させてやる。

熱い怒りが、和貴の内臓をもじりじりと灼《や》く。

斯《か》くも強い感情に駆られることは、和貴にとっては初めてのことかもしれない。それほどまでに、彼は和貴の自尊心を深く傷つけたのだ。

何とか着替えを済ませた和貴は、鏡の中の自分の顔色の悪さに舌打ちをする。

先夜の荒淫《こういん》のために膚《はだ》はくすみ、唇は切れている。何度も泣かされたせいで、瞳も腫《は》れぼったい。

ここまで酷《ひど》い顔で人前に出ていかねばならないと思うと、悔《くや》しくなると同時に気が滅入《めい》った。

「――大丈夫ですか？」

よく磨かれた手摺《てす》りを伝って階段を下りていくと、そこには深沢が待ち受けている。

右手を差し伸べられたものの、和貴は邪険《じゃけん》にそれをはね除け、玄関へと向かった。

「行ってらっしゃいませ」

執事《しつじ》やメイドに見送られながら、和貴は家をあとにする。たったそれだけのことで、軋む躰には汗が滲《にじ》んだが、顔に出さぬ程度の矜持《きょうじ》は残されていた。

運転手の成田《なりた》が開けたドアから車に乗り込み、和貴は深沢から顔を背《そむ》けて窓の外を見やる。

あれは何かの間違いに決まっている。きっと和貴に己の計略を見破られたことに焦《あせ》り、深沢は発作的に昨晩のような蛮行《ばんこう》に及んだのだろう。

愚直《ぐちょく》な深沢のことだ。すぐに和貴に許しを乞い、謝罪をしてくるに決まっている。

それを無下《むげ》に踏みにじれば、また、彼を使って愉《たの》しめるというものだ。そう考えることで、和貴は己の本来のペースを取り戻そうとしていた。

「和貴様」

「――なんだ？」

来たな、と。和貴は内心で深沢の愚《おろ》かさを嘲笑《あざわら》う。

許してなど、やるものか。絶対に。

「本日の予定はいかがですか？」

「大戸《おおと》商事との契約《けいやく》が午前中に。それから、蓮田《はすだ》議員との会食が――」

淡々と予定を読み上げながら顔色を探っても、深沢の表情はまるで変わることがなかった。

「かしこまりました。蓮田議員は確か、天麩羅《てんぷら》がお好きだそうですね。食事の手配は？」

「築地《つきじ》の越前《えちぜん》にしてあるが」

「彼の好みは江戸前《えどまえ》ですよ。銀座《ぎんざ》の喜楽《きらく》のほうがよろしいでしょう」

「わかった。変更しておこう」

会話はそこで途切れる。

「それから……」

一抹《いちまつ》の緊張とともに深沢を見つめると、彼は穏やかに微笑んだ。

「冬貴《ふゆき》様に、新しい着物の仕立てを頼まれております。私には何がお似合いなのかわからないので、和貴様にお願いしたいのですが」

ああ、と和貴は相槌《あいづち》を打つ。

「あとは、鞠子《まりこ》さんのドレスの請求が来ておりますので、お知らせしておきます」

「鞠子が？　珍しいな」

「夜会にご興味がおありだそうですよ。鞠子さんもお年頃ですから」

「なるほど。ほかには？」

「以上です」

会話はそこで途切れ、鈍色《にびいろ》の沈黙だけが広がる。

そのことに和貴は苛立ちを覚えた。

なぜ、昨日のことを何も言わないのだろう。

なかったことにしたいのか。

それとも、謝罪するつもりすらないのか？

——私もそろそろ、茶番には飽き飽きしていたところです。

深沢のあの言葉が、脳裏に過《よぎ》る。

もしや、あれが深沢の本性なのだろうか。

初めて躰を重ねた夜も、それ以後も、深沢はうぶなふりをしていただけだというのか？

自分に跨《また》って腰を振る和貴を、冷徹な瞳で観察していたのか。

悔しさと怒りに胃が熱くなり、和貴は唇を噛んだ。

手酌《てじゃく》でブランデーをグラスに注ぎ、それを喉《のど》に流し込む。強い酒は、和貴の食道を灼きながら流れ落ちた。

何事もなかったように、三日が経過した。

あの夜からずっと、自分は苛《さいな》まれている。

酒などでは決して癒《いや》されぬ、強い渇きに。

「おや。寝酒かい？」

一階の小応接室から漏れる灯りに気づき、伏見《ふしみ》が顔を覗《のぞ》かせる。

「小父《おじ》様」

髪はやや乱れており、疲労を滲ませてはいたが、その倦怠《けんたい》すらもこの壮年の美丈夫《びじょうふ》には装飾の役割を果たすようだ。彼は和貴のグラスを取り上げ、その中身を己の口に運んだ。

「……お望みならば、グラスをもう一つ出しますが」

「君の分をもらったのが、気に入らなかったのか？」

伏見は皮肉っぽい笑みを浮かべ、テーブルに手を突いて和貴の瞳を覗き込んだ。

「だったら返してあげよう」

再び酒を口に含んだ伏見は、和貴のほっそりした頤《おとがい》に手をかけて上向かせる。合わせた唇から、ぬるくなった酒が流し込まれた。

「ん……」

二階には父がいる。そして、道貴も。使用人たちもまだ休んではいない。いつ誰が来るともわからぬ状況だったが、和貴は伏見に更なるくちづけをねだった。あの夜の、神経までもが焼けつくような快楽を、再現したかったのかもしれない。

「……ふっ」

肉厚な舌に掻き混ぜられ、そして吸い上げられる。伏見のキスは淫靡《いんび》ではあったが、それでいて紳士的なものだ。彼は、あくまで和貴の意思を尊重することを忘れなかった。

こんなに優しい接吻《せっぷん》ではない。

和貴を悦楽の底に突き落としたのは。

もっと淫《みだ》らで意地悪く、そして何よりも甘かった。

何もかもが、あの晩の深沢とは違う。

癒されることのない渇きが甦《よみがえ》り、ちりっと指先が熱くなる気がした。

深沢は、最初から何事もなかったかのように、あの晩の情事を見事に無視し続けている。

おかげで和貴は、満たされぬ思いを抱えて鬱々《うつうつ》と日々を過ごしていた。

「——気乗りしないのか？　鞠ちゃんたちは出かけている。君の大切な妹君に見つかる心配はない」

鹿鳴館《ろくめいかん》の時代はとうに終わっても、政財界では華《はな》やかな夜会や舞踏会を開く文化が残っている。社交は重要な意味を持ち、深沢は仕事として鞠子を連れていったのだろう。ダンスを主とする舞踏会の同伴者を選ぶのも面倒で、和貴は欠席した。

「あの二人は仲睦《なかむつ》まじくて、助かるよ。今や、君と深沢君がいなければこの家はやっていけないのだろう？　鞠ちゃんさえよければ、式を早めたほうがいいのかもしれないな」

「ええ……」

和貴は歯切れの悪い答えを返した。

密やかに、しかし確実に、この家は深沢に侵蝕《しんしょく》されつつある。いつしか伏見でさえも、深沢の手腕を認めているのだ。そのうちに、深沢がいなければ何も動かないようになるのではないか。

それは、予感にも似た不吉な確信だった。

溢《あふ》れ出しそうになる強い感情に戦《おのの》き、和貴は思わず伏見の二の腕を掴《つか》む。

「和貴君……？」

あの男が、たまらなく怖い。

いったい何を企んでいるというのか。

「——失礼しました。気分が優れないので、僕はそろそろ休みます」

「そうだな。おやすみ」

和貴は立ち上がり、キャビネットにブランデーの瓶《びん》を戻す。

幻《まぼろし》のようにちらつく深沢の体温を、吐息《といき》を、どこかに追いやりたかった。

深沢とは、互いに利用し利用されるために手を結んだはずだ。

だが、自分は彼に欺《あざむ》かれていたのではないか。

あの夜の出来事は事故でも弾《はず》みでもなく。

和貴の疑念は徐々に確信へとかたちを変えていたものの、それをあえて確かめることはなかった。

彼の言動の端々にその本質がちらついていたのに、それを見抜くことができなかった。そんな己の愚《おろ》かしさに、和貴はひどく腹を立てていたからだ。

そしてまた、和貴が立腹し恐懼《きょうく》しているのは、深沢の豹変《ひょうへん》ぶりだけではなかった。

快楽に溺《おぼ》れ、浅ましい姿を晒《さら》した自分自身が最も忌々《いまいま》しい。

これまではどんな情事でさえも和貴を酩酊《めいてい》させることはなく、我《われ》を忘れるほどの愉悦《ゆえつ》など、和貴の肉体に限っては存在しないのだと信じていた。

それゆえに和貴は、父を軽蔑《けいべつ》することができた。

自分は父とは違い、悦楽に溺れたりはしない。

顔かたちはいくら似ていても、本質が違う、と。

なのに、その自信が一瞬でも揺らいだ。

もしかしたら、自分は父と同じ淫蕩《いんとう》な肉体を持ち合わせているのではないか。

そうでなければ、あんなに簡単に深沢の手に落ちるわけがない。

「まさか……」

小さく舌打ちをし、和貴は階段に向かった。

そこで、華やかな笑い声が聞こえてきて、和貴はカーヴのところで足を止める。

執事の内藤《ないとう》が扉を開き、舞踏会から戻ってきた深沢と鞠子を迎え入れたところだった。

「お帰りなさいませ」

「ただいま」

「鞠ちゃん、お帰り！」

騒々しい足音がして、道貴《みちたか》が部屋から飛び出してきた。彼は和貴の脇をすり抜け、階段を駆け下りる。

「パーティはどうだった？」

「とても楽しかったわ！　直巳《なおみ》さんのダンスのお上手なこと！」

深沢の右腕に軽く手を添え、鞠子は甘えるようなまなざしで彼を見上げた。

「鞠子さんのリードがお上手なのですよ」

彼女を見つめて深沢はそう応える。その光景に、なぜか胸の一点を射抜《いぬ》かれたような錯覚さえ感じてしまう。

酔いが回っているのだろうか。

「それに、直巳さんにはとても沢山《たくさん》のお知り合いがいらして驚いたわ。私、失礼がなかったかしら」

「大丈夫ですよ。美しいご令嬢をエスコートできて、私のほうこそ光栄でした」

礼装の深沢と流行《はや》りのドレスに身を包んだ鞠子は、似合いの一対に見えた。今宵《こよい》の舞踏会では、彼らはさぞや話題をさらったことだろう。

礼装のときは眼鏡がないほうがいいという和貴の意見を聞き入れてか、今日の深沢は眼鏡を外している。その端整な顔立ちに、和貴はしばし見とれた。

「直巳さんは、眼鏡がないほうがとても素敵なのに、どうしていつも眼鏡をなさってるの？」

「必要だからです。無意味なことはしませんよ」

深沢はそこで顔を上げ、その冷淡なまなざしで階段に佇《たたず》む和貴の姿を捉えた。

——微笑。

「あっ」

慣れぬドレスに足がもつれた鞠子に手を差し伸べ、深沢は咄嗟《とっさ》に彼女を抱き寄せる。

「大丈夫ですか、鞠子さん」

「平気です。ごめんなさい、直巳さん」

二人の会話を背に、和貴はじりじりした思いを抱えつつも自室へと向かった。

不可解な感情が、胸中でとぐろを巻く。

こんな自分のことは、知らない。こんな気持ちなど、消えてなくなってしまえばいい。

和貴は呪文《じゅもん》のように、内心でそう唱《とな》え続ける。

自分はいつも、無価値で無意味な、あくまでも空《くう》疎《そ》な人間であればいい。

快楽を注ぐ意味すらない、愛など知らぬただの骸《むくろ》でありたかった。

和貴はそう振る舞うことで、すべてに復讐《ふくしゅう》してきたのだ。

けれども、深沢は他人を支配するための道具にすぎなかった和貴の躰に、意味を与えようとしている。

悦楽に応えるという、意味を。

そして、理解すら能《あた》わぬ感情を。

あの晩、深沢は『破滅』を教えると言った。

その理由は……憎悪《ぞうお》なのか？

深沢はあそこまで苛烈《かれつ》な辱めを与えるほど、自分を憎んでいたとでもいうのか。

9

うららかな春の午後。

車窓から光が射し込み、和貴《かずたか》の淡い色合いの髪の毛に反射する。

名ばかりの秘書である以上は仕事に打ち込む理由もなく、本来ならばこんな日には取り巻きたちと乗馬や茶会を楽しむのだが、今日ばかりはそれを諦めねばならなかった。

清澗寺財閥傘下《せいかんじざいばつさんか》の各企業の社長たちを集めた会議は、グループ全体の経営方針を確認するために隔週で開かれている。

ひとたび深沢《ふかざわ》の動きに不審を抱くと、このような退屈な会議も見過ごすわけにはいかなかった。

彼は清澗寺家を乗っ取ろうとしているのではない

か。その疑念が解消されない限りは、深沢を監視し続ける必要がある。

無論、和貴はそれだけでは飽《あ》き足らなかった。深沢の尻尾《しっぽ》を、この手で摑《つか》んでやるつもりだった。彼が何をしようとしているのかを知る必要があるし、そうすることは和貴の正当な権利のはずだ。

「いらっしゃることはお止めしませんが、退屈なものですよ？」

深沢の声は、相変わらず落ち着いている。

和貴が彼の行動を監視しようとしていることに、気づいているくせに。

余裕があると言いたいのか。

それほどまでに深く、一族に食い込んでいると？

「僕に来てほしくない理由でもあるのか？」

「いえ、そういうわけではありません。和貴様が我が社に関心を持ってくださるのは、いい傾向です」

苛々《いらいら》するほど優等生らしい返答の中の「我が社」という言葉に、微かな含みを感じ取るのは自分がひねくれているせいだろうか。

こうして隣に座っているのに、深沢の体温は遠い。

一夜限りのあの——吐き気がするほどの快楽。

夢にまで見る、焼けつくような記憶。

「——和貴様？」

先に車から降りた深沢に名を呼ばれて、和貴ははっと顔を上げた。

「ああ」

深沢の手がこちらに伸ばされたが、和貴はそれを無視して車から降りた。

清澗寺財閥の中枢《ちゅうすう》にあたる清澗寺商事の会議室には、既に各社の社長が顔を揃えている。二人が席に着くと、退屈な会議が始まった。

書類を捲《めく》る深沢の表情は、刃物のように鋭利《えいり》だ。あの眼鏡に度は入っていないのかもしれないと、和貴は不意に思った。

会議の案件はそれぞれの企業の経営方針についてで、和貴にはさしたる興味もない。

幾《いく》つかの議題が話し合われたあと、深沢はおもむろに口を開いた。

「ところで、清澗寺紡績《ぼうせき》の今後の経営方針ですが、モスリン工場を売却《ばいきゃく》しようと思います」

「何だと……！」

予想外の発言に、ざわめきが起こる。

モスリンは羊毛を原料とした毛織物の一種で、日本では昨年から生産が本格化した。主にブラウスや襦袢《じゅばん》などの衣類に使われる。

不況に喘《あえ》ぐ紡績業界で、モスリンは救世主《きゅうせいしゅ》と言ってもいいほどの売り上げを見せている。

清澗寺紡績はいち早く大規模なモスリン製造に乗り出して莫大《ばくだい》な利益を上げており、そのために経営が比較的安定していた。

「まだまだモスリンは利益を上げるはずだ。それを今やめるのは愚《おろ》かとしか思えない」

一人が反対の声を上げると、それに同意する声が漣《さざなみ》のように広がった。

「今は、各社がモスリンの増産に乗り出しているところですよ。需要が一巡《いちじゅん》すれば、売り上げが鈍化《どんか》するのは目に見えています」

深沢の言葉は相変わらず丁寧だったが、声音には自信が満ち溢《あふ》れている。

――馬鹿なことを。

和貴はきりりと唇《くちびる》を噛《か》む。

こんなことを言い出せば、それなりに見識《けんしき》のある連中から反発されるのは、目に見えている。あまりに愚鈍《ぐどん》な発言をされれば、彼を社長に据《す》えた和貴の声望も落ちることを知らぬわけではあるまい。

「幸い、モスリン工場建設に後《おく》れを取った東都《とうと》紡績さんが、工場をこちらの言い値で買い取りたいとおっしゃっています。先だって豪州《ごうしゅう》から輸入した羊毛と一緒に売却する契約も取りつけたところです」

「だが……！」

思わず声を上げたのは、和貴だった。

それまで沈黙を守っていた跡継ぎの声に、衆目《しゅうもく》が集まる。

「モスリンがなくなったら、清澗寺紡績は何で利益を上げるつもりなんだ？」

「幸い綿織物は堅調《けんちょう》ですし、新しい事業を探しながら、手堅くやっていきます。どんな市場でも、永遠に規模を拡大し続けることはあり得ない。殊《こと》にこの不況下では先行きが暗すぎます。ならば、売れるときに売っておいたほうがいい」

和貴の反論すら耳を傾けず、深沢は毅然《きぜん》として言い切った。

部外者なのは自分だったが、かといって、こうも容易《たやす》く断言されると腹も立とうというものだ。むっとした和貴は深沢を睨《にら》みつけたが、彼はその視線を軽く受け流す。

「どなたか、異論のある方は？」

「——そう、だな……。深沢君の発言にも一理ある」

最初に賛意を口にしたのは、系列の造船所の社長だった。

「ああ。確かに一部では、モスリンの好調がいつまで続くのかと危惧《きぐ》する向きもあるからな」

「それに、今年から建造が始まった他社の工場が稼《か》働《どう》し始めれば、嫌でも価格は下がってしまう。買い叩かれる前に売っておくのもいいかもしれない」

どういうことだ……これは。

「先だって倒産した古川《ふるかわ》金属との取引を停止するように提案したのも、深沢君だった。あれは的確な判断だったからな」

和貴一人がその場に取り残されている。

悔《くや》しさに、はらわたが煮えくり返りそうだった。

深沢の独断で決められた売却処分だというのに、もはや反論する人間は誰もいない。

和貴が知らぬうちに、深沢はそれだけの信頼を集めていたというのか。

いったい、いつの間に？

胸中に渦巻く感情を整理できずに呆然《ぼうぜん》とする和貴に、そこでようやく深沢が視線を向けた。

体温のない冷たい視線が和貴を捉える。

彼のその口元が歪《ゆが》み、笑みを作った気がした。

――ぞくりとする。

躰を這い上がる不吉な予感に絡め取られそうになり、和貴は唇を引き結んだ。

このまま深沢を放っておけば、足下をすくわれるのは和貴のほうだ。

その事実が、和貴にもはっきりと理解できた。

自分が一族に引き入れたのは、傀儡《かいらい》などではない。

それ以上の、恐ろしい男だった。

和貴が欲しいと切望した清廉潔白《せいれんけっぱく》な深沢直巳《なおみ》は、もうどこにもいない。

ここにいるのは、得体の知れぬ、正体不明の男だ。

彼は和貴に復讐《ふくしゅう》しているのだろうか。

ならば、深沢にはその権利がある。

清潔に笑う深沢を踏みにじりたくて、ただの獣にまで落としてやりたくて、和貴は彼を手に入れようとしたのだから。


退屈しのぎに買ってきた雑誌の頁《ページ》を捲《めく》っても、内容はほとんど頭に入ってこない。

仕事が終われば夜会やダンスホールに出向いて暇《ひま》はつぶすものの、一夜の情事の相手を見つける気持ちにはなれなかった。深沢のおかげで清澗寺家の財政はそれなりに潤《うるお》うようになっており、パトロンを捜す必要もなくなっていたためだ。

なのに、こうしているあいだも欲望という名の渇きが、じりじりと和貴の皮膚を、喉《のど》を焦《こ》がす。

ただ渇きを癒《いや》すためならば、誰か適当な相手を見つけてくればいいのだろうが、他人の前であの狂態《きょうたい》を晒《さら》すのはおぞましい。

あれは単なる偶然だ。自分が快楽を感じることなどあり得ない。そう否定しつつも、和貴は密《ひそ》かにその可能性を恐れていた。

これまで淫乱《いんらん》だと陰口をたたかれても平気だった

のは、己の本質がそうではないと信じていたからだ。

それが覆《くつがえ》されたとき、どうすればいいのか。

和貴は深々とため息をつく。

プライドの高い和貴にとって、この中途半端《はんぱ》な状態は耐え難いほどの屈辱《くつじょく》だった。

肉体というただの道具が、こうして和貴自身に牙《きば》を剝《む》くことがあろうとは。

十四のとき、伏見《ふしみ》を誘ったあの夜から、自分の躰は冷えたままだと思っていた。

伏見と寝たきっかけは、兄の国貴《くにたか》が陸軍軍人として生きる道を選んだことにある。

兄に見捨てられたのだ、と思った。

自分だけがこの牢獄《ろうごく》に取り残されたのだと。

恐怖と悲嘆に行き場がなくなった和貴は、それを紛《まぎ》らわせる相手に伏見を選んだ。

相手が彼でなければならなかった理由は、明白だ。

知りたかった。

自分から父、母、そして兄を奪った男のことを。

伏見とは何者なのか。父が執着《しゅうちゃく》する理由は、どこにあるのか。それを知るためには、冬貴《ふゆき》と同じ方法で伏見に接するしかないと思ったのだ。

あの日から自分は、間違ったことなどしていないはずなのに、深沢にだけは何も通用しない。

謝罪も弁解もしないあの男が何を考えているのか、和貴にはまるで理解できなかった。

ただ一つわかるのは、彼は和貴のものになったかのように見せかけながらも、決して屈してはいなかったということだ。それどころか深沢は、和貴に反旗を翻《ひるがえ》そうとしている。

和貴は机の引き出しから封筒を取り出した。それは、深沢の素行《そこう》調査書だった。

無論《むろん》、深沢の経歴は綺麗《きれい》なものだ。

自分の目に映っている深沢こそ、この紙の上に記録された彼の姿にほかならない。

優しかった。誠実だと思った。憎らしいほどに清廉な魂《たましい》を持っていると、信じていた。

――羨《うらや》ましいとさえ。

「違う……！」

憎んでいた。

だからこそ、深沢を踏みにじりたかった。彼の未来も何もかもを滅茶苦茶にしてやりたかったのだ。

それと同等の鬱屈《うっくつ》を、彼は自分に抱いていたというのか。だからあんな真似をしたのだろうか。

自分たちのあいだには、沸々《ふつふつ》と煮え滾《たぎ》る憎悪《ぞうお》しかないというのか？

和貴は素行調査書を丸め、屑籠《くずかご》にたたき込む。

もう、こんな堂々巡《どうどうめぐ》りは沢山《たくさん》だ。

今すべきなのは、深沢に真意を問いただし、自分の肉体があんな淫《みだ》らな行為に悦楽を感じたりしないと証明することだ。深沢はあくまで、自分の従属物だと確かめることだ。

そうすれば、和貴は心の平穏を取り戻すことができる。

意を決して扉を開けた和貴は、水差しを持ってやって来たメイドにぶつかりそうになってしまう。

「和貴様、大丈夫ですか？」

鷹揚《おうよう》に頷いた和貴は、「それは？」と尋ねる。

「深沢様にお持ちしようと」

「それなら、僕が持っていこう」

「よろしいのですか？」

彼女は目を丸くする。和貴が自分の手助けをすることなど、思いもよらないのだろう。和貴としても、深沢の部屋を訪れる理由が欲しかった。

「ああ、構わないよ」

深沢の寝室は、二階の一番端の客間にあたる。ドアを叩くと、「どうぞ」と低い声が聞こえてきた。

何も言わずに扉を開けると、深沢が振り返った。

眼鏡がないと、切れ長の瞳が特徴の深沢の端整な容貌《ようぼう》が露《あらわ》になる。

「――和貴様」

「メイドに行き会ったものだから、これを」

「ありがとうございます」

戸口に歩み寄った深沢は微笑し、和貴の手からグラスと水差しが載った盆《ぼん》を受け取った。

「では、おやすみなさい」

彼が素《そ》っ気《け》なく扉を閉めようとしたので、和貴は狼狽《ろうばい》し、小さく声を上げてしまう。

それを機に、扉が再び開いた。

「何かご用があったのですか？」

虚を衝《つ》かれて、和貴ははっと顔を上げる。

深沢の視線が和貴のそれに絡み、その唇がいっそ酷薄《こくはく》とさえ思える笑みを形作った。

和貴は、自分が最初の駆け引きに負けたことを悟《さと》らざるを得なかった。

「こちらへどうぞ」

男に気取《けど》られぬように深々と呼吸をしてから、和貴は室内に足を踏み入れる。

「渇いておられますか？」

「なに？」

唐突《とうとつ》な問いに、びくりと肩が震えた。

「あなたも水がお入り用かと」

「違う。おまえと少し話をしたいだけだ」

こんな卑怯《ひきょう》な相手に、『君』などという二人称を使ってやる理由はなかった。そのことを、深沢もまた気にも留めていないようだ。

「そういえば、あの夜も……私を知りたいとおっしゃいましたね」

囁く言葉の端々に滲む艶《つや》に、ぞくりとする。

隠し立てする必要がなくなったのだろう。深沢は幾《いく》ばくかの傲慢《ごうまん》さと余裕すら滲ませていた。

やはりこれが、深沢の本当の姿なのだ。

「……そうだ」

迂闊《うかつ》に応えてはいけない。彼の言葉には、周到な罠《わな》が張り巡らされているはずだ。

なのに、唇が勝手に動いてしまう。

「私の何がわかったのですか？」

「おまえが、ああいった卑劣《ひれつ》な真似《まね》をする男だということが、よくわかった」

絡みつくその視線から逃げれば負けることになると、和貴はその瞳を睨み返した。

「では、それがわかれば十分でしょう？　私の部屋にこうして来るまでもない」

十分なものか！

そう言いたいのを堪《こら》え、和貴は己の領分に踏みとどまろうと試みた。

「勘違いをするな。あのくらいで、僕の優位に立ったなどと思い上がられては困る」

くっと顎《あご》を上げ、和貴は傲岸《ごうがん》な視線で男を睨《にら》んだ。

「強情なことをおっしゃる。どうせ、私を挑発して『教える』と言わせたいのでしょう？」

深沢の指が和貴の腕に触れる。

「あなたが音《ね》を上げるまで、私のことを教えて差し上げると。そうすればあなたには、私に抱かれるだけの大義名分ができる」

返す言葉を、咄嗟《とっさ》に思いつかない。

振り払うこともできるささやかな指の感触は、和貴にはまるで荊《いばら》のように重く絡みついた。

「――本当に、可愛《かわい》いひとだ……」

そう囁いた深沢は、和貴を腕の中へ抱き寄せた。

彼のその唇が触れてきたものの、あくまで主導権を渡すつもりなどなく、和貴は彼の唇に嚙みついた。深沢は和貴から顔を離すと、うっすら笑みを浮かべる。嚙み切ってやるつもりだったのに、血は出なかったようだ。

肩を押されて寝台に組み敷かれた拍子《ひょうし》に、和貴の手がサイドボードに当たる。百合《ゆり》の意匠《いしょう》が彫り込まれたグラスが床に落ち、呆気《あっけ》なく砕け散った。

「おまえは、こんなやり方しかできないのか？　だとすれば軽蔑《けいべつ》に値《あたい》する」

「あなた自身もご存じない、あなたの本性を教えて差し上げようとしているだけですよ」

「何だと……？」

「あなたはこれまで、本当の快楽など知らなかった。男も女も飽きるほどに味わいながらも、快楽を得たことがなかった。違いますか?」

見抜かれていたというのか……?

それに驚き、心臓がひときわ高い音を立てた。

「淫乱なふりをして、冷静に相手の肉体に君臨《くんりん》する——じつにあなたらしいやり方だ」

「それがどうした」

「そんな方法は、私には通用しない。あなたもそれに気づいてらっしゃるはずだ」

「馬鹿馬鹿しい妄想《もうそう》だな」

和貴はそれを切って捨てようとした。

「あれから、ほかの男と寝ていないのでしょう?」

「な……!」

どうしてそんなことがわかったのか。冷静を装《よそお》い続けるために、和貴は己の掌《てのひら》に爪を立てた。

「ああ、当たっていましたか」

推量で言ったことを示唆《しさ》されて、和貴は頰がかっと熱くなるのを感じる。

「あなたも怖いのでしょう? ご自分の躰が人一倍快楽に弱いのだと……認めることが」

和貴にも、内心の動揺を抑え込むだけの理性は残されていた。

「これ以上くだらないことを話すようなら、僕はもう失礼する」

身を起こして深沢を押し退けようとしたが、彼はそれより先に立ち上がった。見下ろされるかたちになり、和貴は彼の眼光の鋭さに改めて戦慄《せんりつ》する。

「——これが最後通牒《つうちょう》です」

不意に、深沢の声が氷点下の冷たさを帯びたような気がした。

「この前のように、縛って差し上げましょうか?」

それだけで和貴は、躰の芯《しん》から凍《い》てついたように動けなくなってしまう。

身を屈《かが》めた深沢は、和貴の腿《もも》に手を置いた。

「っ」

服地の上に深沢の手指の重みを感じた刹那《せつな》、あの夜、自分を支配した肉の歓喜が脳裏《のうり》を過《よぎ》る。

忘れようにも忘れられない喜悦《きえつ》が。

「私のような軽蔑に値する男に縛られて犯されることが、とてもお気に召したようでしたね」

そこに置かれた手は、微動だにしなかった。

だが、己の肉体の一部に布越しに触れられているだけだというのに、この緊張はどういうことなのだろう。

「ふざけていないで、その手を離せ」

「離してよろしいのですか？」

疚《やま》しいことなど何もないはずなのに、和貴はなぜかどきりとした。

「……当たり前だ」

深沢の存在を意識するごとに、体温が少しずつ上がるような気がして、そのことにどうしても気を取られてしまう。口の中が渇きかけているせいなのか、粘《ねば》ついて上手《うま》く言葉が出てこない。

与えられる他人の体温に、夢想《むそう》しそうになる。

たとえば彼のその指が、手が、あとほんのわずかだけ動いたなら……と。

「あの夜のあなたは、まるで処女のように初々《ういうい》しくて可愛らしかった」

低く笑う彼の吐息《といき》が耳朶《みみたぶ》やうなじに触れ、羽毛のように皮膚をなぞる。一瞬、緊張に身を強張《こわば》らせた和貴の弱さを、深沢は見逃さなかった。

「覚えておられるのでしょう？」

彼の唇が、驚くほどの優しさで頬に触れる。

「あの晩、あなたが味わったものを」

全身にうっすらと汗が滲むのが、わかる。

じわじわと躰が反応を示し始めており、その事実に和貴は焦《あせ》らざるを得なかった。

「支配される悦びを」

彼の冷徹な声が、電流のように背筋を駆け抜けた。

そうだ。

この男が和貴に教えたのは、自分に永遠につき従うと思っていたはずの男に、逆に征服され、蹂躙《じゅうりん》されるという倒錯《とうさく》した悦楽だった。

これまでは支配する側にいた和貴には、決して手に入れることができなかったもの。

それを忘却《ぼうきゃく》することすら叶《かな》わなかったのだ。

「――おまえは、何が……望みなんだ」

答えの代わりに深沢の手がほんのわずかだけ動き、和貴は思わず詰めていた息を吐き出した。

だが、それは望む場所に行き着くこともなく、皮《ひ》膚《ふ》の上を這ったただけにすぎない。和貴を焦らし、消《しょう》耗《もう》させるつもりなのだろうか。

いっそ優しいとさえ思える感触で、深沢は軽く右の耳朶を噛み、そこを舐《な》める。その場所から生まれた熱が、全身にまで行き渡るような錯覚《さっかく》が生じた。

触ってほしい。もう一度――あの夜のように。

「…っ」

もう限界だった。

これ以上の駆け引きには耐えられそうにない。

喘《あえ》ぐように呼吸を繰り返し、和貴は口を開いた。

「――どうしてもと言うのなら……触ることだけ、許してやる……」

それでも和貴は、傲慢《ごうまん》な姿勢を崩さなかった。

ここで膝を折ったら、負けだとわかっている。

「そうやって、逆に征服欲を掻き立てるところが、じつにあなたらしい」

深沢は低く笑い、和貴の衣服をくつろげる。彼の視線をそこに感じ、和貴は悔しげに顔を背《そむ》けた。

「見るな……」

「べつに、恥ずかしいことでもないでしょう?」

これくらいどうということもないはずなのに、深沢の冷徹なまなざしに晒《さら》されることに、和貴は羞恥《しゅうち》を覚えていた。己の肉体の深部を暴《あば》かれることが、恐ろしくもあった。

「今からもっと恥ずかしいことをされるのですから」

深沢は身を屈め、躊躇《ためら》いもなく性器を口に含む。

「よせ!」

彼の頭を押し退けようとした拍子に、脆《もろ》い器官に軽く歯が当たって痛みを感じたが、和貴の動揺はそれ以上のものだった。

「さわる……だけ…と…」

「子供でもあるまいし、それだけで済むと？　それに、あなたもこうされるのがお好きでしょう？」

「…いや…だ…っ」

これだけは嫌だ。彼に主導権を与えることなど、和貴には我慢ならなかった。

それでも、逃げることなどできぬまま、和貴は深沢の技巧に囚《とら》われていく。

「あ…っ…、ぅ…ッく…」

与えられる悦楽に耐えかね、和貴はしきりに身を捩《よじ》った。脳が痺《しび》れてつきつきと痛む。全身に汗が滲み、発熱しているように躰が熱かった。

逃れようと藻掻《もが》いても、それは無駄な抵抗としかならなかった。

「やめろ……もっ…う、……」

呆気なく追い上げられていく悔しさに、和貴の瞳に涙が滲む。


深沢は自分を蔑《さげす》んでいるのだろう。

嫌だと訴えながらも、縛られているわけでもないのに、逃げ出すことすらできない。

逃げるために身を捩るのか、それとも腰を振っているのか、自分でもわからなかった。

舐められた部分から、弄《いじ》られたところから、そのまま蕩《と》け落ちてしまいそうだ。

それほどの――悦楽。

「出してごらんなさい」

誘いかける声音の冷然とした響きに反発を覚えることすら、できない。

嫌だ。絶対に嫌だ。

この男にだけは、屈したくないのに。

器用な指で敏感な括《くび》れを弄られ、その孔《あな》を執拗に舐められただけで。

「よせ…っ……――ッ！」

溢《あふ》れる。何かが弾けて、壊れてしまう。

和貴は両手で敷布《しきふ》を握り締めたが、堪えることなどどできようはずもなかった。

「あ……」

深沢の口腔《こうこう》に精を放った和貴はしばしの放心ののち、己の痴態《ちたい》に唇を嚙み締めた。

「今夜もたっぷり出たようですね」

口元を手の甲で拭《ぬぐ》い、深沢は微笑する。洋服をきっちり身に着け、わずかに髪の毛を乱すにとどめた彼の姿に自分を顧《かえり》みて、和貴は情けなさすら覚えた。

「こちらも我慢なさっていたのでしょう?」

軽く窄《すぼ》まりを撫《な》でられて、和貴はびくりと震えてしまう。

「可愛い反応をなさる」

乾いた声が鼓膜をくすぐる。

まるでうぶな小娘のような自分の反応に、和貴自身が最も戸惑っていた。どうしてこんなことになってしまったのか、理解できない。

「う、ん……ッ」

己の体液を纏《まと》った指が入り込む感覚に、和貴は拒絶に首を振った。

「嫌だ……もう、嫌……」

敷布を摑んだところで、快楽の淵《ふち》へと突き落とされる自分を止めることなどできない。

同時に深沢のしなやかな指が和貴の性器を捕らえ、再び扱《しご》き始める。あの晩の快楽をなぞり、和貴は無意識のうちに、焦れたように腰を揺らした。

「あ、あっ…、…!」

窄まりに深沢の指を迎え入れると、それだけで躰が再び熱を帯びてくる。

だが、指では物足りない。躰の奥をもっと、滅茶苦茶に搔き混ぜてほしい。

「指もお気に召したようだ」

「ちが……、」

声を上げるたびに、唾液が溢れ出す。

「中を弄られるのが、よほどお好きなのですね。こうして、ほら……まとわりついてきますよ」

足下に腰かけた深沢は、冷徹な声音と残酷な言葉で、和貴の心までも嬲《なぶ》った。

「…っく……う……」

指が、体内で円を描くように回される。潤《うる》んだ粘《ねん》膜《まく》を引っ掻かれて、擦られて、それだけで達してしまいそうだった。

「何度出しても構いませんよ？　あの夜から我慢なさっていたのでしょう？」

今日の深沢は攻め方を変える気なのか、快楽を無理に引き延ばそうとはしなかった。それが和貴には最も耐え難いということを、彼は知っているのかもしれない。

「いやだ…っ…」

「指を挿《い》れられただけで、これほど感じるとは……さすがに淫らな躰をお持ちだ」

「あ…、んう……ッ……あ、ぁあっ」

「ここが快《い》いんでしたね？」

「…は…あッ…」

襞《ひだ》の内側に潜んだ最も敏感な部分を刺激されて、和貴の濡れた唇から潤んだ音が零《こぼ》れた。

いっそこのまま、快楽だけを感じる機械になってしまいたい。ただ与えられる愉悦に酔い、満たされるだけの存在になりたかった。そのほうがよほど楽だ。機械ならば、こうして自尊心を土足で踏みにじられるようなこともないのだから。

二本目の指が挿れられる。だけど、これだけでは物足りなかった。欲しいのはもっと熱くて、深々と自分を貫《つらぬ》いてくれる、あの質感だった。

「…う…んんっ…」

三本目。

押し入る感触に焦れ、和貴はしきりに腰を振る。突き入れられた指が内部を捏《こ》ねるように緩慢《かんまん》に動き、それは和貴をよけいに憔悴《しょうすい》させた。

「――私が欲しいですか？」

深沢の囁きに、和貴は曖昧《あいまい》に頷く。

「でしたら、言ってごらんなさい。私のやり方を教えてほしいと」

「…いや…だ、…もう……」

「ご自分で弄るのはお嫌でしょう？」

揶揄《やゆ》するように彼はそう囁き、もう一方の手で括れを軽くなぞった。

「……もう、…放せ…っ…！」

負けたくない。こんなことは、嫌だ。

自分にはまだプライドがある。

「――そういうことをおっしゃるから、もっと虐《いじ》めたくなる」

先ほどからしきりに溢れる涙のせいで、視界が滲む。ずる、と体内で異物が蠢《うごめ》く感触とともに、指が引き抜かれていった。

「…ッ」

そこでようやく解放され、和貴は息を吐き出した。

シャツとネクタイは辛《かろ》うじて身に着けているくせに、下肢は剝き出しにされ、吐精《とせい》したために衣服はべったりと汚れてしまっていた。

それでもなお物欲しげに中枢は疼き、反応を見せて蜜を滴《したた》らせている。何よりも、中途半端《はんぱ》に拡げられた蕾《つぼみ》がひくつき、更なる刺激を求めていた。

「お一人で部屋に戻れますか？」

手の汚れを拭って衣服を整えた深沢は、穏やかな声で問う。

わかっている。これは罠だ。

和貴に降伏《こうふく》を迫り、縋《すが》りつかせるための。

気丈《きじょう》にも和貴は身を起こし、自分の衣服を直そうと手を伸ばす。

しかし、その指が危うく震えた。

膚に己の手指が触れる感触だけでも、限界だった。

そのまま寝台に座り込み、和貴は俯《うつむ》く。

全身に汗が滲んでいる。

ここで深沢に膝を折れば、すぐに楽になれるのだ。

彼に支配されてみるのもまた悦楽ではないのかと。

誘惑に耐えかね、頭がずきずきと痛んでくる。

「和貴様？」

促すような深沢の声音は、悪魔の囁きだと思った。

駄目だ。ここで深沢に屈したら、今度こそ後戻りできなくなってしまう。わずかばかりに残された和貴の理性は、声高に危険を訴える。

だが、和貴は禁断の果実を味わってしまった。

それはなんと罪深く、それゆえに甘美なことか。

力無く項垂《うなだ》れたまま、和貴は唇を開いた。

「――欲しい………」

もう、堕《お》ちるところなどないと思っていたのに。

これ以上、汚れるところなどないと思っていたのに。

「……教えてくれ、全部。おまえの、やり方で……」

喘ぐように囁く自分の声音を、どこか遠くで聞いたような気がした。

こうすれば、深沢のことを理解できるはずだ。いずれは彼を支配できるはずだ。

こうして、自分の肉体を道具にすることで。

それとも、違うのか。自分は本当は、あの夜の淫楽を求めているだけなのか……？

「私に犯されたいと？」

逡巡の末に、和貴は頷いた。

「……そうだ」

犯すという端的《たんてき》で生々しい単語に、和貴の自尊心は踏みにじられ、痛みにのたうち回る。

だが、その欲深いほどの陶酔《とうすい》。

「では、そうおっしゃってごらんなさい」

水分を失った口の粘膜は乾き、粘ついて上手く言葉が出てこない。

「言えないのですか？」

感情のない声で尋ねられ、和貴は悔しげに唇を嚙んだ。この男は和貴の躰だけでなく、プライドまでも奪おうとしている。

しかし、それに――逆らえない。

とうとう、詰めていた息が、和貴の淡く色づいた唇から吐き出された。

「――犯して……」

喘ぐような、掠れた声が漏れる。

「人にものを頼むのに、それだけですか」

自分のいるこの場所が、足下から崩落《ほうらく》していくようだ。

「犯して……ください」

羞恥の砦《とりで》を踏み越えれば、何でも言えるような気がした。

犯してほしい。深く。もっと激しく。

脳髄《のうずい》が溶け落ちてしまうまで。

「よろしい。ご褒美《ほうび》をあげましょう、和貴様」

のろのろと視線を上げ、和貴は自分を睥睨《へいげい》する男を見つめる。

深沢に『与えられる』のか。

この男から施《ほどこ》しを受けるというのか。

「服を脱げますね？」

頷いた和貴は、震える指先でネクタイを床に落とし、シャツの釦《ボタン》を外す。

この瞬間、ついに、和貴は自らの意思で深沢に屈服したのだ。

「膝を立てて、脚を開きなさい」


悔しげに吐息をつき、和貴は深沢から顔を背《そむ》け、命じられるままに脚を開いた。

深沢は上着を脱いで、自らもネクタイを外した。

シャツの釦を緩めた彼は、和貴を再び組み敷き、ほっそりした躰を抱き込む。

「う、ん…ッ…」

閉じかけた窄まりを再び乱暴に拡げられ、他人の存在を己に埋められようとしている。

悦楽を求めて震える襞を抉《えぐ》りながら、深沢が体内に入り込んできた。

「ここがどうなっているか、おわかりですか？」

囁きながら、男は繋がった部分を軽く撫でる。

「……は、…はい…って……」

繊細な粘膜を擦られる快楽に、敷布を摑む指が震えた。喉に唇を落とされ、躰が崩れそうだった。

「そう、あなたのおっしゃるとおりに、挿れて差し上げているところですよ」

「んんっ、…待っ……」

このまま深沢の意のままに操《あやつ》られたら、頭がおかしくなる。そう思うのに、彼は止めてくれなかった。

「美味しそうに咥え込んで、もうとろとろですね。私に犯される気分はいかがですか？」

「…ああっ……！」

熱い。

大きくて……蕩けてしまいそうだ。

深沢の肉塊《にくかい》を体内に感じた和貴は、触れられもしないのに達した。ひとしきり精を吐き出してもなお、欲望はすぐに膨れ上がる。

「堪《こら》え性《しょう》のない方だ。まだ全部入っていませんよ」

耐え切れずに誘い込むように腰を振ると、低い笑いが降ってくる。

それでも深沢に縋りつかないのは、和貴なりの最後の意地だった。

「…はや、く………」

煩悶《はんもん》し、焦れる和貴を見て、深沢は耳元で囁いた。

「お望みどおり、全部挿れて差し上げましょう」


両脚を抱え込まれ、甘く熟《う》れた襞を深沢に貫かれる。

「こんなに物欲しげに絡みついて——はしたないひとだ」

「あ、あっ……やぁ…ッ…」

「これでよろしいですか？」

深沢は、あくまで冷静に和貴を責め立てた。

和貴一人がこれほどに熱くなり、深沢に貫かれることを待ち望んでいる。

これ以上の屈辱《くつじょく》が、恥辱《ちじょく》があるだろうか。

「あうっ」

軽く胸の突起を抓《つね》られて、濡れた喘ぎが溢れた。

「私をどれほど締めつけているか、わかりますか？」

淡々とした口調で、深沢は和貴の襞がどれほどいやらしく男を食《は》んでいるのかを告《つ》げる。それが和貴の羞恥をよけいに煽ると知っていながら。

「ううっ……」

それでも、深沢に中をぐちゅぐちゅに掻き混ぜてもらえば、踏みつけにされた自尊心の痛みなどすぐに忘れられる気がした。

だが、焦らすように深沢は和貴を見つめ、汗ばんだ頬にくちづけを落とすばかりで。

違う、それじゃ足りない。

和貴は思わず深沢の腰に両脚を絡め、自分の腰を揺すった。

「――動いて…っ…」

これまで誰にも言ったことのない言葉だった。

至近で見つめた深沢の髪はわずかに乱れ、額には汗が滲んでいる。情欲の欠片《かけら》もないそのまなざしはあくまで冷たく、けれども捻《ね》じ込まれた彼の肉は熱くて。ここから、蕩けてしまいそうだ。

「突い…て…、…おねが…い…」

腰をくゆらせ、啜り泣きながら、和貴は哀訴《あいそ》する。

この貪婪《どんらん》な肉を、もっと激しく抉ってほしい。

あの淫逸《いんいつ》を、もう一度味わいたい。

「――よく言えましたね」

深沢の唇が、和貴の頬に零れた涙を吸った。

「……ああッ！」

腰をぐっと引いた深沢に、今度は深々と穿《うが》たれて、耐えきれずに潤んだ嬌声《きょうせい》が上がる。

「ここが感じるのでしょう？」

「うんっ……そこ、そこ…いい…っ…」

「あなたは人一倍淫乱で、これがないと生きていけないのですから……そうしていつも、素直になさっているといい」

低い声は、和貴を酔わせる魔力を孕《はら》む。

和貴は必死で頷いた。深沢の言葉は正しいのだと、身を以《もっ》て理解していたからだ。

この悦楽がないと、自分は生きていけないのだと。

「そうすれば……」

彼が何かを囁いたが、その言葉はもう、和貴の耳には届かなかった。

淫猥に蠢動《しゅんどう》する内壁は深沢を包み込み、彼に手酷《てひど》く犯されるという至上の悦楽を味わっていた。

誰よりも憎悪し、軽蔑する相手に征服されて、和貴は信じられないほどの快楽を得ている。

「いい……すごく……」

自尊心は泥にまみれ、これ以上なく蹂躙《じゅうりん》されているというのに、その恥辱でさえも和貴を酩酊させた。

やがて、小さく息を吐いて、深沢が和貴の中に体液を放つ。最奥《さいおう》に熱い飛沫《ひまつ》を感じ、和貴は陶然《とうぜん》と男を見上げた。

「…もっと……して……」

――証明は、なされた。

和貴は真実を知ってしまった。

淫乱だと、父親似だと誹《そし》られても仕方ないことだ。

認めたくない。認めることはできないけれど、自分の躰は、深沢の与える快感を切実に求めている。

あまりに純度の高いこの麻薬のような喜悦を求めて、和貴は足掻いていたのだ。

和貴の全身を満たすのは、絶望的なほどの歓喜だった。

10

躰が怠《だる》く、頭が痛い。

このところあまり寝ていないせいか、躰の芯《しん》には疲労と倦怠感《けんたい》ばかりが残っている。

「お兄様。とてもお疲れみたいだけど、大丈夫？」

「ああ、平気だよ」

鞠子《まりこ》に問われて、和貴《かずたか》は微笑を作った。

食卓を挟んで深沢《ふかざわ》もいたが、彼と和貴の会話はほとんどなかった。

「鞠子さんは今日はお出かけですか？」

「宿題もあるし、家で過ごすわ。わからないところがあったら、教えてくださる？」

「勿論《もちろん》です、鞠子さん」

鞠子は知っているのだろうか。

彼女が慕《した》う婚約者は、和貴を夜な夜なおぞましくも甘美な地獄へと突き落とす、悪魔なのだということを。

日にちを数えることなど、和貴はとうにやめてしまっていた。深沢に抱かれた回数を指折り数えたとしても、まるで無意味だ。

夜ごとに支配と被支配の関係は覆《くつがえ》される。

よりによって深沢の慰み者にされるという事実と、己の躰の深部に潜む淫《みだ》らさを暴《あば》かれる羞恥《しゅうち》。

それらが和貴を拘束《こうそく》し、より酩酊《めいてい》させる。

深沢の前での和貴は傲慢《ごうまん》さを剝《は》ぎ取られ、哀訴することを覚え込まされた。彼の前では、一抹《いちまつ》の矜持《きょうじ》を保つことすら必死だった。

このまま、昼の自分と夜の自分が、どんどん乖離《かいり》していくのだろうか。

朝食代わりの紅茶を飲みながら愁《うれ》いに沈む和貴に、執事《しつじ》の内藤《ないとう》がそっと近寄ってきた。

「和貴様。お食事中に申し訳ありませんが、清澗寺《せいかんじ》重工の十和田《とわだ》様からお電話が」

「――わかった」

立ち上がった和貴は、電話の置かれたサロンへと向かった。

「はい、お電話を代わりました」

「深沢君か？　日曜日なのにすまないんだが、よかったら明後日、陸軍省の――」

「深沢でしたら食事中です。お呼びしましょうか？」

言葉に軽蔑《けいべつ》を取り混ぜてそれを遮《さえぎ》ると、相手は己《おのれ》の間違いを悟ったらしい。

「これは失礼。深沢君の予定の件で、と執事には言ったのだが」

「彼の予定なら、秘書の僕が管理していますから。何なりとどうぞ」

管理という言葉をわずかに強めてしまった理由に気づき、和貴は自嘲《じちょう》すら覚えた。

「ああ、和貴君か。じつは、彼の話をしたら、私の旧友が是非目通りしたいと言ってきてね」

「陸軍省……ということは軍人ですか？」

「そうだ。君の兄上のこともよく知っていたよ」

それからしばらくは機を見るに敏だという深沢への賛辞に費《つい》やされ、和貴は辟易《へきえき》としてしまう。

「それで、深沢君の予定はどうだろうね？　今や彼も引っ張りだこだし、難しいかい？」

「いえ、そうでもありません。是非伺《うかが》わせます」

周囲の人間の深沢に対する信頼が高まってくるのを見るのは、じつに不愉快《ふゆかい》だった。

深沢は清澗寺紡績を上手く操縦《そうじゅう》しつつ、自らの足場を着々と固めていた。

何とかしなくては。

深沢との情交に溺《おぼ》れている場合ではない。

だが、肝心の方策が思い浮かばなかった。

夜になると自分は、操《あやつ》られるように深沢の寝室へ足を向けてしまう。彼に蹂躙《じゅうりん》され、陵辱《りょうじょく》されるために。

そのままサロンにとどまり、何気なく新聞を捲《めく》った和貴は、『モスリンは愈々《いよいよ》操短申合成る』という記事を見つけて眉をひそめる。

忌々《いまいま》しいことに、モスリン業界に関する深沢の予想は、恐ろしくなるほどぴたりと当たっていた。薄地のモスリンはこの長梅雨《つゆ》と不景気のせいで売れ行きが鈍化し、紡績会社は軒並《のきな》み業績を悪化させている。モスリンで利益を出して売り抜けたのは、清澗寺紡績だけだった。

「和貴様」

不意に呼びかけられて、和貴は顔を上げる。

「少し痩《や》せましたね。もっと召《め》し上がらないと、お躰が保《も》ちませんよ」

「僕のことなど、どうだっていいだろう」

日中の深沢は、夜の営《いとな》みがまるで嘘《うそ》のように、忠実な従者として振る舞う。酷《ひど》い言葉で自分を詰《なじ》る男と同一人物とは、とても思えなかった。

「それより、製鉄の十和田社長が君に会いたいと」

「かしこまりました」

「随分《ずいぶん》君を信頼していらっしゃるようだったが」

深沢は微笑した。

「おそらくフランス軍のルール占領に絡《から》んでのことでしょう。あれでだいぶ、鉄鉱石の相場《そうば》に影響が出ておりますから」

望みは、こんなことではなかった。

深沢がしていることは、どれもが和貴の目論見《もくろみ》とは正反対だ。彼は清澗寺家を延命させ、骸《むくろ》のままで終わるはずだった和貴の肉体に意味を与えようとしている。

だが、本当にそれだけが彼の狙いなのか。

彼はもっと恐ろしい復讐《ふくしゅう》を企《たくら》んでいるのではないのか……？

ふとそう思ったが、肩に手を置かれた瞬間に、和貴の思考は停止してしまう。

まるで熾火《おきび》のように、深沢の与えた快楽は体内に沈み込んでいる。それはこうして触れられるたびに、密やかに燃え上がるのだ。

「私の部屋にいらしていただけませんか、和貴様」

「今から……？」

「ええ」

これまで深沢が和貴に触れるのは、夜だけだった。

その暗黙の了解を変えて、まさか昼間から、和貴に君臨《くんりん》しようというのか。

「いかがなさいますか？」

足掻《あが》いても藻掻《もが》いても、すべては無駄なことだ。

和貴はもはや魅入られてしまったのだ。

この悪魔に。

「和貴様。そろそろ着替えなければ、夜会に間に合いませんよ？」

ベッドサイドに腰かけた深沢の声は、ひどく優しかった。

頭の芯が、ぼんやりと重い。思考を司《つかさど》る器官は麻《ま》痺《ひ》し、上手く動いてくれない。

「今日は鷹野《たかの》様の夜会に出席なさるとのお約束だったでしょう？　お忘れですか」

「……もう…っ…」

先走りの雫《しずく》が茎を伝い、和貴の衣服を汚してしまっている。性器の根元は鞠子のものだというリボンで結《ゆ》わえられ、快楽は堰《せ》き止められたままだ。

和貴の腕は腰紐《ひも》で縛られ、その先はベッドの支柱に結びつけられている。胸のあたりまでならば腕を動かすことはできるが、手を伸ばしてリボンを解《ほど》くことは能《あた》わなかった。

「ッ…」

「見られているだけでこんな風になってしまうのですから……はしたないものですね」

「…うるさ…い……」

切れ切れにそう反論すれば、深沢は微笑む。

「そこが可愛いのですよ」

深沢の言うとおり、見られていたにすぎない。

腕を縛られ、彼の視線に犯されていただけだ。

なのに、和貴の躰は厭《いと》わしくなるほどの反応を示してしまっている。

快楽を増幅《ぞうふく》させるのは、記憶と想像力だと深沢は言う。それは人間のみに許された甘美な行為なのだと。そしてその記憶こそが、今の和貴を苛《さいな》む。

和貴を弄《もてあそ》ぶことに飽きたのか、深沢は何気ない顔で読書に耽《ふけ》っている。それがひどく悔しかった。

おまけに窓の外からは、鞠子の明るい笑い声が聞こえてくる。いくら和貴であっても、さすがにこの構図はいたたまれなかった。

「…手を…、…」

「解けば、ご自分で慰めてしまうでしょう？」

そんなはしたない真似《まね》、できるはずがない。

そもそも、自慰という行為は和貴にとっては嫌悪《けんお》すべき禁忌《きんき》で、ほとんど経験がなかった。

この男は、和貴に懇願《こんがん》させたいのだ。

達《い》かせてくださいと、言わせたがっている。

せめて彼が和貴に欲望を感じているのならば、まだましだった。だが、深沢は和貴の自尊心を無惨《むざん》に踏みにじることだけを愉《たの》しんでいるはずだ。

快楽に弱いこの躰を自覚してもなお、和貴は深沢に抱かれることに抵抗を覚えていた。それを知っているからこそ、彼はこうして和貴を嬲《なぶ》るのだ。

気が狂いそうだった。

そこで、唐突《とうとつ》に扉が叩かれる音が聞こえ、和貴はびくりと身を強張《こわば》らせた。

「——深沢君?」

伏見《ふしみ》の声だった。

「和貴君の姿が見えないんだ。知らないか?」

ちらりと深沢はこちらに視線を投げる。彼の口元に、酷薄《こくはく》な笑みが浮かんだ。

「存じ上げません」

「……ッ…」

深沢のしなやかな指が和貴の性器を捕らえ、躊躇《ためら》うことなく括《くび》れに爪を立ててくる。

悲鳴が漏れなかったのは、咄嗟《とっさ》に和貴が自分の腕を拘束《こうそく》する腰紐を噛み締めたからだ。

「そうか……。ここを開けてもいいか?」

「申し訳ありませんが、外出するので着替えているところです。終わりましたら、そちらへ伺いますが」

その嘘さえも、堂々としたものだった。

「いや、それには及ばない。鞠子ちゃんがテニスをしたいと君を捜していたよ」

伏見との会話のあいだも、深沢は執拗《しつよう》に和貴の性器を弄《いじ》った。

悦楽を求めて腰が揺れ、思考が白く濁っていく。

ここで声を上げれば、いくら礼儀正しい伏見でも扉を開けるだろう。そうすれば、深沢も伏見に本性を知られることになる。だが、それ以上に和貴は、伏見にこの姿を見られるのは嫌だった。同じ恥辱でもどちらを選ぶのか、和貴の心理を深沢は知り尽くしていて、弄ぶのだ。

「わかりました。返事をしておきます」

「ああ、そうしてくれ」

そう言い残して、足音が去っていく。

この状況に置かれながらも、和貴はなおもそのプライドを失うことなどできはしない。ほんの一片《いっぺん》の矜持が、自分を恥辱の牢獄《ろうごく》へと縛り付ける。

くっと喉《のど》を鳴らして深沢が笑った。

「折角《せっかく》伏見様に助けていただけそうだったのに。こうして嬲られるのが、そんなにお好きですか?」

「…ちが…、ああッ!」

悪戯《いたずら》に軽くリボンを引かれ、その刺激で躰が跳《は》ね上がった。とうとう涙が溢れ出して、和貴の頰を伝い、唇を濡らしていく。

「その自尊心と誇り高さは驚嘆に値《あたい》しますが……いい加減に、ご自分の本性を認めてしまったほうが、楽になれるというものですよ?」

それから彼は窓に歩み寄り、庭にいる鞠子に向かって優しく声をかけた。

「鞠子さん。今日はこれから夜会に出かけるんです。テニスはまた今度にしましょう」

妹は知らない。兄と婚約者が何をしているのかを。

それは、不義よりも遙《はる》かに罪深い、蜜と羞恥に彩《いろど》られた情事だった。

「ええ。でしたら、今度お相手をしてね」

はしゃいだ鞠子のその声が、和貴の心に鈍く突き刺さる。深沢が鞠子を大切にしているのが、よくわかったからだ。

和貴をこうして汚辱にまみれた慰み者にする一方で、彼は鞠子を丁重《ていちょう》に扱っている。

和貴にとっても、鞠子は家族の中で最も愛《いと》しい存在だった。半分しか血の繫がっていない——父の血を引いていない相手だからこそ、和貴は彼女に存分に愛情を注ぐことができた。

だが、それでもこんな風に差別されれば、ただ心が痛む。悔しくなってくる。

醜《みにく》くてどす黒い感情が、心中で増幅される。

その名前すら、和貴にはわからないままだ。

何もかも、深沢のせいだ。彼に出会ったその瞬間から、自分は滅茶苦茶になってしまっている。

「このまま夜会に行かれますか？　あなたのその淫らな姿をお見せしに」

「ふざ…けるな…っ」

「でしたら、どうしてほしいのかおっしゃってごらんなさい」

彼に飼い馴《な》らされて、作り替えられていく。

どこまでいけば、自分は許されるのだろう。

どうして彼はこんなことをするのだろうか。


まだ躰から、汗が引かないような気がする。

自家用車の後部座席に座った和貴の手には、深沢の指が軽く触れている。そのわずかな感触だけで、和貴の皮膚は鋭敏《えいびん》に刺激された。

中途半端に嬲られたせいなのか、躰のそこかしこに熱の破片が残っている。それが和貴には、ひどく苦痛だった。


いっそのこと、夜会など行かずに抱いてくれと言ってしまえれば、楽だっただろう。

しかし、深沢に屈することだけは絶対に嫌だ。

躰は明け渡しても、この心までは渡すことはできない。心を明け渡してしまえば、和貴は和貴でなくなってしまう。

「——鷹野男爵《だんしゃく》は、父の旧友だ。くれぐれも粗相《そそう》がないように」

「存じ上げております」

和貴が釘《くぎ》を刺した言葉に対する深沢の返答にはむっとしたが、口に出さないだけの理性はあった。

こうして礼装を着せてみれば、深沢の容貌には黒がよく映えた。眼鏡を取り去ると、彼の端整で硬質な顔立ちが現れ、普段の生真面目《きまじめ》で穏やかな印象とはまるで違う、第二の深沢がそこに出現する。

和貴がよく知る、夜の匂いを纏《まと》う男が。

躰のそこかしこに残るさりげない違和感は、新しい革靴のせいもあるのかもしれない。以前まで頼んでいた職人が引退してしまい、今回は新しい者に任せたのだが、どうも足に合わないのだ。

車は夜会の会場近くに止まり、和貴はまた数時間後に迎えに来ることを依頼し、運転手を家へ帰した。

玄関を抜けてホールへと向かうと、既《すで》に客が待ち受けている。退屈しきっていた令嬢たちは目ざとく和貴と深沢を見つけ、こちらへと歩み寄った。

「お久しぶりです、和貴さん」

「こんばんは」

「近頃《ちかごろ》は夜会もお見限りだったでしょう。どうなさったのかと心配していたの」

それは深沢に毎晩抱かれていたせいだとは、さすがの和貴にも言えなかった。

「しばらくお目にかからないうちに、随分印象が変わられた気がしますけど」

「僕が、ですか？」

「ええ。前よりもずっと、お綺麗になったわ」

シャンパンを飲むいとますら与えない会話に内心で苦笑しつつ、和貴は笑みを浮かべる。

「和貴さん、こちらの素敵な男性は？　このあいだから噂になっておりましたのよ」

「義弟《おとうと》候補です。彼のほうが、年上ですが」

「弟さん？　でも候補とおっしゃるからには……」

かしましい話し声が、二人を包んだ。

「ああ、わかったわ！　鞠子さんのフィアンセね？　だからこのあいだ、お二人でいらしていたのね！」

「深沢直巳《なおみ》と申します。よろしくお願いいたします」

「まあ、素敵なお名前ですこと」

「いずれは、清澗寺直巳さんになるのね」

清澗寺という、姓。

それと引き替えにこの男が得るものは、いったいなんだというのだろう。

深沢と和貴はこうして関係を持つことで、互いに何を失い、何を手に入れたのだろう？

「父に聞きましたわ。モスリンの暴落で損害がなかったのは、清澗寺紡績だけだったんですって？」

「ええ。深沢のおかげです」

それを機に深沢への評価は揺るぎないものとなり、今やどこに行っても、彼は財界の寵児《ちょうじ》として扱われている。おまけに、以前の雇用主《こようぬし》である木島《きじま》の後ろ盾《だて》と、落ちぶれたとはいえ清澗寺という家名の持つ力は絶大だった。このままいけば、彼が政界に打って出る日も遠くはないのかもしれない。

「そういえば、深沢さんは前に横濱《よこはま》のホテルでの夜会にいらしたでしょう？　木島さんと一緒に」

「ああ、そんなこともありましたね」

深沢は彼女たちとの会話を如才《じょさい》なくこなす。

今なら、わかる。

以前、彼女たちが言っていた木島の美しい秘書とは、やはり深沢のことだったのだ。

ちょうどこちらへ招待主の鷹野がやって来たため、和貴は「失礼」と告げて中座する。二人で鷹野の許へと歩み寄ると、彼は嬉しそうに表情を緩めた。

「本日はお招きありがとうございます」

「ああ、来てくれたのか。二人とも忙しいと聞いていたからね」

「ご無沙汰《ぶさた》しております」

深沢は丁寧《ていねい》に頭を下げ、鷹野に微笑する。

「先日の研究会では、有益なご意見をどうもありがとうございました」

「見所のありそうな人材がいるものだと、一同で先を楽しみにしていたところだよ。紹介してくれた木島君には感謝しなければな」

和貴の知らない『研究会』という呼称《こしょう》を出されても、もはや何の感慨《かんがい》もわかなかった。

和貴を、いや清澗寺家を利用し、深沢は政財界で着々と足固めをしている。

たとえば夜会で自分が取り巻きと談笑しているあいだに、彼は着々と人脈を作っていたのだろう。

今や深沢こそが、清澗寺の『顔』だ。

いつしか深沢は、和貴を踏み台にして次の場所へと向かうのかもしれない。

冷たいものが、和貴の背筋を這い上がってきた。

「――ちょっと失礼します」

和貴は硬い微笑とともにそう告げ、新鮮な空気を吸うために人気のないテラスへと向かう。憂鬱《ゆううつ》な気分を、窮屈《きゅうくつ》な靴のせいにしてしまいたかった。

「清澗寺」

不意に声をかけられて振り返ると、大学の同級生である高田《たかだ》がそこに立っている。彼は新興成金《しんこうなりきん》で羽振りがよく、借金を引き受ける代わりに没落《ぼつらく》した華《か》族《ぞく》の娘を娶《めと》って爵位《しゃくい》をいただいたばかりだと聞いていた。

「随分顔色が悪いじゃないか。大丈夫か？」

「平気です」

「何だ、他人行儀《ぎょうぎ》じゃ……おっと」

足がもつれ、和貴は咄嗟《とっさ》に伸ばされた高田の腕を摑んだ。

彼の胸に抱き留められて、とくりと心臓が脈打つ。

他人の体温を身近に感じることは、男に組み敷かれ、楔《くさび》を打ち込まれる歪んだ快楽を想起させる。その想像に、下腹がじわりと疼くような気がした。

数週間前までは、こんなことはなかったはずなのに。自分はきっと、どうにかしているのだ。

「やっぱり具合が悪いんだろ？　車だし、家まで送っていこうか」

陽気な旧友の声も、今となっては恨《うら》めしいだけだ。放してほしいと身を捩ったところで、青年は和貴の躰を慮《おもんぱか》ってかその手を放そうとはしなかった。

「……気にしないでくれ」

「可愛げのない奴だなあ。たまには素直になれって。な？」

何気なく顔を覗き込まれて、和貴は反射的にその目を見つめ返した。

和貴の潤んだ瞳を凝視《ぎょうし》し、彼はごくりと息を呑む。

「――せ、清澗寺……」

掠《かす》れた声が高田の唇から零れ落ち、その無骨な指が和貴の頰を撫でる。

「何か？」

およそ色事とは無縁だと思った相手の変貌《へんぼう》に、和貴は何が起きようとしているのか、理解しかねた。

和貴の腕を握り締める高田の指に力が込められる。咄嗟に和貴はその手を振り払おうとしたが、足がひどく痛んで重心がぐらついた。

「おまえが夜会に来るのは、パトロン探しだっていうのは、本当なのか？」

「な……」

下卑《げび》た思惑《おもわく》を載せた彼の声音に、和貴は表情を強張らせた。

パトロンは今のところ必要なかったし、何よりも、そんな生々しい話題を出されたことに腹が立った。

「いくら顔が綺麗でも、男なんて願い下げだと思っていたが……当面はいくら必要なんだ？」

「放せ！」

腕を振り解こうとしても叶《かな》わず、逆に彼に抱き込まれてしまう。他人の体温をすぐ近くに感じて、和貴は狼狽《ろうばい》した。

「今更、貞淑《ていしゅく》ぶるなよ。そんな物欲しげな顔してさ」

確かに自分は男好きの淫乱と揶揄《やゆ》されてきたが、誰彼構わず物欲しげな顔など見せるわけがない。

怒りのあまり、和貴の頬にさっと赤みが差した。

「――和貴様」

静かだが威圧感の込められた声で呼ばれた瞬間、自分でもおかしくなるほど躰が震える。

「深沢……」

「ご気分が優れないのでしたら、帰りましょう。先生方には、ご挨拶もいたしましたので」

深沢の声が、和貴の神経をちりちりと灼く。

「どこの誰かは知らないが、清澗寺は俺と話をしてるんだ」

「失礼ながら、私は和貴様に伺っているのですが」

その有無《うむ》を言わせぬ口調に促され、和貴は思わず口を開いていた。

「あ……ああ、帰るよ」

拘束の緩んだ高田の腕から逃れ、和貴はおぼつかない足取りで深沢に近寄った。

彼の腕に落ちる。

「こちらへ」

力強く手を引かれて、和貴はよろめくようにして
「一人で歩けるから、この手を放せ」

さもなければ、触れられた場所から、そのまま溶け落ちてしまいそうだ。

しかし、深沢が手を放そうとしなかったため、仕方なく和貴はそれに従った。

「あら、お二人とも帰ってしまわれるの？」

「ええ。残念ですが、和貴様のお加減が優れないようなので」

「もっとお話を伺いたかったわ。折角お近づきになれたのに」

女性たちは深沢を取り巻き、さも名残惜《なごり》しそうに話しかける。次いでそれらの視線が顔色の悪い和貴に向けられたが、彼女たちを如才なくあしらうのは深沢の仕事だった。

ずきりと胸が痛くなるその理由がわからず、和貴は黙り込むほかなかった。

「足は痛みますか？」

なるべく顔に出さぬようにしていたのに、気づいていたのか。和貴は無言で首を振ったが、その観察力に内心で舌を巻く。そういえば、以前にも和貴が季節の変わり目に微熱を出しやすいたちだというのを指摘されたことがあった。

門前で待っていた自家用車に乗り、和貴は深々と息を吐く。

「——あんな目でほかの方をご覧になれば、誘っていると誤解されますよ」

「誤解も何も、あの男が野蛮《やばん》なだけだ」

「解釈は様々ですが」

わかっている。自分は飢え、渇き、そして欲している。今もなお、喉から手が出るほどに他人の——否《いな》、深沢の体温が欲しかった。疼くように戦《おのの》く躰は、

渇きを癒すことを切に求めている。

こうして少しずつ、ほんの少しずつ深沢に自分自身を奪われていく。

支配しているつもりでも、されていたのは和貴のほうなのか。

金と権力と地位で押さえつけようとしたのに、深沢はそれを逆手に取ろうとする。波のように着実に、和貴から砂防《さぼう》を削っていく。

代わりに与えられるその感情を何と定義すれば、和貴は解放されるのだろうか。

沈黙に耐えかね、和貴は口を開いた。

「——おまえは、夜会に何度も出ているのか？」

「はい。木島先生のお供で」

「僕とは顔を合わせたことはなかったようだが」

和貴がそう言うと、深沢はこちらを向いた。

「私はあなたを何度も見かけました」

「そうなのか？」

「あれは、あなたが木島先生の秘書になる前でしたが、初めて夜会で和貴様を見たときに、なんて美しい人なのかと思いました。あなたは……壊れそうなほどに美しいと」

自分を見つめる深沢は、和貴越しに過去を覗き込んでいる。そんな顔つきだった。

らしくない言葉に、和貴は思わず口を噤《つぐ》む。壊れそうに美しいなどという表現は、自分に似合わない。

屋敷までの距離は、無限の長さにも感じられた。

ようやく清澗寺邸に辿《たど》り着いた和貴は、出迎えた内藤への挨拶もそこそこに、真っ直ぐに深沢の寝室へと向かった。

使用人たちは、和貴と深沢の情交をどう思っているのだろう。ほぼ毎夜のように敷布や上掛けを汚しているのだから、気づかないわけがない。

それでもこの家を立て直すためならば仕方がないと、多少のことには目をつぶっているのか。それとも、妹の婚約者に手を出す和貴の節操《せっそう》のなさを、父親似だと、陰で嘲笑《あざわら》っているのかもしれない。

タキシードを着たまま、和貴はしどけなく寝台に身を投げ出した。そんな和貴の足下に跪《ひざまず》き、深沢はその靴を脱がせる。

「痛っ《つ》」

「血が出ていますね。消毒しましょう」

「……必要ない」

和貴はそう呟き、シーツに顔を埋《うず》める。

「そういえば、あなたは痛めつけられるほうがお好きでしたね」

男は恭《うやうや》しく足に唇を寄せ、血の滲む踵《かかと》を舐めた。

矛盾《むじゅん》した優しさに晒されるたびに、和貴の心はいつも引き裂かれる。

優しくされて、嫌なわけがなかった。けれども、触れられただけで躰は容易く蕩け出してしまう。その熱を感じれば、中枢が疼く。

「——おまえは悪魔だ……」

「でしたら、その悪魔の許《もと》に毎晩通うあなたは、何なのですか?」

深沢の声音が揶揄の響きを帯びた。

そう言われてしまえば、和貴は黙り込むことしかできない。

脳まで冒されてしまいそうだ。思考のすべてを深沢に奪われてしまいそうで、それが何よりも怖い。

「今も、私のことが欲しくてたまらないのでしょう?」

「僕に何をしたんだ! 僕をどうしようと言うんだ! 僕は……僕は、」

深沢の体温の感じられぬ声に反発を覚え、和貴はいつになく声を荒らげた。

「私でしか、満足できないようにしてあげますよ」

「何を……」

「心も躰も」

この男が恐ろしい。彼に変えられて、自分が自分でなくなっていく。

悦楽に弱いこの忌々しい肉体のせいなのか。

藻掻けば藻掻くほど囚われていく。

淫奔《いんぽん》な肢体は陶酔《とうすい》の味を忘れることができず、渇けばあの記憶を何度でも反芻《はんすう》し、それがよけいに和貴を苦しめた。一度得た強烈な快楽は、まるで麻薬のように和貴を蝕《むしば》み続ける。

「たまには素直に、欲しいと言ってごらんなさい」

「……嫌だ……」

和貴は頑是《がんぜ》ない子供のように、首を横に振った。そうすることでしか、この破滅の道から逃れられないような気がしたからだ。

「あなたは、可愛いことばかりおっしゃる」

深沢は立ち上がると、和貴の髪をそっと撫でた。

和貴を押しとどめているのは、一片の理性とプライドのみ。それがなければ、今頃ひれ伏して深沢に従っていたことだろう。

自分が深沢に身も心も屈従したそのときに、いったい何が起こるのだろう？

自分はどうなってしまうのだろう……？

「足掻きたければ、好きなだけ足掻けばいい。どうせ行く末は見えているのですから」

「ふざけたことを……」

「たっぷり可愛がって差し上げますよ、和貴様」

身を屈めた深沢が和貴の手を取り、そしてその甲に唇を寄せる。

「まずは、私の誘い方から教えてあげましょう」

滴るように甘い蜜の予感が、和貴の思考を彼方《かなた》へと押し流していった。

「……水」

疲れており、指を動かすことさえ億劫《おっくう》だった。

「ご自分で飲めますか？」

深沢の髪も乱れ、ほつれている。彼のシャツをはだけさせたのは和貴だったが、今やその記憶でさえも虚《うつ》ろだった。

和貴を抱くとき、深沢は常に衣服を身に着けたままだ。冷静に和貴を責め立て、そして翻弄《ほんろう》する。深沢は常に和貴が自ら躰を開くように仕向け、その甘美な羞恥に戦く和貴を冷静に観察した。おかげで和貴は、抱かれるたびに、彼には肉欲など欠片もないのだと見せつけられる。

自分たちのあいだにあるのは歪《いびつ》な欲望だけだ。いや、和貴だけが欲望の虜囚《りょしゅう》となっているのか。

「頼めば、飲ませてくれるのか？」

弱々しい声で皮肉げに問うと、深沢は頷いた。

彼は水差しからグラスに水を注ぐと、それを口に含む。そして、和貴の唇にそれを押し当てた。

口移しでぬるい水を口中に流し込まれれば、じわりと躰が痺《しび》れてきた。まるで、毒まで一緒に含まされたような気がする。

「ん……」

飲みきれずに和貴の口元から溢れた水滴を指先で拭《ぬぐ》い、深沢はそれを舐めた。

「──おまえの真面目そうな顔と、物腰に騙《だま》された。そうやって周りの連中を騙して、楽しいのか？」

「騙しているわけではありませんよ。これも私の一面ですから」

「僕はおまえを……優しい男だと信じていたのに」

「今でも十分優しく扱っているでしょう？」

「嘘をつくな！　人をこんな風に貶《おとし》めて、辱《はずかし》めて、どこが優しいと言うんだ！」

思っていたよりも強い口調になり、和貴は深沢を毅然《きぜん》と睨みつけた。

「それは解釈の相違です」

優しい男が、こんな真似をするわけがない。

触れられれば触れられるほど、強く醜い感情が心にわだかまる。それはこの家への鬱屈《うっくつ》した思いを遥かに凌駕《りょうが》するほどの、深沢への強烈な憎悪だった。

そんな自分が怖くてたまらないのに、深沢は和貴を、何度でも地獄へと突き落とすのだ。

「私の肉体を知れば、あなたはすべてを知ることができるとおっしゃっていたでしょう？」

そんなものは、愚《おろ》かな思い上がりでしかなかった。

和貴の学んだ方策では、深沢を手に入れるどころか、その片鱗《へんりん》すら窺《うかが》い知ることはできない。だからこそ歯がゆいのだ。

「自分のことでさえわからないのに、おまえのことがわかるものか……」

期せずして本音を吐いた和貴を見て、深沢は目を細めた。彼の指が優しく動き、和貴の髪を撫でる。

「そのときが来たら、教えて差し上げます」

それまでずっと、この男の掌の上で、惨めに踊り続けていろとでもいうのか。

深沢は既に、清澗寺財閥で確固たる地位を築いている。鞠子との婚約破棄はできても、彼を放逐《ほうちく》することは難しいだろう。今やもう、深沢が和貴の思いどおりに動くとは思えなかった。

しかし、和貴には逃げることなどできない。ここは自分の家で、侵入者は深沢のほうなのだから。尻尾《しっぽ》を巻いて逃げ出すのなんて、絶対に御免《ごめん》だ。何よりもプライドが許さなかった。

「僕がそんなに憎いのか？」

「憎しみだけでこんなことをすると思いますか？」

では、ほかに何があるというのだ。

憎しみのほかに、いったいどんなものが。

これは、憎悪のみが等価に交換される関係ではないというのか。

「それに、考える必要などないでしょう、そんなことは。——あなたは、何も考えなくていい」

その声が、和貴の理性を浸蝕《しょく》していく。

深沢の唇が、恭《うやうや》しく和貴の額に落とされる。まるで恋人にするような愛しげなくちづけに、和貴は切なく吐息を揺らした。

深沢が大切にしているのは、鞠子のはずだ。

なのに、こういうときの深沢は、いつもひどく優しい。和貴を戸惑わせるほどに。

「あなたが望めば……望んだ分だけ快楽を差し上げます。私はそのために存在している」

違う。そんなことを和貴は望んでいない。

深沢に望むのは、もっと別のものだ。

自分でも——わからないけれど。

「あのとき約束しました。私はあなたのものでしょう?」

そんな言葉は、嘘だとわかっているのに。

深沢の唇が和貴に触れると、その体温に安堵《あんど》しそうになるのはなぜなのだろう?

「……キスを」

和貴は深沢のシャツを引いて、そうねだる。

啄《ついば》むような接吻は優しく、そして甘い。

重ねられた唇は、やがて、二人の境界線をも掻き消していった。

11

無意味で無価値なただの肉塊《にくかい》に、いや、いっそ骸《むくろ》になりたかった。

腐敗した血肉から生まれた自分自身を、和貴《かずたか》は心底呪《のろ》っていたがゆえに。

美貌《びぼう》など表層だけのものでよかった。

むしろ、そうでなくてはならなかった。

そうすれば、自分のような土塊《つちくれ》に溺《おぼ》れて道を見失う人々を、嘲笑《あざわら》うことができた。

他人を破滅に導き、嘲罵《ちょうば》することで、和貴は逃げようと足掻いてきたのだ。

己《おのれ》の運命から。

「…………」

ぴくりと和貴は躰を動かし、その反応に驚いて目を覚ます。

いつの間に寝入ってしまったのだろう。

着替えるのも億劫《おっくう》でベッドに身を投げ出し、そのまま夕食も摂《と》らずに眠りに落ちてしまった。

もう、五日だ。

あれほど毎晩和貴を苛《さいな》んだくせに、深沢《ふかざわ》は五日も和貴に触れていない。

いや、逆だろうか。

和貴が、深沢の部屋に通うのをやめたのだ。

なけなしの理性を振り絞った結果だった。

それでも、彼のほうから和貴の許に来ることはない。おかげで、深沢は和貴に欲望など抱いていないのだと、その事実を思い知らされる。

なのに和貴の躰の奥には、常に埋《うず》み火《び》のような淫《いん》欲《よく》が潜んでいる。この躰は渇き続け、満たされた例《ためし》がない。

こんな自分が、厭《いと》わしくてならなかった。

だからこそ、手遅れになる前に、一刻も早く深沢との関係にけりをつけてしまわなくては。そのためには、なりふりなど構っていられない。

より確実に彼を放逐《ほうちく》するために、和貴は兄の友人にも力を借りることにした。他人に借りを作ることを、厭っている場合ではなかった。

なぜこんなことになったのか。

自問自答するたびに、和貴は愚《おろ》かな己を嘲笑う。

悔しいのは、彼がたびたびその本性をちらつかせていたくせに、和貴がその信号を見過ごしていたことだ。深沢は、和貴には何も見抜けまいと思って、わざとそれを見せつけていたに違いない。そうでなくては、あの周到な男が、自分を不利にするような迂《う》闊《かつ》な真似《まね》をするとも思えなかった。

結局、和貴は舐《な》められていたのだ。

「畜生……」

時計を見ると、まだ九時過ぎだ。

酒でも飲んでから寝よう。

密《ひそ》やかに階段を下りた和貴は、玄関にある中庭へ向かう扉が開いていることに気づいた。

この先にあるのは、蘭《らん》のための小さな温室だ。

出入りするのは鞠子くらいだが、こんな時間に、なぜ扉が開いているのだろう。

そう訝《いぶか》しみつつ、和貴は何気なく中庭へと踏み出した。

硝子《ガラス》張りの温室は、月明かりに照らし出されてまるで模型か何かのようだ。

魅せられたように温室に近づいた和貴は、そこで不意に足を止める。

硝子でできた室内に、深沢の姿が浮かび上がった。

タンブラーを片手に、彼は何かを飲んでいる。

いつになく崩した服装で、くつろいでいるところだろうか。

声をかけようかと迷ったその刹那《せつな》、もう一つの影が動くのが見えた。

「な……！」

反射的に、和貴は小さく声を上げる。


——冬貴《ふゆき》だった。

父は藤色の正絹《しょうけん》の長襦袢《ながじゅばん》を辛《かろ》うじて引っかけ、物《もの》憂《う》げな様子で窓に寄りかかっている。

深沢の手が伸び、冬貴の腕を摑んで窓に縫い止める。引き寄せられるように、男が冬貴にくちづけるところを、和貴は呆然と見つめていた。

深沢が冬貴の襦袢の裾《すそ》をはだけさせ、その夜目にも白い膚《はだ》をなぞる。

誘《いざな》うように動く、冬貴のほっそりした脚——。

濃密な情事を想像させるくちづけは、まだしばらく続くようだ。

ずきずきと心臓が痛んだ。

和貴は慌《あわ》ててきびすを返し、邸宅《ていたく》へと戻る。

深沢が、冬貴と逢い引きをしていた。

その事実が、和貴の胸に鈍く突き刺さる。

冬貴でも和貴でも、深沢にとってはたいして差がないということなのか。

いや、冬貴はこの家の当主《とうしゅ》で、自分は次期の当主候補にすぎない。取り込むのならば、冬貴のほうがいいに決まっている。

あの淫《みだ》らで美しい化け物に、敵《かな》うわけがない。

冬貴が相手なら、深沢も肉欲を抱くかもしれない。

彼を抱きたいと思うのかもしれない。

――――嫌だ……。

もう、こんなことは沢山《たくさん》だ。

どうして自分一人が、こんな感情を抱えなくてはいけないのか。こんなに醜《みにく》い思いばかりを。

和貴は自室へ戻ると、クローゼットの扉を開く。今週に仕立て上がったばかりの洒落《しゃれ》た夏物のスーツに手早く着替えると、玄関に向かった。

「内藤《ないとう》！」

「……はい、和貴様」

すぐに執務《しつむ》室から、執事の内藤が顔を出す。

「車を出すよう、成田《なりた》に言え。出かけてくる」

「今からでございますか？」

「そうだ」


深沢にとっては誰でも一緒ならば、和貴にしても同じことだ。

一夜の慰めをくれる男を捜せばいい。

誰だって同じだ。深沢の代わりになれる相手は、ごまんといるはずだ。

運転手の成田をたたき起こし、和貴は赤坂《あかさか》のダンスホールへと向かうように指示をする。そして、自動車の後部座席に収まって息を吐いた。

「……くそ」

胸を掻き乱す感情に苛立ち、和貴は吐き捨てた。

骸として、何も考えることなく、何も感じることなく生きていきたい。快楽に溺れ、そこに歓喜を見出す躰など、捨ててしまいたかった。

なのに、深沢の手で意味を付与《ふよ》された躰は、悦楽《えつらく》を求めてのたうち回る。

傷ついているわけではない。腹が立つだけだ。淫乱な父と同列にされたことを、怒っているだけだ。

どうして父は、ああも無頓着《むとんちゃく》に振る舞い、和貴を

翻弄《ほんろう》するのか。伏見《ふしみ》がいるくせに、なぜ冬貴はそれでは飽《あ》き足らないのか。

嫌いだ。あんな男、大嫌いだ。

自分と同じ顔をして、和貴を常に苦しめる。

父の考えていることが、何一つとしてわからない。

和貴の問いにも、ただ一度しか答えてくれなかった。

父はあのとき、何と言ったのだろう。

どうして他人と膚を重ねずにはいられないのかという、幼い和貴の問いに。

深沢を欲しいのかと問えば、冬貴は何と答えるのだろうか？


「このあと、中国に軍需《ぐんじゅ》工場を建設する計画についての会議がございますが……和貴様はいかがなさいますか？」

「…っ」

詰めていた吐息《といき》が溢れ、和貴は目をぎゅっと閉じたまま首を振った。ソファに腰かけているだけだというのに、全身に脂汗《あぶらあせ》が滲む。

「でしたら、先代の社長と冬貴様から株券を譲渡《じょうと》される件ですが――」

深沢の声など、今の和貴の耳には入らなかった。

躰に埋められたものは、装飾の少ないつるりとした円錐《えんすい》状の香水瓶《びん》だった。

こんな真似は嫌だと何度も懇願《こんがん》したが、無論、許されるはずもなく。

たっぷりと薬剤を絡ませたそれを蕾《つぼみ》に挿《い》れられ、反応しきるまで性器を弄《もてあそ》ばれたあとに、根元をきつく縛られた。火照《ほて》る躰をどうすることもできぬまま、和貴は引き立てられるように会社へと連れてこられたのだ。瓶は不規則に内壁を刺激し、下肢に溜まるその異物感が和貴を苛《さいな》む。

本来の和貴ならば、こんなことを許すわけがない。だが、ろくに抗《あらが》えぬまま深沢の手管《てくだ》に絡め取られ、和貴はこの罰を受け容《い》れさせられていた。

「ふか、ざわ…、…もう……」

「どうかなさいましたか？」

「…たのむ、から…取って……」

喘《あえ》ぐように、和貴は深沢に哀願《あいがん》した。

「独り寝さえ我慢できないのでしたら、道具の使い方を覚えるのもよろしいでしょう？」

温度のない声は、ひどく冷然と和貴の耳に響いた。

「嫌だ…、…こんな…っ…」

「そんなに感じてらっしゃるのだから、問題ないはずです。そこの書類を取っていただけませんか？」

おそらく彼は、昨晩ダンスホールで、和貴が面倒をかけたことを怒っているのだ。

冬貴と深沢の密会を目にした苛立ちに任せ、一夜を過ごす相手を見つけようとしたものの、どの男にも食指《しょくし》が動かなかった。そうこうしているうちに、和貴を巡《めぐ》って派手な喧嘩《けんか》まで起きてしまった。

顔見知りの支配人が深沢を呼んでことを処理させねば、またも新聞沙汰《ざた》になっていたはずだ。

和貴が家名を傷つけるような真似をしたことに、彼は立腹しているのだろう。深沢が再建しようとしているものを、和貴が台無しにしかけたのだから。

こうしてなすすべもなく、その蛮行《ばんこう》に甘んじている己にも腹が立つ。なのに、どうすれば呪縛《じゅばく》から解き放たれるのか、和貴にもわからなかった。

「…う…うっ……」

指示された書類を深沢に手渡し、和貴は荒く息をついて窓に寄りかかる。

こちらを見やった深沢は、薄く微笑した。

「こちらにあなたのご署名《しょめい》を」

決裁《けっさい》する書類の中味など、今更《いまさら》確認する必要はない。和貴は震える指でペンを握り、言われるままに署名しようとした。

しかし、深沢はその手をやんわりと押しとどめる。

「いけませんよ、和貴様。ちゃんと内容を確認していただかないと」

どうせ書類を眺めても頭に入ってこないため、和貴は子供のように首を振った。

「では、読んで差し上げましょう」

和貴はそれも聞かずに自分の名前を書き込み、机に両手を突いて荒く呼吸を繰り返した。

「も、う……やだ……」

悔しくて恥ずかしいのに、逃れられない。

こんなものを挿れられて、自分は感じてしまっている。かつて深沢が言ったとおりだ。彼に与えられる快楽なしでは、和貴はもう生きていけないのだ。

眼鏡《めがね》のレンズ越しに見える彼の瞳は、本当に笑っているのかどうか。それを確かめることすら、今の和貴にはできなかった。

ひとたび深沢の本性を知ってしまえば、硝子越しに向けられる視線も、酷薄なものに思えた。

自分の肉体は、こうも浅ましい反応を示している。上着がなければ、和貴のこの惨めな状態は、衆目《しゅうもく》にも明白に違いなかった。

「何事にも慣れが大切でしょう？　一人遊びも慣れておかないといけませんよ」

「ひどい……」

「そのまま会議にお連れしますよ。あなたのその可愛い姿を、皆さんに見せて差し上げましょう」

そんなことは、冗談じゃない。だが、深沢は一度こうと決めたら、絶対にそれを翻《ひるがえ》さないだろう。

「ふざけるな……」

「あなたのことですから、人に見られていたほうがいいのかもしれませんね」

「……何…でも……する、から…っ……」

啜《すす》り上げるように呼吸を繰り返し、和貴は彼の許しを乞《こ》う。

いったい、いつからだろう。こうして彼に懇願することに、慣れてしまったのは。

「では、上着を脱いでこちらへいらっしゃい」

表面上だけは丁寧《ていねい》に命じると、彼は和貴に跪《ひざまず》くように促す。

「会議までの時間を差し上げましょう」

椅子の向きを変えた彼は、銀の懐中時計《かいちゅう》を取り出し、その蓋《ふた》を開けた。

「――できますね?」

言葉にしなくても、深沢の意図は明らかだった。ちゃんとできなければ、きっとこの格好のまま引き回されてしまう。それだけは嫌だ。

和貴はネクタイを緩めて、迷うことなく男の下腹に顔を埋めた。

もはや、和貴には選択の余地などないのだ。

「……んん…っ…」

最初に舌だけでかたちを辿り、唾液《だえき》を絡ませるようにしながらそれを舐める。

「はふ……」

誰かが来たらどうしよう。

この浅ましい姿を、誰にも見られたくない。

なぜ、こんな真似をしなくてはならないのか。

自分に対して一片《いっぺん》の欲望も抱かぬ男に、こうして恥辱にまみれた奉仕をしなくてはいけないとは。

そう思うのに、一度その淫らな遊戯《ゆうぎ》を始めると、和貴はその行為に没頭《ぼっとう》した。

捧《ささ》げ持ったものに唇を寄せ、和貴は何度もそれに接吻《せっぷん》をする。大きく口を開け、性器を舌で刺激しながら己の口腔《こうこう》へと導いた。溢れ出した唾液が、シャツの襟《えり》を汚していく。

「はしたないことが、よほどお好きなようですね。こんなところで咥《くわ》えて……まるで雌犬だ」

鋭利な言葉で和貴を嬲《なぶ》りながら、深沢は顔色一つ変えずに書類を捲《めく》る。時折向けられる冷ややかなまなざしには侮蔑《ぶべつ》すら込められているようで、和貴はその事実に羞恥した。

触りたい――。

生殺しにされた状態で深沢に奉仕することで、和貴の劣情はいっそう煽られていた。

膨れ上がった快楽の源《みなもと》を自分で慰めたかったが、それが許されないことを、和貴は身を以《もっ》て知っている。どんな些細《ささい》な快感でさえも、今や深沢に与えられるものなのだから。

「…ふ、…ぅ……んくッ……」

我慢していても、それでも自然と腰が揺れてしまう。己の欲望を少しでも紛らわせるため、和貴は思考を埒外《らちがい》に追いやろうとした。

雄の性器が喉に届き、息苦しさから瞳に涙が滲む。それを出し入れするたびに敏感な上顎《じょうがく》が擦られ、その刺激に躰が疼いた。口に含んだ部分から、特徴ある味を滲ませた先走りが湧出《ゆうしゅつ》し始めている。

それが、嬉しい。

「出して……」

唇を離すと、茎に絡みついた唾液がねっとりと名残《なご》り惜しげに糸を引いた。そのことに倒錯《とうさく》した悦《よろこ》びすら覚えつつ、和貴は囁く。

「…おねがい……」

口淫《こういん》など、他人に望まれるままに飽きるほどしてきたはずなのに、それがこんなに狂おしい感情をもたらすものだとは、和貴は今まで知らなかった。

「でしたら、もっと美味しそうにしゃぶってごらんなさい」

「んん、…んっ…」

括《くび》れや裏の部分を舌で辿り、袋をくすぐるように刺激する。知る限りのすべての技巧を使うと手も指もべとべとになって、顎も唾液にまみれた。舌と口が痺れてきたが、和貴は健気《けなげ》に奉仕を続けた。

だんだんわからなくなってくる。

この行為を深沢に強要されているのか。

それとも自分は、こうして奉仕することを悦んでいるのだろうか。

頬を染め、瞳を潤ませて男の快楽に尽くす自分の姿は、どれほど惨《みじ》めなものだろう……？

「——お上手ですね、和貴様」

やがて、静かに深沢が口を開いた。

「お望みどおりにして差し上げましょう。目を閉じなさい」

半《なか》ば夢うつつのまま彼の言葉に従うと、唾液がた

っぷり絡んだそれが、口腔から引き抜かれる。

「っ！」

顔に飛沫《ひまつ》が散るのを感じた。

あまりのことに呆然とする和貴の顔を、雄の体液がとろとろと流れ落ち、シャツを汚していく。

「何を……！」

「あなたにはよくお似合いだ」

ようやく正気を取り戻した和貴は、怒りに駆られて深沢を睨みつける。精液を浴びせられるのは、さすがに初めてだった。

「そんな目をなさるから、もっと辱《はずかし》めたくなる」

「ふざけるな……」

押し殺した声で、和貴はそう呻いた。

「全部綺麗にしてごらんなさい。そうしたら、ご褒美に中の瓶を取って差し上げましょう」

甘い誘惑の台詞《せりふ》が、鼓膜《こまく》に注ぎ込まれた。

「ご希望なら、ほかのことも」

どうしてこんな風に、玩具《がんぐ》のように扱われねばならないのだろう。

深沢が辱めるのは、躰だけではない。彼はこうして、和貴の心も陵辱《りょうじょく》しているのだ。

思考回路が焼ききれそうなほどの怒りと羞恥に襲われつつも、和貴はその誘惑には逆らえなかった。

今度は幹にまとわりついた残滓《ざんし》を舐め取り、うっとりと精液を啜《すす》る。

「んく…っ…」

たった五日間の禁欲で、和貴は思い知っただけだ。深沢から、離れられるわけがないのだと。

彼はきっと、それを思い知らせるために、和貴を放り出しておいたのだろう。

和貴が自分自身で、その忌々《いまいま》しい真実に辿り着くように。

堪《こら》え性《しょう》のない躰は疼き、はち切れそうになった部分が、痛いくらいに張り詰めている。根元を縛られていなければ、もっと酷《ひど》いことになっていたはずだ。

深沢に与えられるご褒美を予感して、充血した粘膜は先ほどからひくつき、切ないほどに甘く震えている。瓶などでは足りるはずがない。もっと大きくて熱いもので、奥まで引き裂いてほしかった。

「私のほうがいいでしょう？」

髪を摑んだ深沢に顔を上げさせられて、和貴は陶《とう》酔《すい》しきった表情で口を開いた。

「おまえがいい……」

それを聞いて、深沢は満足げに微笑む。

彼の精液で汚された頰をいつになく優しく撫でられて、和貴は再びそこに顔を埋めた。酷使した舌が怠くて痛かったが、深沢にもらえるご褒美のことを考えると、下腹がじくじくと疼いて、そんなことはどうでもよくなってしまう。

「だから、挿れて……」

奉仕の合間に、和貴はそう囁く。

「おねだりの仕方を忘れてしまいましたか？」

「——挿れて、ください……」

「どこに？」


和貴は俯いたまま、自分の欲望を直截《ちょくさい》な表現で白状した。正気だったら決して口にできないような淫らな言葉を、自分は悦んで発音しているのだ。

情交のたびに深沢は和貴に卑猥《ひわい》な言葉を一つ一つ教え、それを言わなければ絶対に許さなかった。

男に躰を開くのはどういうことなのか、彼は和貴に改めて教え込んだ。穏和で丁寧な物腰とは裏腹に彼は厳しく、和貴が羞恥に身悶《みもだ》え、プライドを抑え込んで哀願するまでは容赦《ようしゃ》しない。

その代わり、ご褒美にはいつも脳が溶けそうになるほどの快楽を与えられ、和貴はそれを貪《むさぼ》った。

こうして和貴は、深沢に復讐されているのだ。

彼は最も残酷なやり方で和貴の自尊心を傷つけ、傲慢さを剝ぎ取り、蹂躙《じゅうりん》しようとしている。和貴の肉体が深沢なしでは生きていけなくなるよう、着実に作り替えている。

己が恥辱と嗜虐《しぎゃく》に弱いことを思い知ったとき、和貴は慄然《りつぜん》とした。なのにそこから逃げ出すこともできず、悦楽を求めて喘ぎ、震えるだけだ。

今や、情交の理由も口淫の意味も、すべてが変わってしまった。和貴は、自分でさえも知らなかった生き物に変えられようとしている。

善良で優しい深沢は、もうどこにもいない。

和貴の眼前にいるのは、残酷な暴君だった。

なのに、どうしようもなく、抗《あらが》うこともできずに、深沢に惹かれていく。深沢への曖昧《あいまい》な感情が深化するごとに、和貴は彼の存在に囚われていく。

自分と深沢のあいだに何があるのか、もうわからない。

わからなくなってしまった。

いや、たぶん、最初から知らなかったのだと思う。

こんな関係が嫌なら、離れればいい。何もなかったことにして、見切りをつけてしまえばいい。

深沢のように自分を扱う男など、その気になれば見つけることはできるはずだ。

それなのに、昨日のダンスホールで、和貴は誰のことも選べなかった。

――見つけることなどできなかった。

どんなに代わりを探し出そうとしても、それは深沢ではない。深沢になることなど、誰にもできやしないのだ。

自分の代わりはいるのに。

たとえば、父が。そして鞠子が。

深沢が目的を達するために必要なのは、和貴ではない。和貴の身代わりはいくらでもいる。

そう考えるたびに胸が痛む。考えることを拒んだはずなのに、心が苦しくなるのだ。

「――お疲れですか?」

どれほど弄ばれただろうか。

ソファにぐったりと身を委《ゆだ》ね、和貴は視線を上げる。服や顔に飛び散った精液は、濡らしたハンカチーフで深沢が拭ったため目立たなくなっていた。

「そういえば、新しい靴ができたそうですよ。取りに行きますか? それとも届けさせましょうか?」

「靴……？」

「不自由な思いをなさっていたのでしょう？　早いほうがいいと思いますが」

「くだらない」

掠れた声で、和貴は呟いた。

和貴が辛そうだからと、深沢は忙しい合間を縫って木型を作り替えさせたのだ。

深沢のその優しさも気遣いも、弄ばれる立場の人間にとっては残酷なばかりだった。

どうせ自分を陥《おとしい》れるための演技だとわかっていながらも、こうして手酷く扱われるばかりの和貴は錯覚してしまう。

その優しさが本物なのではないかと。

いつか許され、救われるのではないかと。

それが過《あやま》ちだとわかっていながらも、和貴は深沢に縛られ続けている。

自らの裡《うち》に蓄積されるその濁った感情を、清算することすら許されぬまま。

12

銀座《ぎんざ》にあるこのバーは隠れ家のような店で、表通りを歩いているだけではまず見つからない。

常連客数人が静かに飲んでおり、和貴《かずたか》はカウンターの片隅で一人でグラスを傾けていた。

「和貴君」

声をかけられて、和貴は振り返る。背後に立っていたのは、スーツを粋《いき》に着こなした浅野要《あさのかなめ》だった。憲兵隊《けんぺいたい》に属する浅野少尉《しょうい》は、兄・国貴《くにたか》の学習院時代からの同級生でもある。

国貴を国外に逃がすために、和貴は浅野と共謀《きょうぼう》してその証拠《しょうこ》を隠滅《いんめつ》した。

浅野とは、そのときからのつき合いになる。

「待たせたかな」

「いえ」

「それにしては飲みすぎているようだ」

ひとたび憲兵の制服を脱げば、浅野は軍人の匂いをまるで感じさせなかった。

「お怪我《けが》は……その後いかがですか？」

「おかげさまで、後遺症《こういしょう》も何もない」

浅野は昨年、肩を撃たれて重傷を負ったのだ。

カウンターをこつこつと叩いて浅野は、バーテンダーにウイスキーを頼む。

世間《せけん》話をすることもなく、彼は本題を持ち出した。

「依頼通り、深沢直巳《ふかざわなおみ》の経歴を洗っておいた」

「恐れ入ります」

「まったく、君は憲兵を便利屋か情報屋と勘違いしてるんじゃないか？」

彼の声音が、揶揄《やゆ》を帯びる。

「あなたを共犯だと思っているだけですよ」

「わざわざ金沢の師団《しだん》に借りまで作ったんだ。いずれ返してもらおうか」

「ええ、喜んで」

「だいたいこの男は、叩いても埃《ほこり》など一つとして出てこない。君だってそれくらいわかっていて、妹の婚約者に選んだのだろう？」

返す言葉がない。まさにそのとおりのはずだった。

「それどころか、郷里でも評判はすこぶるいい。上京後は東京帝大の法科を首席《しゅせき》で卒業し、書生《しょせい》時代から恩のある木島淳博《きじまあつひろ》の秘書になった。骨身を惜しまず働き、政策への提言も積極的に行っていた、と」

彼はそこで息を継いだ。

「あとは清澗寺紡績《せいかんじぼうせき》に入ってからだが、こちらも問題ない。他の会社の社長たちからの信任も厚く、財閥《ざいばつ》の次期総帥《そうすい》に相応《ふさわ》しいと推《お》す声もある。人望も実力も伴った、希《まれ》に見る好人物という評価だな」

「それだけですか？」

「勿論《もちろん》。浮いた噂《うわさ》もほとんどないし、学生時代につき合った相手との関係も後腐《あとくさ》れない。それとも、悪い噂でも欲しかったのか？」

「――そうではありません」

浅野のような相手にそれを気取《けど》られぬように己を戒《いまし》めていたが、和貴は心中でひどく落胆していた。

深沢を家から、そして会社から追い出すだけの理由が欲しかった。

自分のそばに深沢がいるから、こんなことになってしまったのだ。

どんな手段を使ってでもいい。彼を放逐《ほうちく》しなければ、和貴のほうがおかしくなってしまう。

「では、めでたしめでたしというわけだ。一族を託すに足る、いい男を選んだじゃないか」

「お褒《ほ》めにあずかって光栄です」

「尤《もっと》も、木島議員の秘書ならば、たいていは政治家志望だろう。それがどうして君の妹の婿《むこ》候補になったのか、解《げ》せないな」

「すべての人間は利己的な利益だけを追求する点で共通である……と言いませんか?」

「マキャヴェリ、ね……。つまり、君たちは共通の利益を追求しているというわけか」

「そうです」

「面白い共闘だな」

共闘という言葉を、和貴は内心で笑い飛ばす。

こんな惨《みじ》めな共闘があろうはずがなかった。

「まあ、切れる男には間違いがない。この時期に軍部に近づいて商売の算段をするところなど、目の付け所がなかなかいい」

「え?」

そんなことまで、していたとは。

「この不況では、国民の不平不満の捌《は》け口を作る必要がある。一番手っ取り早いのは戦争だが、それを予測して軍需《ぐんじゅ》工場の建設を持ちかけるあたりが、じつに抜け目ない。真面目《まじめ》そうに見えて、かなりの野心家と見える。うちに欲しいくらいの人材だな」

浅野の唇が耳に触れる。躰の熱が上がるような錯《さっ》覚《かく》に、和貴の中枢《ちゅうすう》はわずかに疼《うず》く。

「それにしても、君は、前にも増して色っぽい顔をするようになったじゃないか」

「——もしあなたにその気があるのなら、今夜、お互いの利益を追求しましょうか？」

和貴の囁《ささや》きを聞き、浅野は喉《のど》を鳴らして笑った。

「俺はどちらかといえば、手折《たお》ることのできそうにない高嶺《たかね》の花や、難攻不落のお堅い相手というのが好みでね。今の君には食指《しょくし》が動かない」

「そんなことをおっしゃって、兄に操《みさお》でも立てているんですか？」

和貴の皮肉に、浅野はこちらを睥睨《へいげい》する。

「あのときも、どうして兄を逃がしたのですか？　ことが露見《ろけん》すれば、あなたの立場を悪くするでしょうに」

「そんなことが知りたいのか。案外俗物だな」

「兄を愛していたのですか？」

和貴は更《さら》にたたみかけた。

「違うね」

微笑したまま、彼はそれを即座に否定する。

「君が、愛なんて概念《がいねん》にこだわるとは思わなかったな。そんな言葉は、単なる定義の問題だ」

「定義……？」

「逃げ続ける限り、人は追われる恐怖を忘れられない。あの男は一生、俺の影に怯《おび》えて生きることになる」

「…………」

「それに、理由はどうあれ人を……俺を撃った。あの高潔《こうけつ》で誇り高い男が、たかが恋愛なんてもののために。滑稽《こっけい》だと思わないか？」

国貴は美しいひとだった。

いつも背筋を伸ばし、こちらから見れば眩《まぶ》しくなるほど勤勉に生真面目に生きていた。

「あの男の心に、俺という汚点《おてん》を残した。それだけのことだ」

浅野は自らの手を汚すことなく、兄の誇りを辱《はずかし》めたのだ。

「これで君の逆襲は終わりか？」

くっと男は笑った。

「君は顔ばかりが美しいが、中身は子供だな。マキャヴェリストには到底なれないだろう」

「な……」

不意打ちの言葉に、和貴は動揺した。

マキャヴェリを引き合いに出したのは、単なる比《ひ》喩《ゆ》表現だ。自分がそこまで冷酷無比になれるとは思っていない。

「深沢というのは、案外食えない男のようだ。聞けば、清澗寺財閥の各社の株券を着々と集めてるそうじゃないか。君には荷が勝ちすぎるかもしれないぞ」

「そんなことはありません」

「ならば、せいぜい、利用されるだけされて捨てられないよう、しっかり手綱《たづな》を握っておくんだな」

捨てる……だと？

何気なく放たれた浅野の言葉に、動揺が走った。

株のことは初耳だったが、そんなこともどうでもよくなってしまうほどに。


「では、俺は先に失礼するよ」

浅野は支払いを済ませ、和貴を残して店をあとにする。

自分が捨てられる？

深沢に……？

そんなことは、あるはずがない。許されるわけがなかった。


ここ数日、体調が優れぬ日が続き、和貴は自室で伏せったままだった。

今日が日曜日で、よかった。

深沢も今夜は鞠子《まりこ》を連れて観劇に向かうと言っていたし、ゆっくり眠れるだろう。

少し、彼と距離を置きたかった。

己の変貌《へんぼう》が、恐ろしくてならないのだ。

この身は深沢の些細《ささい》な言葉や仕草に煽られて、蜜《みつ》を零《こぼ》す。忌《い》まわしいほどに敏感になった肉体は、もはや悦楽《えつらく》の虜囚《りょしゅう》でしかなかった。

わずかばかりの自尊心を盾《たて》に必死で抗《あらが》っているが、いつか自分は、深沢に逆らうことなどできなくなってしまうのかもしれない。

そうしたら、あとは捨てられるのだろうか。

これまで自分が沢山《たくさん》の男女を捨て去ってきたように、今度は和貴こそが、いらないものとして深沢に処分されてしまうのか。

——怖い……。

あんなに酷いことばかりされたのに、辱《はずかし》められたのに、それでもまだ深沢のことを考えてしまう。

捨てられることを、怖いと思っている。

この清澗寺和貴とあろうものが、深沢ごときに捨てられることを恐れているとでも?

だが、現に自分には代わりがいる。

父という、和貴によく似た男が。

冬貴《ふゆき》のことを籠絡《ろうらく》できれば、深沢にとっては和貴など用済みだ。


「——どうしたんだ、僕は……」

他人に捨てられることを恐れるほど、己が臆病《おくびょう》で弱い人間だとは、思ってもみなかった。

自分は彼を欲し、必要としているというのか。

和貴は誰のものにもならぬ、傲慢《ごうまん》な高嶺の花ではなかったのか。

和貴は混乱しきっていた。

深沢をこの家に連れてきたのも、一族を滅したかったからだ。

けれども深沢はこの家と財閥を管理し、死にかけていた家を生き返らせようとしている。

だが、それならばどうして、和貴をこんな目に遭わせ、執拗《しつよう》に辱める必要があるのか。

自尊心すらもあんな男に踏みにじられるのなら、こんな呪《のろ》わしい躰など犬の餌《えさ》にでもくれてやったほうがましだ。

「——和貴様」

ドアをたたかれて、和貴はのろのろと顔を上げる。

執事《しつじ》の内藤《ないとう》の声だった。

「どうした？」

「お客様です。その、お会いできないとお断りしたのですが……随分しつこく粘られてしまって」

「誰だ？」

「尾口《おぐち》様です」

尾口、と言われて咄嗟《とっさ》に顔が思い出せなかった。

そういえば、そんな相手と寝たこともあったような気がする。当時は紡績会社への投資で随分羽振りが良かった男だ。しかし、今となっては紡績関係は壊滅的で、きっと大損していることだろう。

「用件は？」

「おっしゃらないのです。じつは先週から昼間に何度もいらしていて、そのたびにお断りしているのですが。御酒《ごしゅ》を召《め》し上がっていることも多いようで」

「今日は追い返してくれ。誰にも会いたくない」

「かしこまりました」

「悪いな、面倒なことを頼んで」

「いえ。和貴様はお加減が優れないのですから」

和貴のねぎらいの言葉を受け、内藤は微笑んだ。

紅茶でも飲もうと、着替えた和貴は自室を出た。

そのときだ。

突然、外から少女の悲鳴が聞こえてくる。

鞠子の声だった。

「いいから、あの男を……清澗寺和貴を出せ！」

反射的に和貴は、声が聞こえたほうへと走り出していた。

階段を駆け下り、玄関の扉を開け放つ。

「鞠子！」

その光景に、和貴は我《わ》が目を疑った。

「お兄様！」

鞠子はくたびれた格好の中年男性に羽交《はが》い締《じ》めにされ、その首筋にはぴたりと包丁が押し当てられていた。

よれよれの背広姿の尾口男爵《だんしゃく》はカイゼル髭《ひげ》どころか無精髭を生やし、ぎらついた瞳で和貴を睨《にら》みつける。痩《や》せこけた頬に、苦渋《くじゅう》を刻んだ皺《しわ》。和貴は右手を挙《あ》げて彼の動きを制した。

深沢がそこにやって来たが、和貴は右手を挙げて
「――鞠子から、手を離していただけませんか」

「動くんじゃないっ」

尾口に一喝《いっかつ》され、和貴は唇《くちびる》を噛んだ。

妹を人質に取られては、迂闊《うかつ》な真似はできない。

「おまえのせいで私は……一文無しになるし、もう滅茶苦茶だ……！」

「どういうことですか？」

「破産したんだ」

くく、と尾口は自嘲気味に笑う。

「そうでなくとも、妻とは離縁するところだった。東都紡績のことも、おまえが仕組んだんだろう！」

そういえば、深沢がモスリン工場を売りつけた先は、尾口が大株主であった東都紡績だと聞いている。

モスリンの値崩れで株価が暴落したはずだ。

「全部おまえのせいだ！　おまえを道連れにしてやる！」

責任転嫁《てんか》をされても困る。投資に失敗したのは尾口の責任であって、和貴が悪いわけではない。しかし、それを口にする度胸はなかった。

「わかるだろう？　君のために、私は全部捨てたんだ。一緒に死んでくれ」

男の声が、不意に気味の悪い猫なで声になる。

「これでも君には本気なんだ。ほかの男に抱かれるのかと思うと、我慢できない……！」

「――わかりました。ですが、妹を離していただけませんか？　彼女には何の関係もない」

異様な光すら放つ瞳でこちらを睨《ね》めつけ、尾口は口を開いた。

「ほかの男のものになどならぬように……おまえの息の根を止めてやる。おまえは悪魔だ……」

答えることが、できなかった。

「そんなところまで、あの父親によく似てる」

――わかっている。自分は父と一緒だ。

たとえどんなに取り繕《つくろ》ったところで、他人から見れば大差ない。

それを躍起《やっき》になって否定しようとしていたこと自体、間違っていたのだ。

腐肉《ふにく》から生まれ、土塊《つちくれ》に還《かえ》る。

よく似通った器《うつわ》を持つ自分と父の運命は、そのようなものだ。

「殺したければ、どうぞ」

そのほうがいいのかもしれない。

もう、骸《むくろ》に戻りたい。

何も考えたくない。和貴は疲れきっていた。

これで解放されるのなら、そのほうがよほど嬉しかった。

どうせ自分は、生まれながらの屍《しかばね》なのだから。

「僕でよろしければ、一緒に死んであげますよ」

「何を……」

挑発とも取れる言葉に、尾口は呻《うめ》く。

それに応じるように、深沢がこちらに視線を向けた。その瞳の中に、和貴は初めて彼の生々しい情動を見取ったような気がした。

「ならば、望み通り殺してやる……！」

尾口は鞠子を押し退け、包丁を振りかざしてこちらに迫ってくる。

勿論、和貴には逃れるつもりなどなかった。

「あっ」

視界の端で、突き飛ばされた鞠子が地面に膝を突くのが見える。

「お兄様！」

尾口の振り上げた包丁が、一瞬、陽射しを反射する。その軌跡《きせき》を、和貴は諦観《ていかん》しきって見つめていた。

やっと終わりに、できる。

これでいい。これですべてが終わる。

だが。

和貴と尾口のあいだに割って入るように、左手から人影が飛び出してきた。

——深沢だった。

「よせっ！」

肉に刃が埋まる鈍い音とともに、一気に血の臭いがあたりに立ち込める。

低く呻いた彼の腕から、血が噴き出した。

「深沢！」

よろめいた深沢の躰を抱き留めると、掌《てのひら》にべっとりと濡れた感触がある。

尾口が繰り出した包丁は、咄嗟《とっさ》に飛び出してきた深沢の右の二の腕を切りつけたのだ。

「あ……」

酷い出血だった。

暖かな液体が、和貴の両手をしとどに濡らす。

「そいつが新しい男か!?」

深沢が和貴を庇《かば》ったことに逆上したのか。

尾口の第二撃は、深沢の胸を狙っていた。

「やめろ!!」

がつんという鈍い音がして、彼の手から包丁が落ちる。それを機に、待ち構えていた使用人たちが尾口に飛びかかった。

「内藤！　医者を！」

深沢の腕と指を伝い、黒々とした血の染《し》みが地面へと広がっていく。支えることができず、和貴は深沢を抱いたまま膝を突いた。

「はいっ」

和貴の白いシャツは、深沢の血で、見る見るうちに真っ赤に染まっていく。

「馬鹿！　どうして僕を……」

「和貴様、お怪我《けが》は？」

掠《かす》れた声だった。

「僕は平気だ」

傷は思ったよりも深いのだろうか。こんなに血が出たら、きっと彼は死んでしまう。

嫌だ……！

この男を死なせたくはない。死なせてはならない。まだ手放したくない。

こんなにも自分は、深沢に囚《とら》われているのに！

屍に息を吹き込み、こんなに熱い感情を、欲望を和貴に与えておきながら、おまえは——逃げるつもりなのか？

「直巳さん！」

呪縛《じゅばく》が解けたように、鞠子がこちらに走り寄ってきて、泣きながら深沢にしがみついた。

「いや……いや、死なないで！」

「……大丈夫ですよ、鞠子さん」

深沢が慈愛《じあい》の籠《こ》もった瞳を鞠子に向ける。

まるで自分の胸に包丁を突き立てられたかのように、心臓が痛んだ。

これほどまでに彼を欲しているのに、死に瀕《ひん》したこの瞬間でさえも、深沢は鞠子のものなのだ。

「和貴様が、ご無事で何よりです」

和貴の胸に抱かれたまま、深沢がそう囁くのを聞いたとき。

不意に、名状し難い感情が押し寄せてきた。

その情動に衝《つ》き動かされるままに、力いっぱい、和貴は深沢の躰を抱き締める。

「痛…っ」

「すまない」

泣き出しそうなほどの激情に駆られて、和貴はそれを堪《こら》えるために唇を閉ざす。

彼を初めて欲したときのあの原初的な感情を、なぜ自分は忘れていたのだろう。

吐き気がするほどのおぞましい執着《しゅうちゃく》を。

この男を失うかもしれないというぎりぎりのときになって、初めて知った。

深沢が和貴という屍に吹き込んだ感情は、憎悪《ぞうお》などではない。今まで和貴が出合ったことのない、まったく別の感情だった。

「死ぬな……頼むから……」

和貴の瞳から零《こぼ》れ落ちたひとしずくの涙は、快楽のためでも羞恥のためでもなかった。

会社から帰ると、覚えのない包みが部屋に届いていた。

宛名《あてな》は和貴だったが、洋雑誌はともかくとして、書籍にも覚えがない。

では、この本は父か伏見《ふしみ》のものだろうか。

深沢の傷は、幸《さいわ》い神経までは達していなかった。出血が酷かったものの、大事には至っていない。

尾口から深沢を救ったのは、彼が愛用している懐《かい》中時計《ちゅう》だった。蓋《ふた》には酷い傷がついたが、今でも無事に時を刻んでいるのだという。

尾口を無理に取り押さえようとせず、和貴を庇った深沢の状況判断は正しかった。

深沢は一応は大事を取って入院していたが、あと二、三日で退院できると医者からは言われている。

警察の事情聴取に引っ張り回され、和貴もすっかり疲れ果てていた。情況証拠や使用人の目撃証言から尾口は逮捕されたが、おかげでまた新聞記者を騒がせる火種を作ってしまったのだ。

和貴の疲労の原因は、無論、それだけではない。

深沢が命を賭《と》して自分を庇ったことが、理解できなかった。

——そして、自分の感情すらも。

和貴は父の寝室に向かい、その扉を叩いた。

「どうぞ」

「失礼します」

低く声を発して扉を開けると、冬貴は出窓に片膝を立てて座り、ぼんやりと外を見ていた。暑くはないのか、肩にかけられたのは友禅《ゆうぜん》の打ち掛けで、相変わらず着物の扱いは滅茶苦茶だ。

「何か？」

「本が届いたのですが。父上のものではないかと」

「私が？　そんな高尚《こうしょう》な趣味はないね」

くすりと冬貴は笑い、こちらに向き直った。その拍子《ひょうし》に打ち掛けが床に落ち、彼は鮮やかな色合いの長襦袢《じゅばん》姿になる。はだけた袷《あわせ》のあいだから、はっとするほどなめらかな膚が覗く。

信じられないほどの美貌だと、いつも思う。

冬貴には、年月などまるで関係ないのだ。彼は、日々を数えることをやめてしまっているから。だからこそ、こうも美しい死体となって朽《く》ちていく。

呼吸し、心音を持つ死体。

魂《たましい》は腐臭を放つくせに、その肉体はいつまでも臈《ろう》長《た》け、腐敗することもない。

「どうせ義康《よしやす》のものだろう」

気怠《けだる》く髪を掻き上げて、彼は寝台に横たわった。腰紐《ひも》が解けかかっているせいで、襦袢も今にもはだけてしまいそうだ。その手足の動き一つを取っても、艶《なま》めかしい情事の匂いがする。

このたまらなく美しい男の肉と汚物から、自分は生まれてきたのだ。

「そういえば……深沢と言ったな」

「え？」

「鞠子の旦那《だんな》だ」

「――鞠子の婚約者ですね。彼が、何か？」

「家督《かとく》を道貴《みちたか》に譲って、彼を後見人《こうけんにん》にしようと思う」

枕に半分顔を埋め、冬貴は目を閉じる。

「それはあなたの考えですか？」

家督を譲ることは当主の交代を意味している。

動揺のあまり、声が震えた。

「誰の考えだろうと、私にはたいした問題ではない」

がんがんと頭が痛くなってくる。

そんなことを許したら、この家は名実ともに深沢のものになってしまう。目的を果たせば、深沢は和貴を捨てるだろう。

あの夜の密会は、この一件を話し合うためだったのだろうか。

改めて父に問いただそうと思ったのだが、彼は既《すで》に眠りに落ちてしまっている。

許せなかった。

誰であろうと、深沢を奪う権利はない。

手を伸ばし、和貴は冬貴の喉《のど》に触れようとする。

このほっそりした首ならば、非力《ひりき》な和貴にも彼を縊《くび》り殺してしまえそうな気がした。

父がいなければ、深沢は、和貴だけを必要とするかもしれない。

――冬貴さえいなければ。

こんな負《ふ》の連鎖《れんさ》に巻き込まれることもなく、他人を憎むことも愛することもなく生きてこられたというのに。

できることなら、鞠子のように愛を注がれるに値《あたい》する存在になりたかった。母の不義の子とはいえ、冬貴の血を引いていないことが羨《うらや》ましい。

この父親の血を引いているから、和貴では駄目なのだ。だから自分は、こんなにも醜《みにく》い。

美貌などたった一枚の皮膚のこと。

その下にあるものは、斯様《かよう》におぞましい。

「――父親殺しの罪は重いぞ」

いつの間に戻ってきたのか、伏見の声にびくりと手が震え、和貴は思わずその手を引いた。

「ちょっとした冗談ですよ」

「冬貴に構う暇があるのなら、深沢君の見舞いにでも行ってやればいい。彼は君を庇ったというのに、鞠ちゃん一人に任せきりでは義理を欠く」

「……深沢が、道貴の後見人になるのですか？」

突然話題を転じられて、伏見は頷いた。

「ああ。そうでなくとも清澗寺を毛嫌いする君に、このまま家を継がせるのは酷だという話になってね。道貴《みちたか》君が社会に出るまでのあいだ、この家の実権を彼に任せたほうがいいという話になったんだ」

真っ当な言葉に、反論さえも思いつかなかった。

「尤《もっと》も、道貴君は乗り気ではないようだが。どちらにせよ、君の賛成を取りつけておくよう、話していたんだが。同意書は見せられていないのか？」

「それは……」

眩暈《めまい》がした。

かつて、深沢に署名を求められた書類があったことを思い出し、和貴は今更のように狼狽《うろた》えた。

なぜ、秘書のはずの和貴の署名が必要なのか、流されるままに考えなかったけれど。

秘書ではなく、清澗寺家の一員としての和貴に用があったのならば、納得がいく。

「とにかく、こういうときだからこそ、君がしっかりしてくれなくては。君は君でほとんど食事をしていないと、内藤も困っていたぞ」

これ以上の重荷を、和貴に押しつけないでほしい。心が喘《あえ》ぎ、軋《きし》み、壊れてしまいそうなのに。

「——明日は見舞いに行きます。それより、これを」

和貴はベッドに置いたまま不安定に揺れている本を取り上げ、伏見に示した。

「届いたのか。ありがとう」

そのうちの二冊を手に取り、残りを和貴に返す。

「これは?」

「君の分だよ。深沢君が注文したんだ」

ずきりと心臓が疼く。

「いつ、ですか?」

「先週だったかな」


深沢が本を注文した理由くらい、予想がつく。

ここのところ体調が悪く伏せっていた和貴が退屈しないように、そんな真似をしたのだろう。

いっそ憎ませてほしかった。中途半端《はんぱ》な優しさも気遣いも、そんなものはいらない。

嘘だとわかっていても、彼のその優しさに触れると蕩《と》けてしまう。

憎めなければ、ただ——わけもなく惹かれていくだけだ。彼に囚われて、動くこともできなくなる。

今この瞬間でさえも、和貴を選んでほしいと思っている。共犯者が必要ならば、冬貴ではなく和貴を選んでほしいと。

いたたまれずに俯《うつむ》くと、伏見は低く笑った。

「——変わったな、君は」

「どこが、ですか?」

「前は傲慢《ごうまん》でどこか人を寄せつけない印象だったくせに、この頃は、触れれば蕩け落ちそうな危うさが見える」

「ご冗談を」

彼の台詞《せりふ》を、和貴は一笑に付《ふ》した。

「実際、人当たりが少しよくなったように思えるし……これで、君に懸想《けそう》をする連中はもっと増えるだろうな」

「それだけ、学習のできぬ愚《おろ》かな人間が多いということですか」

「人間は誰もが愚かなものだ」

わざと鋭い言葉を使った和貴の台詞を、伏見は呆《あっ》気《け》なく切って捨てた。

伏見の指が頬に触れ、顎を上げさせる。

吐息さえも濡れるような甘いくちづけに、和貴は素直に身を委《ゆだ》ねた。

何よりも、その体温が欲しかった。

深沢がいない、今は。

「——教えてください」

「何を？」

「愛とはどんなものなのか……」

「それを一言で決められれば、哲学者など必要ない」

伏見はそう口にすると、眠り続ける冬貴の美貌を見下ろし、次いで和貴に視線を向けた。

「それでも君は、愛が何か知りたいのか？」

「……わかりません」

まるで幼子のように、和貴は首を振る。

「ただ……」

どうしてこんなに淋しいのだろう……？

飽きるほど深沢と膚を重ねたのに。

なのに和貴は、常に虚しいままだ。

相手が深沢であっても、駄目なのだ。

身を切られるような淋しさに包まれたまま。

せめて人を愛することができれば、この虚しさや淋しさから逃れられるのだろうか。

和貴はいつも、他人と膚を重ねれば重ねるほど、思い知る。自分がたった一人なのだと、思い知らずにはいられない。

和貴にとって、躰は他人との断絶を確かめるための手段でしかなかった。

だから、欲しいと思った。膚を重ねなくても自分を理解してくれるであろう相手を。

和貴の心を埋めてくれる相手を。

男でも女でもよかった。和貴の美貌や虚飾に惑《まど》わされることなく、和貴自身を見つめてくれればそれでよかった。一人にしないでほしかった。

たぶん、それが深沢だったのだ。

けれども、和貴は深沢を見失ってしまった。

どれほど躰を重ねたところで、深沢の気持ちなど、欠片《かけら》も理解できなかった。

甘く狂おしいこの未分化な感情に、どんな名前をつければいいのかさえ、和貴にはわからない。

混乱して戸惑《とまど》う和貴を虚しさだけが包み、息苦しくさせる。窒息《ちっそく》させようとする。

和貴のやり方では、深沢を手に入れることなど、叶《かな》わぬ夢のままなのだ。

自分は、この方法しか知らないのに。


「――あなたも淋しいのかと、思ったのです」

「どうしたんだ、いきなり」

伏見は面食らったようだ。

「父がいるのに、僕とこんなことをする理由がない」

「理由、ね」

彼は低く喉を鳴らして笑った。

「君は案外ロマンティストだな。人間は計算もせずに、欲望のままに動くこともある。仮《かり》にその原動力が淋しさだというのなら――」

彼は一度言葉を切り、そして呟いた。

「君の父親ほど淋しい人間を、私は知らない」


病院はしんと静まり返り、消毒液の匂いがする。

本当は来たくはなかったのだが、伏見にああ言われてしまえば、これ以上日延べするわけにもいかない。学校の帰りに毎日通っているという鞠子と鉢《はち》合わせになるのが嫌で、あらかじめ彼女に見舞いの時間と病室の場所を聞いておいた。

――何もかもが、嫌になる。

胸中に渦巻く不可解な感情。

深沢に会うことで、それに名前がついてしまうことが怖い。

自分はここまで臆病《おくびょう》だっただろうか。

花束を携《たずさ》えて歩いていた和貴は、どこからか聞こえる控えめな少女の笑い声に、はっと足を止めた。

おそらく、鞠子の声だ。

予定より早く着いたのだろうか。

それを意識すると、なぜか胸が痛くなってくる。

もとよりあの二人を婚約者同士に仕立て上げたのは、自分だった。そのことを和貴は今更のように、悔《く》いているのかもしれない。

花壇を回って裏口から病棟へ足を踏み入れた和貴は、深沢の病室の前で足を止める。

わずかに開いた戸から中を覗くと、深沢は鞠子を見つめて穏やかに微笑んでいる。

それは、和貴にはもう二度と見ることができない表情だった。和貴が自らの手で葬《ほうむ》り去った過去の深沢の幻影《げんえい》は、今でもそこにいる。

「それで、何か問題は?」

「お兄様がいろいろしてくださってるけれど、元気がないの。お食事も全然召《め》し上がっていなくて」

「そうですか」

和貴のことを口に出されても、深沢はまるで気にも留めていない様子だった。

「それより鞠子さんは大丈夫ですか? 女学校で、何か言われたりは……」

それより、だって……?

さらりと自分の話題を処理されたことに、かっと胃の奥が熱くなる。

「新聞沙汰は慣れているし、和貴兄様が悪いわけじゃないわ。お兄様は、あんなにお美しいんですもの。最近は前にも増して、綺麗になった気がするし、昔のようにとても優しくなった」

鞠子はそこで一度、言葉を切った。

「小さい頃、お庭の白い薔薇《ばら》の花をねだって、お兄様に手折《たお》ってもらったことがあるの。お兄様は、薔薇を一輪手折るのもひどく悲しい顔をなさったわ。──綺麗で、優しくて……私には絶対に敵《かな》わない」

棘《とげ》で破れた皮膚から血が滴《したた》り、あの薔薇の純白の花弁を汚してしまったことを覚えている。

綺麗なのは鞠子のほうだ。

誰よりも美しく、汚《けが》れないのは。

「鞠子さんは、とてもお美しいですよ。沢山恋文が届いて、婚約者の私も気が気でないのですから」

「お上手ね」

病院には相応《ふさわ》しくないほどの明るい声で、鞠子は笑う。そのことに和貴は苛立っていた。

「私、もっと婚約者らしく振る舞わなくてはいけないかしら?」

ずきずきと心臓が激しく脈を打った。

二人だけの穏やかな会話の一つ一つに、親しげで甘い空気を感じ取り、和貴は眩暈さえも覚えた。

どうして深沢は、和貴のことよりも鞠子ばかりを気にかけるのだろう。

和貴のことを庇って刺されたくせに。

それとも、庇ったことさえも計算の範疇《はんちゅう》だというのだろうか。

同じことが起これば、彼は鞠子や冬貴のことも庇うのだろうか?

「こうして見舞いにいらしてくださるだけでも、嬉しいですよ」

「それなら何度でも来るわ。直巳さんは、お兄様を助けてくださったんですもの」

「和貴様は……鞠子さんの大切なお兄様ですから」

──鞠子の兄だから、助けたのか……?

衝撃的な事実を聞かされて、和貴の心臓は凍りつきそうだった。

深沢にとって、大切なのはあくまで鞠子の存在だけだというのか。

気分が悪くなってきて、和貴は思わず自分の口を押さえた。

その瞬間、ばさっと音を立てて花が落ちる。

院内に響くには十分すぎる騒音で、ぎょっとした和貴は、身を翻《ひるがえ》して廊下を早足で通り抜けた。

自分は、どんな顔をしているだろう。

それを誰にも知られたくなかった。

……嫉妬《しっと》していた。

鞠子の存在に、自分は苦痛を感じている。

深沢を清澗寺家に引き込むために協力してくれた可愛い妹なのに、彼女の存在すらも和貴は疎《うと》んじている。

あの男は自分のものだ。

和貴は、これほどまでに、彼を……。

「嘘だ……!」

耐えきれなくなって、和貴は呻いた。

全身をざわめかせるその感情に戦《おのの》き、悲鳴を上げてしまいそうだった。


何度も打ち消し、否定し、誤魔化《ごまか》してきたが、その感情はとうとう和貴の足を捉えた。

和貴に追いついた。

——愛してる、だって……?

振り向かずに廊下を抜けて、角を曲がったところで立ち止まった和貴は、ようやく息をついた。

嘘だ、馬鹿げている。そんなはずがない。

愛などというそんな生ぬるい概念《がいねん》が、自分の中に存在するわけがない。

深沢を愛しているなんて、彼を好きだなんて、そんなことは嘘だ。

だいたい、自分は彼にとってもうすぐ用済みになる人間ではないか。深沢は今にも清澗寺家を手に入れ、目的を達しようとしているのだから。

そんな男を好きになって、どうするというのだ。

初めて出合う感情に、和貴は混乱しきっていた。

残酷で冷淡で、和貴からプライドも家族もすべて奪おうとする男。そんな相手に愛情を抱いている自分が信じられない。

だが、深沢はいつも特別だった。

彼だけが、和貴に心があることを知っていた。

知っていたからこそ、深沢は常に和貴を辱《はずかし》めたのだ。彼は処女地のようにまっさらな和貴の心を蹂躙《じゅうりん》し、深沢という男の存在を深く刻みつけた。

好きだから、欲しくて。彼を自分だけのものにしたくて。

欲望や執着《しゅうちゃく》を愛と表現すれば、簡単に謎は解けた。

初めてあの冷たい瞳に囚われた瞬間から、自分はたぶん、恋に落ちていたのだ。

欲しいのは、彼に与えられる快楽ではなかった。深沢直巳という男だった。

これこそがきっと、深沢の仕組んだことなのだろう。

愛という罠《わな》にかけて、和貴を苦しめるために。

13

とうとう、この日が来てしまった。

退院してくる深沢《ふかざわ》に、いったいどんな顔をして会えばいいのだろうか……?

結局、和貴《かずたか》は一度も見舞いに行かなかったのだから、彼に庇《かば》ってもらった礼を伝えなければ。

「ねえ、内藤《ないとう》。直巳《なおみ》さんはまだ?」

学校から帰った鞠子《まりこ》は小応接室のソファに腰かけ、そわそわした様子でそばに控える内藤に尋ねる。

このところ、鞠子が急に女性らしく、そして綺麗になったのは、やはり深沢のせいか。

「もうすぐだと思いますよ」

本来ならば、和貴が迎えに行くべきだろう。

しかし、今日は深沢の代理でどうしても出席しなければならない会合があったし、深沢自身も大した怪我ではないからと出迎えを断ったと聞く。

遠くから門扉《もんぴ》が重々しく開く音がして、鞠子がぱっと顔を上げた。彼女は和貴が腰を浮かせるよりも先に走り出し、真っ先に玄関の扉を開ける。

「直巳さん！」

駆け出した鞠子は、戸口に立った深沢に抱きつこうとしてから、そんなはしたない真似をしてはいけないと思いとどまったようだ。彼の両手をそっと握って、鮮やかな笑顔を見せた。

「お帰りなさい。退院おめでとうございます」

「ありがとうございます、鞠子さん」

深沢はそう告げて、鞠子の手を包み込んだ。

胸が痛くなるような光景から目を逸《そ》らし、和貴は応接間へ向かおうとした。

「和貴様」

和貴は視線を上げ、硬い声で「応接間に飲み物を用意してある」と告げた。そこでささやかな退院祝いをすることになっていたからだ。

既に応接間では、冬貴《ふゆき》と伏見《ふしみ》が待ち受けていた。

「――退院おめでとう、深沢君」

伏見がグラスを掲げると、深沢が微笑む。

「わざわざ申し訳ありません」

もっとも、退院したばかりの深沢は酒を飲むことができない。深沢の傍らには、寄り添うように鞠子が立っていた。

和貴は、深沢を正視することさえできなかった。

彼を愛していると気づいたところで、自分に何ができるというのだろう。

好きだと言えば、応えてくれるのか。

愛していると伝えれば、自分たちのあいだにある憎悪は清算されるのか？

「和貴君、御礼は言ったのか？」

そこで思索を断ち切られて、和貴は顔を上げる。

「……ありがとう。庇ってくれて、助かった」

そこで初めて深沢と視線を合わせた和貴に、彼は優しく微笑した。

「いえ、当然のことをしたまでです」

それは自分が鞠子の兄だから、だろうか。

深沢の言葉からその意味を拾い出し、和貴は密かに傷つく。そんな自分が惨めでならなかった。

「直巳さん、何か召し上がる？」

「それくらい自分でできます」

「駄目よ。怪我人はおとなしくなさってて」

先ほどから、鞠子は甲斐甲斐《かいがい》しく深沢の世話を焼いている。そのたびに自分の心は忌々《いまいま》しいほどに波打ち、ざわめき、激しい痛みを訴えていた。

「――顔色が悪いですよ、和貴様」

その言葉とともに、深沢が肩に手を置こうとする。

反射的に、和貴は彼の手を払い除《の》けていた。

「っ」

小さく深沢が呻《うめ》くのを聞いて、和貴は自分の行動が彼の傷に響いたのだと気づき、はっとした。

「お兄様！」

咎《とが》めるような鞠子の声に、和貴は蒼褪《あおざ》めたまま「すまない」というのが精一杯だった。

「大丈夫？　直巳さん」

「ええ」

鞠子の言葉に応える深沢の、慈愛に満ちた視線。

わけもなく、和貴は焦燥を覚えた。

「和貴様？　どうしましたか？」

深沢のまなざしが、ようやく自分に向けられる。

「――今回のことは、僕も反省している。これからは、次期当主に相応しく振る舞うつもりだ」

それが、和貴の持つ最後の切り札だった。

かつて浅野の言ったとおり、深沢は着々と清澗寺財閥各社の株を集めていたが、合法である以上はそれを止める手だてはない。経営者として、株主として、深沢は着実に足場を固めている。

人望と才能に溢れると評価される男は、いずれ清澗寺財閥を手中に収め、財界を味方につけてから、政界に打って出るつもりなのだろう。その準備は徐徐に完成しつつある。

だが、現段階ではまだ、この家の当主には価値があるはずだ。

深沢ほどの逸材《いつざい》を清澗寺家に繋ぎ止めるための措置なのだと世間は思うかもしれないが、和貴を当主候補から外すことも、部外者の深沢を後見人にすることも、ひどく不自然な話だ。冬貴が隠居するには幾つかの条件を満たす必要があるし、それに、年若い道貴《みちたか》も家督《かとく》を望んでいない。

この宣言は、和貴なりの意思表示なのだ。

つまり——和貴にはまだ、利用価値があるという。

「随分、殊勝なことを言うじゃないか」

和貴の言葉を冗談と受け取ったのか、伏見がからかうように言ってのける。

「無理をなさらなくて結構ですよ。和貴様が和貴様らしくなさってくださるのが、私には一番嬉しいことですから。次の当主がどなたであろうと、今まで通りにお仕えするだけです」

深沢は和貴の提案をさりげなく一蹴《いっしゅう》し、にこやかに微笑する。

それは、あたかもおまえは用済みだと言われているようで、和貴は改めて衝撃を受けた。

——これが現実だ。

深沢は鞠子の婚約者で、それを仕組んだのは和貴自身だ。深沢は、自らの命を賭《と》して和貴を庇うほどに、鞠子を愛している。彼らのあいだにそこまでの愛情があるのなら、喜ぶべきことではないか。

なのに今、和貴はどうしようもない恋心に苦しみ、彼らに嫉妬している。

「本当に君たちはお似合いだな。これは、式を早めたほうがよさそうだ」

「もう、嫌だわ、小父様ったら」

鞠子がかあっと頬を染める。

もう二度と深沢は手に入らない。

和貴は取り返しのつかない過ちを犯した。

これが、これこそが、和貴の愚かしさが招いた結末なのだ。

今更のように、和貴はそれを思い知らされていた。


「お帰りなさいませ、和貴様、深沢様」

「ただいま」

夜会から帰ってきた和貴たちは内藤に迎えられ、和貴は慇懃《いんぎん》に挨拶を返した。

「変わったことは?」

「特に、何もございません」

「そうか」

和貴は深沢を素《そ》っ気《け》なく無視したまま、「おやすみ」と内藤に声をかけて階段を上り始めた。

「深沢さん、ところで——」

内藤が何かを話しているのを、和貴はぼんやりと聞き流した。話が弾《はず》んでいるのか、時折《ときおり》内藤の声に控えめな笑いすら交じる。

退院した深沢は精力的に仕事をこなし、和貴はその秘書として彼に仕えていた。

しかし、それ以上の関係はない。

もう二度と、深沢の部屋へ行くつもりはなかった。

事実、和貴は三週間以上も深沢に触れられていない。

秘書の仕事も、誰か代わりを見つけて辞めようと思っているところだった。

代わりなど、すぐ見つかる。

——和貴の代わりなど。

この頃では和貴も清澗寺《せいかんじ》の次期当主候補として申し分ないと囁《ささや》かれるようになったものの、そんな評価は嬉しくなかった。

自分のほうが、深沢の傀儡《かいらい》なのだから。

なすすべもなく、ただただ絡め取られていく。

家督の件は、あれから保留されたままだ。ここまで来れば、深沢も、この家の実権はいつでも握ることができると思っているのだろう。

恐ろしいほど着実に、深沢はこの家を手中に収めようとしている。

使用人たちは深沢を信頼しきっており、疑いなど抱いていない。あの内藤でさえも、彼には気を許している。彼の笑い声を聞いたことなど、いったい何年ぶりだろう。

のろのろと階段を上がっていると、後ろから深沢が追いついてきた。何気ないことだというのに彼の存在を意識してしまい、和貴は一段踏み外しかけた。

「あっ」

バランスを崩した和貴を背後から抱き留めたのは、ほかならぬ深沢だった。

心臓が跳ね上がる。

「和貴様」

厳しい口調に慌てて体勢を直し、和貴は「放してくれ」と呟く。

「真っ青ですよ。久しぶりの夜会でお疲れですか？」

「いいから、放せ」

「なぜ？」

「おまえに触れられるのは不愉快《ふゆかい》だ」

冷静さを装《よそお》って答えると、深沢はこちらを見やる。

あの冷淡なまなざしが、自分の上を通り過ぎていく。何もかも見透《みす》かしたように。

「可哀相《かわいそう》に。こんなに震えておられる」

ひっそりと耳に注ぎ込まれた蠱惑《こわく》的な声に、神経が反応してしまいそうだ。

今夜こそ誰か適当な男を引っかけてくるつもりだったのに、それを深沢はさりげなく邪魔《じゃま》してきた。

飢《う》え、渇く和貴を嘲笑《あざわら》うように。

酷《ひど》い男だ。

和貴をこんな忌《い》まわしい躰にしたくせに。

「おまえに触れられるのが不快だからだと、言っているだろう」

挑《いど》むような瞳で言い返すと、彼は口を開いた。

「申し訳ありませんが、大事な話があります。私の部屋にいらしていただけませんか？」

「ここで話せばいい」

「私の部屋でなくては話せません」

深沢は冷ややかな声音で言い切り、和貴に向かって穏やかに微笑んだ。

今、彼の部屋に行けば、和貴は深沢に屈服《くっぷく》することを選んでしまうだろう。

きっと自分は、抱いてくれと哀願してしまう。

心などいらない、愛などなくてもいいから——ただこの躰を弄《もてあそ》んでほしいと。

気が狂いそうだった。

心も躰も、狂おしいほどに切実に深沢を求めているのに、その両方が同時に満たされることは絶対にあり得ないのだ。

躰だけ満たされても、心は絶望に凍るだろう。

だが、深沢にこの感情を伝えたところでどうなるというのか。

自分を慰み者にする深沢が、和貴に情愛を抱くとは考えられない。


それどころか、和貴の感情に気づけば、彼はそれを逆手に取るはずだ。これまでよりもっと酷いやり方で和貴を嬲《なぶ》り、わずかに残された自尊心すらも打ち砕《くだ》くに決まっている。

ならば、何も伝えずにこの気持ちに再び鍵をかけてしまったほうがいい。

この自尊心こそが、和貴を護る最後の砦《とりで》だった。

「いらっしゃい、和貴様」

彼の手が離れ、深沢は先に立って歩き始めた。

いけないとわかっているのに。

なのに、その声に抗《あらが》えない。

密《ひそ》やかな毒を孕《はら》んだその音の重なりに。

よろめきつつも彼の寝室に足を踏み入れ、和貴は部屋の奥に置かれた長椅子《ながいす》に腰かけた。

その傍《かたわ》らには、見覚えのない大きな姿見が置かれている。鏡に施《ほどこ》された彫刻は見事で、舶来《はくらい》のものだろう。

「それは？」

「伏見様にいただきました。結婚すればこちらが寝室になりますから、鞠子さんの姿見が必要だろうと」

「……………」

「ここに取りつけるわけではないのですが、ほかに場所もないので、とりあえずは」

結婚という現実感のない言葉が、それでも和貴の心に無数の刃《やいば》となって突き刺さった。

「何か飲まれますか？」

「いや。話があるのなら先に言ってくれ」

「急いでらっしゃるのなら、本題に入りましょうか」

傍らに立った深沢の手が伸び、和貴の頬に触れる。

和貴は反射的に身を捩《よじ》り、その手から逃れようとした。しかし、長椅子にかけたままの不自由な体勢では、それは叶《かな》うべくもない。

「触らないでくれ！」

和貴の嘆願すら、深沢は意に介さなかった。

「三週間も我慢なさったのでしょう？　あなたにしては、よく頑張ったほうですよ」


身を屈《かが》めた彼に、直《じか》に鼓膜《こまく》に声を注ぎ込まれれば、躰が反応を示しそうになる。

「そういえば今夜は、あなたに言い寄ってくる輩《やから》も多かった。端《はた》から見ても、あなたが飢えているのは一目瞭然《いちもくりょうぜん》のようですね」

「人を発情期の雌猫みたいに……」

「今日のあなたの色香では、そちらの趣味のない男性がぐらついても無理ないことだ」

「……よせ」

「慰めてほしくて、ここにいらしたくせに？」

欲しい。

欲しいけれども、そんなことをされても和貴は満たされない。

「もう、嫌《いや》だ」

和貴はソファに躰を埋《うず》め、そう訴えた。

「僕はもう嫌だ。こんなことは、疲れた……」

言葉が見つからず、和貴は子供のように言い募《つの》る。

「おまえに触られると、おかしくなる。こんなことは、もう沢山《たくさん》だ」

触れられるたびに——躰も心も溶けていく。

まるで雪のように。蜜《みつ》のように。

深沢の体温に蕩《と》かされてしまう。

「それでも触れてほしいのでしょう?」

問いかける声は答えなど求めていないのだろう。

深沢はおそらく、和貴の回答を知っているのだから。

「……そうだと答えたら、おまえはどうする?」

返答はなかった。

「僕にはわかる」

声が震える。

苦しくて。胸が痛くて。悲しくて。

「——おまえは……僕を捨てるはずだ」

わかっていたのだ。

和貴は、単なる利用価値のある肉塊《にくかい》にすぎない。

そして今や、その価値すら失われつつあった。

だが、それでもいいと諦めることさえできない。

彼のための犠牲《ぎせい》にすらなれないほど、自分は深沢に執着《しゅうちゃく》している。

「この家も会社も、もうすぐおまえのものだ。おまえは目的を果たしたはずだ」

深沢が、最後の駒《こま》を動かしさえすればいい。

それで王手《チェックメイト》だ。

「目的を果たせば、私があなたを捨てるとでも?」

「僕の代わりはいるだろう。父にだって、鞠子にだって……代わりくらいできる」

右手で長い前髪を掻き上げ、和貴は頭を抱えた。

深沢の顔を、まともに見ることができなかった。

「それとも、僕のほうが彼らの代わりなのか…?」

深沢は答えてはくれない。

その冷淡な態度が、和貴の愁絶《しゅうぜつ》に拍車《はくしゃ》をかけた。

言ってはいけない。

言ってしまえば、すべてが終わる。

それでも、もう耐えられない。

この感情の重みに、押し潰されてしまいそうだ。

「———捨てないでくれ……」

声が震え、そして掠《かす》れた。

「おまえ以外いらない。何もいらない。だからせめて、捨てないでくれ」

「そんなことをおっしゃらなくても、あなたが望む分だけ、抱いて差し上げますよ」

揶揄《やゆ》するようなその口調に、和貴は絶望した。

これもすべて、今まで自分のしてきたことの報《むく》いなのか。

いらない。

躰なんていらない。

そう叫びたかった。

それでも深沢は、和貴には躰しか求めてくれないのだ。

「――どうしてなんだ……どうして、どうして僕にこんなことをしたんだ……」

いっそ、身も心もこの男に隷属《れいぞく》してしまえたら、どれほど楽だったろうか。

捨てられる恐怖に怯《おび》えることもなく、何も考えずに深沢のものでいることができたなら。

「このままでよかったはずなのに。このまま、何も知らずに死ねたはずなのに」

和貴は小さく呟く。

「おまえだけが、僕のやり方を否定した」

虚《うつ》ろな心を抱える和貴を、深沢は憎悪《ぞうお》と欲望で満たそうとした。執着と屈辱を与え、悦楽の前に捻《ね》じ伏せようとした。

「僕はただ、骸《むくろ》になりたかった。心などない人形になりたかった。なのに、おまえが邪魔をした。おまえが滅茶苦茶にしたんだ」

滅びゆく家に相応《ふさわ》しい、中身のない屍《しかばね》になりたかったのだ。腐敗する己の心を嘲《あざけ》り、そんな和貴の躰に溺れ、拘泥《こうでい》する人々を否定してやりたかった。

生まれてきたことも、生きていることも、すべてゼロにしてしまいたかった。

だが、愛だけが和貴を満たし、自分を変えてしまった。深沢は和貴の躰に、それに値する腐敗した魂《たましい》を与えたのだ。

「なぜ放っておいてくれなかった？　僕を利用するだけなら、もっとやり方があったはずだ！」

「おわかりになりませんか？」

「わかるはずがないだろう」

深沢に問い返され、和貴は苛立ったように答えた。

どれほど膚を重ねても、どれほど触れあっても、深沢を理解することなどできなかった。

肉体に意味などなかったのだ。

他人を知るために得た和貴の手段は、呆気《あっけ》なく否定された。

躰なんて、ちっとも役に立たない。

相手を理解するには、心がなければ駄目だ。

努力さえせずに、ずるい手段を使って相手の肉体を支配してきた和貴は、自らの方策によって報復されようとしている。

だからもう、深沢は手に入らない。

愛していると訴えたところで、愛されるわけがない。自分が惨めになるだけだ。

滑稽《こっけい》だった。

馬鹿げていた。

それでもこの男が欲しいと願う気持ちを、捨てることさえできないのだ。

ならば、いっそただの抱き人形でもいい。

そう宣告してくれれば、和貴は深沢に隷従《れいじゅう》しようと努めるから。

「――愛しているからですよ」

予期せぬ言葉を聞かされた和貴は、取り繕《つくろ》うことも忘れ、呆然と顔を上げる。

「なに……？」

「あなたを愛していると申し上げたのです」

深沢は口元に笑みを浮かべたまま、さらりと言ってのけた。

「この期《ご》に及んで、嘘をつくのはやめろ」

「なぜ嘘だとわかるんです？」

深沢の問いに、和貴は答えに詰まった。

だが、考えるまでもない。この関係に、絶望的なまでに行き詰まったこの場所に、そんな甘ったるい定義などあり得なかった。

「愛しているなら、僕をあんな風に辱めるわけがない！」

「愛しているからこそ、あなたを辱めるのです」

毒のように密《ひそ》やかに、その言葉は鼓膜に注ぎ込まれる。和貴を聴覚から、ゆるゆると溶かしてしまおうとするように。

「馬鹿馬鹿しい。憎んでいるとでも言われたほうが、まだ真実味がある。おまえの目当ては、この家と金じゃないのか？」

「侮《あなど》られても困りますね。政治家になるためなら、たかが清澗寺家など利用するまでもない。それに、あなたを利用しなくても、この家など簡単に手に入れることができる」

それもそうだろう。深沢の才覚は、和貴も認めるところだった。

ならば、なぜ。

「私が欲しいのは――あなたですよ、和貴様」

深沢の言いぐさなど、和貴には欠片《かけら》ほども理解できなかった。

「心も躰も、私だけのものにしてしまいたかった」

「……それだけのためなら、僕にこんなことをしなくてもよかったはずだ」

「それだけのこと、とおっしゃるのですか？」

彼は低く笑った。

「ですが、こうでもしなければ、あなたは私のことなど、ただの道具としてしか思わなかったはずです」

痛いところを衝かれて、和貴ははっとした。

「それに、今のあなたでなければ、私を必要としたりしないでしょう？」

「どういうことだ」

咄嗟には理解しかね、和貴は眉をひそめた。

「あなたを手に入れるためには、多少のお膳立《ぜんた》てが必要でした」

彼は耳元でそっと囁く。

「ただあなたに近づくだけなら簡単ですが、何しろ、あなたはプライドが高い上に殊更臆病《ことさらおくびょう》ですから、いろいろなものでご自分の身を守ろうとしている。そのせいで私は、それを一つ一つ、剝《は》ぎ取らなくてはならなかった」

「なに……？」

彼が自分に取り入るために画策《かくさく》したのではないかというのは薄々気づいてはいたが、それ以前に臆病などと評されたのは初めてで、和貴はむっとした。

「本当はご自分でも、わかっていたはずですよ。この家で生きるには、あなたは聡明で脆弱《ぜいじゃく》すぎると。だからこそ、そうやって傲慢さの殻《から》を作って、あなたは自分自身を隠さねばならなかった」

いったい彼は何を言い出すのか。

「知ったような口を利《き》くのはやめろ。不愉快だ」

「あなただけをずっと見ていたのですから、わからないわけがない」


深沢の言葉はあくまで冷静だった。

「初めは不思議でした。傲慢で美しい高嶺《たかね》の花が、どうしてご自分を無価値だと言い切るのか。ですが、それはあなたの本質とは矛盾《むじゅん》していなかった。傲慢さこそ、あなたにとっては砦《とりで》だったのですから」

「そんなことは、どうでもいいだろう」

自分の精神状態を分析される理由など、どこにもなかった。

「自分を価値のないがらくた扱いすることで、あなたは本来のあなた自身から目を背《そむ》けてきたのでしょう？　心がなければ、骸であれば、何も考えずに済む。不安からも逃れられる。あなたはいつも必死で……いたいけな子供のようだ」

重い言葉が、和貴の鼓膜から心臓へと水銀のように滑り落ちていく。

「僕を、侮辱《ぶじょく》するつもりなのか……？」

期せずして、声が震えた。

怖い。どうしようもなく、深沢が怖かった。

——どうして知られてしまったのだろう。

隠していたのに。誰にも見つからないように、こっそりしまい込んでいたのに。

自分自身でも忘れてしまうくらいに、奥深く。

それを、この男は容赦なく暴《あば》いていく。

和貴の隠してきた秘密を。

「でしたら、ご覧なさい」

深沢は和貴の腕を摑んで立ち上がらせる。

そして、背中から抱き込むようにして、深沢は和貴を姿見の前に立たせた。

そこにいるのは、自分であって自分でない男だった。

伏見にさえも、触れれば今にも蕩けそうだと評された和貴の表情には、かつての高慢さなど欠片も残っていない。

深沢の手で虚飾《きよしょく》の鎧《よろい》を剝ぎ取られた和貴のまなざしは潤《うる》み、その美貌は壊れそうなほどに脆《もろ》く、儚《はかな》い色香さえも漂う。

「これがあなたです」

「——嫌だ……」

和貴は視線を落とそうとしたが、深沢はその顎《あご》を摑んだまま、それを許さなかった。

背中越しに、彼の唇が和貴の頰に触れる。

「見ればいい。あなたはこんなにも脆くて、哀れなほどに美しい。これがあなたが隠そうとしていた、本当のあなたなのでしょう？」

「違う……！　違う、そんなわけがない！」

否定できないことと知りながら、和貴は声を荒らげ、深沢の言葉を打ち消そうとした。

「可愛いことをおっしゃる」

腕の中で屈辱《くつじょく》と恐怖に打ち震える和貴の躰を抱き、深沢は優しく囁いた。

「もう、無理をなさらなくてもいいのですよ」

うなじに彼の唇が押し当てられる。

背後にいる彼を引き剝がすことくらいできるはずなのに、そうすることができない。

「傲慢さも高慢さも、あなたにとっては仮面にすぎない。本当のあなたは、誰よりも儚げで、可愛らしいのですから」

囁きは、まるで毒。

「いっそ、壊れてしまいたかったのでしょう？　だけど、あなたは壊れる勇気すらなかったはずだ」

「言うな……」

和貴は弱々しく首を振った。

「言わないでくれ、頼むから……」

「怖いのですか？　秘密を暴かれたことが」

そう、怖かった。怖くて怖くてたまらなかった。

物心がついたときから、和貴は常に異端《いたん》だった。

なぜ誰も気づかないのか、不思議でならなかった。

この家は滅びるのに。

自分たちには、明日などないというのに。

そのくせ誰も、その現実を直視しようとしないのだ。あの聡明な兄でさえも。

自分が人一倍臆病で繊細《せんさい》なことを和貴はよく理解しており、それゆえ破滅の匂いには敏感だった。

壊れてしまえば、きっと楽になる。だが、自分は冬貴のようになるだろう。その恐怖が、絶え間なく和貴を苦しめてきた。

だから、擬態《ぎたい》したのだ。

他人を支配できるほどの強靭《きょうじん》さがなくては、自分はこの家の重みに耐えかねて壊れてしまう。

ならば、高慢さと傲岸《ごうがん》さで壁を作り、本当の自分を隠せばいい。淋しさも孤独も忘れて、目を逸《そ》らしてしまおう。

快楽の存在を否定し、男たちを滅ぼすことで、和貴は自分が父とは違うことを証明しようとした。

そうして、いつしか己の真の姿を和貴自身さえも忘れてしまうほど、和貴の擬態は完璧《かんぺき》だったのだ。

あとはこの家さえ滅ぼしてしまえば和貴の恐怖の源《みなもと》はなくなり、すべての束縛から自由になれるはずだった。

こんなにもか弱く、脆《もろ》く、深沢がいなくなることに怯える自分の姿など――気づかずに済んだのに。

「あなたは……痛々しいほどに哀れで、壊れそうなほどに美しい。初めてあなたを見たときから、私はずっとそう思っていました」

背後から彼の指先が和貴に触れ、そのたおやかな輪郭《りんかく》を愛《いと》おしげに辿った。

「あなたが一人で背負うには、何もかもが重すぎるのですよ。家も地位も一族も、あなた自身のその魂《たましい》でさえも」

いつも、一人だった。

兄に置き去りにされ、この館《やかた》に閉じ込められた和貴は、誰にも救われることなく。

和貴には和貴しかいなかったのだ。

他人と膚を重ねても、体温を与えられても、和貴の双肩《そうけん》はこの魂の重みに軋《きし》み、孤独に喘《あえ》いでいた。

「あなたを助けられるのは、私だけだ」

密やかに耳に注ぎ込まれる言葉に、心が騒ぐ。

「あなたの手枷《てかせ》足枷《あしかせ》になるのは、私だけでいい。そのためには、家も家族も財産も、私はすべてをあなたから奪う。あなたは永遠に、私だけに縛られればいい」

息詰まるような告白に、和貴はただ立ち尽くすことしかできなかった。

「あなたがそう望むのならば、いつか壊してあげましょう。この手で息の根を止めて差し上げてもいい。和貴様、すべて……あなたの望むままに」

それはなんと残酷で、情熱的な告白なのだろう。

ここまで深く、和貴の内側に入り込んできた人間は誰もいなかった。

深沢だけが和貴を囚《とら》え、絡め取り、縛りつけようとする。

「それが、おまえの本心なのか……？」

掠れた声で、和貴は問うた。

「ええ」

深沢はそこで初めて、優しく微笑む。彼の瞳が、まるで愛しいものを見るように、ふわりと和《なご》んだ。

「私の望みは、あなたを手に入れること。それだけです」

「——おまえは、僕を……変えてしまった」

その視線に晒《さら》されることを恐れ、俯いた和貴は戸《と》惑《まど》いながらも自問した。

「それとも……これが本当の僕なのか……？」

もう、わからない。

自分が何なのかもわからない。

「おまえがいなくなることなど、僕には考えられない。でも、おまえと一緒にいると、僕は……もっと変わってしまう」

「それでも、あなたはあなただ」

深沢の声は、脳を溶かすように甘く、深いところで響く。

「危ういところで、そうして懸命《けんめい》に踏みとどまろうとするあなたは、脆くて、痛ましくて——どんなときでも美しい」

和貴は床に落としていた視線を上げ、鏡の中で自分を見つめる男を凝視《ぎょうし》する。

「あなたには、私が必要なはずだ」

あの雨の日、深沢に抱いた欲望。

それは、未《いま》だ消えることなく和貴の心中にある。

この男が欲しい。

その魂の深淵《しんえん》を、知りたい。

たとえ深沢がどんな人間であろうとも、その欲望は消えない。惹かれていく心を止めることなど、もう、できはしない。

彼の優しさとぬくもりが、和貴には何よりも必要だった。

「私があなたを、飼い殺しにして差し上げます——永遠に」

和貴からすべてを奪い取り、たった一つのもので縛りつける。

愛という名の契約《けいやく》で。

それならば、深沢の愛で縛られたい。

深沢だけに、囚われたい。

どれほど辱められても、どれほど貶《おとし》められても構わない。行き先などなくてもいい。

深沢の与える、愛という名の絶望に壊されたい。

勿論、和貴にもわかっているのだ。

彼の与えるものが、ただの愛であろうはずがないことくらい。

愛だけで、和貴をここまで壊すはずがないのだから。

けれども、だけど、それでもよかった。

彼がそれを愛と名付けるのならば、それでいい。

心も躰も、深沢の愛で満たされたかった。

「――だったら……おまえの愛が欲しい」

和貴は喘ぐように囁き、振り返って彼の唇に指先で触れた。

和貴への愛を語る、その冷たい唇に。

深沢は和貴の頤《おとがい》を摑み、そっと唇を押し当てる。

舌を絡め、吸い上げるその深いくちづけの合間に、和貴は切れ切れに呟いた。


「おまえを愛している。だから、僕を……愛してくれ」

この先、死ぬまでずっと。


寝台に組み敷かれた和貴は、初めてのときのように戸惑いを帯びたまなざしで深沢を見上げる。

上着とベストを脱ぎ、ウイングカラーのシャツに緩めたタイがわずかに引っかかっているだけの深沢の姿に、和貴は焼けつくような欲情を感じていた。

「緊張してらっしゃいますか？」

「……べつに」

それを聞いた彼は唇を綻《ほころ》ばせて、和貴の両腕を摑む。唇が押し当てられたので、受け容《い》れるために薄く口を開くと、彼の舌が入り込んできた。

「ッ」

執拗《しつよう》に絡められた舌は和貴の過敏な口腔《こうこう》の粘膜を舐《ねぶ》り、そして容赦《ようしゃ》なく犯していく。それだけで容易に躰は反応し、中枢は熱を帯びて疼き出した。

その変化に目ざとく気づき、深沢は囁いた。

「これほどすぐに、感じてしまうようになっていらしたとは」

余裕すら滲む声音に、和貴は頬を染める。

「……言うな」

「羞《は》じらっておられるのですか？」

当たり前だ。他人に征服される悦びを覚えた躰など、ただ忌《い》まわしいだけだった。

「――――怖かった……ずっと」

まるで独白《どくはく》のように、和貴は小さく呟いた。

「何が？」

「父のようになるのが」

釦《ボタン》をすべて外した和貴のシャツを剝ぎ取り、深沢は露《あらわ》になった膚に唇を落とす。

「だから、こんなに感じやすい躰を隠していたのですね？」

「おまえが、こうしたくせに」

和貴は拗《す》ねて唇を尖《とが》らせた。

「感じやすいのは、あなたの本来の資質ですよ。こうされるのが大好きでしょう？」

和貴は礼服や背広を好み、いつも、この躰の内側に潜《ひそ》むものを隠そうとしていた。

本当は、誰かに触れられただけで蕩けてしまうほど、自分の躰は淫らな蜜でできているのに。

「それに、心配しなくても、あなたはあなただ。誰とも違う」

乳首を軽く噛まれると、電流のような痛みが脊髄《せきずい》を通り抜ける。

「あ…ッ」

舌で胸の突起を刺激され、もう一方を摘《つま》まれ、浅ましいほどに躰が震えた。すぐにそれは凝《しこ》り、感じていることを如実《にょじつ》に表してしまう。

「だって……あのひと、は……？」

「冬貴様とあなたを比べることなど、無意味ですよ。ほら……あなたは、こんなにお可愛らしい」

「……か、わいく…な…」

「ここも、もう随分感じていますね」

「んんっ」

昂《たかぶ》りを布の上からやんわりと揉《も》まれて、和貴は思わず身を捩《よじ》った。

「ご自分で慰めましたか?」

からかうような声音に、和貴は首を振った。

下衣を脱がされると、まだ触れられてもいないのに反応しきった器官が露《あらわ》になる。先走りの蜜を絡ませた茎は、切なげに震えていた。

「やだ…、…待っ……」

舌先で性器に触れられた瞬間、ぐちゅっと水音がする。渇いていた肉体には、耐え難い潤いだった。

「ッ」

あやすように深沢に先端を軽く舐められて、ぞくりと躰が震える。

「あ、あぁっ……ふか…ざわ…っ……」

右手で彼の頭を探り当て、和貴は無意識のうちにそれを下腹に押しつけてしまう。

「だめ……」

言葉とは裏腹に、張り詰めていた声が緩む。

「相変わらず、感じやすい」

深沢はそれに満足したのか、和貴を舌先で責めながら、更に後ろへと指を忍ばせた。

「──あうッ」

ぬめった音がして、指がそこに飲み込まれていく。何度も慣らされて深沢のかたちを覚えた襞は、指の刺激だけでも切なげに蠕動《ぜんどう》し、それを容易《たやす》く受け容れた。

「……ん、んっ」

立てた膝の裏側から滲んだ汗が臑《すね》を伝って落ち、敷布にぱたぱたと染みを作る。

「よせ……、や…めっ……」

濡れた感触とともにそこに舌を押し込まれ、和貴は身を捩った。わざと水音を立てて舐められて、羞じらいに涙が溢れ出す。

「これはお嫌ですか?」

その言葉に頷くと、深沢は微かに笑った。

必要以上に感じてしまう自分が怖くて、厭《いと》わしくて、和貴はここを弄られることがどうしても好きになれずにいた。

「可愛がって差し上げるというのに、困ったひとだ」

解《ほど》け始めた襞は刺激に反応し、微熱を帯びたように火照りかけていた。果肉はやわらかくなりつつあり、内側を擦られる感触に甘く熟《う》れていく。

「そんな反応をされると、もっと虐めたくなってしまう」

「やだ……」

敏感な粘膜をなおも舌で嬲られ、和貴は耐えきれずに啜《すす》り泣いた。快楽を押しとどめようと敷布を握り締めたがそれも叶わず、必死で首を振った。

「いい、から……犯して……」

深沢の前で乱れきってしまうよりは、彼に悦楽を与えたほうがいい。

「おねだりが上手になった、ご褒美ですよ」

「や…っ」

身を捩って逃れようとしたが、深沢の狡猾《こうかつ》な技巧はそれを許さなかった。

後孔《こうこう》を責められるだけで、波のような小さな絶頂が何度も和貴を襲い、限界が近づいている。これ以上ここを虐められたら、和貴はそれだけで達してしまうだろう。和貴の躰は、深沢の手によってそこまで淫らに作り替えられていた。

「…だめ、…もう……」

弾けそうになっていることに気づき、彼は今度は和貴の性器を口に含む。

「……ああ…ッ!」

軽く先端をなぞられ、尖らせた舌先でとめどなく蜜が湧出《ゆうしゅつ》する部分を突かれただけで、和貴はあえなく達した。ねっとりと濃い雫を、深沢の口中に吐き出してしまう。肩で息をついた和貴は羞じらいに頬を染め、滲んだ涙を右手で拭った。

「――こんなにたっぷり出して……今までずっと、我慢なさっていたようだ」

彼の言葉に、耳まで熱くなるような気がした。

「欲しいですか？」

「……うん」

「お好きにどうぞ、和貴様」

操《あやつ》られるように彼のシャツに手をかけ、服をはだけさせる。狭間《はざま》から覗く深沢の膚に、和貴は何度も唇を押し当てた。

彼の服をすべて脱がせる勇気がないのは、深沢と本当の意味で膚を合わせたことがなかったからだ。

あの夜に築かれた二人の関係はどこまでも歪《いびつ》で、和貴は深沢の快楽のためではなく、彼に飼い馴らされるために抱かれ続けていた。

その関係をどうやって変えればいいのか、わからなくて。

「ん、…っく……」

ヘッドボードに上体を預けた深沢の前にうずくまり、和貴は彼の下腹に顔を埋めた。ぴちゃぴちゃと音を立て、和貴は夢中で深沢の屹立《きつりつ》を頬張る。

以前はこうして口淫《こういん》に耽《ふけ》ることは、他人を支配するための手段だった。

けれども、今は違う。

相手の快楽に奉仕し、その情欲を受け容れるための儀式《ぎしき》だ。

征服されているのは和貴なのだ。

この男の愛に、支配されている。

「は…あっ…」

先端を口腔に収めたまま、舐《ねぶ》るように幹に舌を這わせると、口中の深沢が容積を増す。大きく口を開けているせいで、とろりと唾液が溢れ出した。

「ん、ん、……んっ」

唇を窄《すぼ》め、幹を扱《しご》くようにして頭を前後に振る。

見覚えのあるそのかたち。色。味。それらすべてを確かめているうちに、どうしようもなく躰が熱くなってくる。汗がしっとりと膚を濡らし、和貴は待ちきれずに、うずうずと腰を振ってしまう。

「咥えるのが、そんなにお好きですか？」

自分の快楽に仕《つか》えようとする和貴の髪や頬を愛しげに撫でながら、深沢は意地悪く尋ねた。

「…すき……」

「淫売だって、そんなに美味しそうに咥えませんよ」

それでも、時々わからなくなる。

深沢を受け容れたはずなのに、彼に壊されることさえも本望《ほんもう》だと思ったはずなのに、こうして詰《なじ》られるとまだ自尊心が疼く。

「そういう顔をなさるから、もっと踏みにじって酷い目に遭わせたくなる。あなたは——じつに罪深い」

言葉とは裏腹に、ひどく優しい指先が和貴の目元の涙を拭った。

彼は和貴の頭を軽く押さえつけると、喉の奥まで突き上げてくる。どろりとしたものが口腔で弾け、和貴はそれを必死で飲み下した。

「美味しい……」

唾液と精液が入り交じった糸を引きながら、和貴はそこからようやく顔を離す。

もう、我慢できなかった。

先ほどからそこは浅ましくひくつき、大きくて逞《たくま》しいもので穿《うが》たれることを待っている。

「深沢……」

ねだるように甘く、和貴は彼の名を呼んだ。

「挿《い》れてほしいのですか？」

羞じらいに頬を染めつつも、和貴は素直に頷いた。

深沢が自らの衣服を脱ぐと、その右腕に残る生々しい傷跡が晒される。

深沢の均整の取れた躰を前に、和貴は恥ずかしいくらいに昂《たかぶ》っていた。先走りが溢れて、和貴の腿までべとべとに汚してしまっている。

「いらっしゃい」

誘うように囁かれて、和貴は身を起こした。深沢を跨《また》ぎ、再び硬度を増したその楔《くさび》に手を添える。

「っく…う、…」

男のそれを自らの窄まりに押し当て、和貴は彼を己の体内に迎え入れようとした。

「は…ふっ……、ん……」

慣れたはずの行為とはいえ、緊張に躰が強張る。

「辛いですか？　いつもは快《よ》さそうに咥え込むのに」

繋がりかけた部分が、痺《しび》れそうなほどに熱い。

深呼吸を何度か繰り返し、和貴は深沢を受け容れるために身を揺すった。深沢はあやすように和貴の額や頬骨に唇を押し当て、とどまることなく溢れる涙を舌先で拭う。

「……はいっ…た……」

和貴は濡れた声でそう呟き、深沢の首に改めてしがみついた。

「ここ…っ…おまえ、が……」

溶けてしまう。

和貴と深沢の区別さえも曖昧《あいまい》になって。

ひとつになる。

「和貴様」

彼の手が伸び、和貴の躰をそっと抱き締める。

その動作に内側が擦られ、それだけで狂おしいほどの情欲を和貴にもたらした。

「あ、ァっ……ああ…ん…ッ…」

震える襞は、締めつけるようにしっとりと深沢を包み込む。これほどまでに甘美な充溢《じゅういつ》を、和貴は手にしたことがなかった。触れられてもいないのに下腹が疼き、再び熱を帯びて雫を零す。

「…ひどく、…して……」

理性も意識も全部手放して、このまま深沢のものになってしまいたい。

「酷く？　どんな風に？」

「な……嬲《なぶ》って……」

「そんなことを頼むとは、はしたないひとだ」

重厚な質感を持つ楔が襞を捲り上げるようにして動き、肉を擦られる快楽に、歓喜の涙が溢れた。

「…だって……、…すご…く…」

情炎にうねる和貴の腰を深沢の手が支え、彼の望みのままに内壁を掻き混ぜてくる。そのたびに擦られた部分が痺れ、敏感な器官を突かれ、あまりの快《よ》さに思考が滲む。

「いいですか?」

快感だけを味わう、ただの肉塊になったような気がした。

「んんっ……いい……」

深沢の首にしがみつき、和貴は声を上げた
触れた膚と膚、汗と汗。その別もなくなる。

異物を含まされた苦痛とそれを上回る快楽に惑い、和貴の瞳から溢れた涙は止まらなかった。

深沢は和貴の頬や鼻に唇を押し当て、汗で張りついた前髪を掻き分けて和貴の額にくちづけた。

「…こわい……」

底のない快楽に足を取られ、和貴は必死で深沢にしがみつき、その肩や背に爪を立てる。

「私がいれば……もう怖くはないでしょう?」

そう囁き、深沢は和貴の唇を啄《ついば》む。

その接吻は何度も何度も与えられ、和貴を切なさで満たした。

「…だ…め…、…達く…っ…」

「達ってごらんなさい」

低い囁きとともに、感じる部分をぐうっと突き上げられる。

「——あぁッ!」

下腹部で息づく膨れ上がった性器は、熱に弾けて蜜を溢れさせた。内側にいる深沢をぎりぎりと締めつけてしまうと、彼が低く笑うのが聞こえる。

「食いちぎらないでください、和貴様」

耳元で深沢は囁き、和貴の頬を辿る涙を舌先で拭った。

「緩められますか?」

「うん……ん、んっ」

和貴は泣きながら深沢の肩にもたれかかり、躰の力を緩めようと試みた。ふっと和貴が息をついたところで、彼は和貴の腰を両手で支え、それを無造作《むぞうさ》に持ち上げる。

「抜かな…」

ずる、と乱暴に楔を引き抜かれ、和貴は悲鳴を上げた。充溢を失った部分が、ひくりと切なげに一瞬震えてしまう。

今度は背中から抱き込むようにして、深沢は和貴を腿に座らせた。

「あちらをご覧なさい」

「…っ」

指示通りに前を見やり、和貴は思わず息を呑んだ。あの姿見に、自分が映っていたからだ。

大きく脚を開き、背後から抱かれた相手にしどけない姿を晒す、和貴自身が。

「いやだ……！」

咄嗟に逃げ出そうと身を捩った和貴の躰をしっかりと抱え込み、深沢は背後から囁いた。

「恥ずかしいのもお好きでしょう？」

深沢の指が、蜜を零すその器官を淫らに嬲る。

「嫌…、もう…っ…やめろ……」

「どうして？」

せめてこんな光景を見ないで済むように、和貴は顔を背けた。

彼は和貴の腰を軽く持ち上げると、そこに楔を押し当てる。

「あぁ……っ！」

躊躇うことなく一息に穿たれ、和貴は再び達してしまった。

羞じらいに、瞳から新しい涙が溢れ出す。

「——ひどい……」

軽く持ち上げられた腰を、勢いをつけて引き下ろされる。襞が擦られる感触とそこを虐められる快楽に、幾度でも達してしまいそうだった。

「……あ、あんっ」

とろりとした甘い蜜をしとどに滴らせて喘ぐ和貴の手を己の下肢に導《みちび》き、深沢は「鏡を見ながら、ご自分で弄ってごらんなさい」と命じる。

そんな真似が、できるわけがない。

和貴は小さく首を振り、ぎゅっと目を閉じた。

「和貴様」

促すように優しく囁き、彼は耳朶を軽く嚙む。

「う…うっ……でき…な…ッ……」

「鏡を見なさい」

和貴は泣きながら、おずおずと鏡に視線を投げる。瞳は情欲に蕩け、汗と涙と唾液にまみれている。そんな自分の顔はひどく淫らで、目を背けたかった。

「では、こちらもできるでしょう？」

「……だめ…だ……」

つっと指先でそれに触れられて、和貴の躰は過敏なほどに震えた。

結合した部分を見せつけるように腰を持ち上げられ、再び引き下ろされる。そのたびに深沢を食《は》んだ蕾《つぼみ》が湿った音を立て、己の躰の淫らさを思い知らされた和貴は惑乱《わくらん》するほかない。

「やだ……嫌、いや……っ」

やめて、と和貴は何度も哀願した。

背後から回された深沢の指が、和貴の乳首を摘《つま》み、凝ったそれを押し潰す。

「快くはないですか？」

「……もう…許し…て…」

羞恥心を徹底的に煽られるあまりに淫蕩《いんとう》なその責め苦に耐えかね、和貴は懊悩《おうのう》に啜り泣いた。

目を背けようとすると、深沢はそのたびに顎を摑み、和貴に己の淫らな姿を正視させようとする。

嫌なのに、怖いのに、和貴の心を無視して快楽は膨れ上がる一方だ。厭わしいほどの喜悦《きえつ》を覚えることの躰を、制御することさえできない。

「正直におっしゃいなさい。怖がらなくてもいい」

後ろから、耳朶を軽く甘嚙みされる。

「あなたは誰とも違う」

「——ほんと…に……？」

密やかな囁きが耳元に注ぎ込まれた。

「ええ」

深沢にこそ、言ってほしかった言葉だった。

父とも、兄とも、自分は誰とも違うのだと。

和貴はただ、和貴自身として愛されたかった。

美貌も家柄も血筋も、何一つ関係なく。

一人で生きていくことなどできはしないから、誰かの体温が欲しかった。

たぶん、きっと、それだけのことだったのだ。

躰からゆるゆると強張りが解け、和貴は深沢に身を凭《もた》せかける。

「できますね？」

掌を下肢に導かれて、己の手で性器を包むように促される。とろとろと蜜を零した器官を、深沢はまるで教え込むように和貴の掌越しに弄んだ。

「んんっ……」

頭の芯がぼうっと滲んできて、何も考えられなくなってくる。快楽だけが、和貴を絡め取ろうとして。

「く、ぅ…ん、……あっあぁっ……」

抱き込まれた背中に、深沢の皮膚が直に触れる。


「気持ちいいのでしょう……？」

囁きながらそっと手を離した深沢は、和貴の膝の裏に手を入れ、その躰を揺すり上げた。

「こうやって——私に繋がれるのが」

ぐいっと一番感じる部分を突き上げられて、新しい涙が溢れ出す。

「……いい……」

鏡を見つめ、体液でぬるぬるになった部位を自ら慰めながら、和貴は切れ切れに訴えた。

「よく言えましたね」

和貴の頭を引き寄せた深沢は、頬に軽く唇を押し当て、その瞳から流れた涙を舐め取った。

気持ちいい。よくて、よすぎて、おかしくなる。

「——僕は……」

おまえのものだ、と和貴は熱に浮かされたように訴えた。

「ええ」

深沢は甘く微笑み、和貴の顎にくちづける。

「最初からそのつもりでした」

湿った音を立てて、深沢は和貴の最奥を突き上げてくる。

「う、ん……あ、あ——っ、…ん…」

激しい抽送《ちゅうそう》に耐えかね、和貴は切れ切れに喘いだ。

「…もう…もう、いく…っ……」

「いいですよ。達きなさい」

汗も体液もどちらのものかわからないくらいに溶け合って、交じり合いたい。

一つになりたい。一つがいい。

一人でなんて、絶対に生きていけないから。

境界線など何一つなくなり、和貴の脆《もろ》い心は深沢に包み込まれる。

「…出して……中で…」

いっぱい、全部出して。

ずっとずっと縛っていて。

体内で、彼の脈動が跳ね上がる気配がする。

その刹那、至福が和貴を満たした。


繋がったまま、もう二度と離れたくなかった。

これでいい。こうでなくてはいけない。

縛《いまし》めはいつも、深沢の愛でなくてはならなかった。


目を覚ました和貴は、夢うつつのままに裸の腕を伸ばして男のぬくもりを探す。

「ふかざわ……?」

皮膚に直接リネンが擦れ、少しくすぐったい。

「お目覚めですか?」

深沢は既に着替えを済ませており、出勤の支度《したく》もできているようだ。

「……ああ」

和貴は数度咳《せき》をし、喉の違和感に眉をひそめた。

「酷い声ですね。蜂蜜《はちみつ》でも用意させましょう」

夏でもきっちりと三つ揃いのスーツを着た深沢は、汗一つ掻かないように見える。

「腰が痛い」

それを聞いて、深沢は小さく笑った。

「何だ?」

「あなたがそういうことを素直におっしゃったのは、初めてなので」

それを聞いて、和貴は複雑な感情に駆られた。

自分は深沢に気を許してしまっているのだろう。

「きっと、みっともない顔をしてるだろうな……今の僕は」

そう思えば気が滅入《めい》り、目の前にある鏡を見るのも嫌だった。

何しろ昨晩は、和貴がもうできないと泣き出すくらいに、何度もこの躰を繋がれたのだ。

自嘲するように和貴が呟くと、深沢は微笑した。

「いいえ。あなたはいつでも美しい」

深沢の言葉は甘く優しく、毒のように和貴の心を蕩かす。

ベッドサイドに腰かけた彼は、身を屈めて和貴の額にくちづけた。


「こうも私を縛りつけるほどに」

「僕が、おまえを……?」

和貴は怪訝《けげん》そうに問い返した。

「どうすれば、あなたを手に入れることができるのか。出会った瞬間から、そればかり考えていたのですよ」

彼は小さく微笑む。

「ただ手をこまねいているのは、私の性に合わないので」

破滅は怖くない。

怖いのは、きっと——この男を失うことだ。

今にも壊れそうなこの脆《もろ》い心を包み込んでくれる人をなくすことだ。

「初めてあなたに出会ったそのときから、私はずっと……覚めない夢を見ている」

彼の唇が、今度は和貴の頬に触れる。

「夢など、いらない。僕が欲しいのは……おまえだけだ」

薄っぺらなものでも安っぽいものでもいい。

深沢の愛があれば、もう何もいらない。

おそらく、この先も深沢は和貴からすべてを奪い続けるだろう。

ただ愛だけが和貴を縛《いまし》め、そして満たすようになるまで。

「すべては、あなたのお望みのままに。私だけがあなたを繋ぎ止めるのなら、これ以上の幸福は存在しません」

彼は布団から出た和貴の手を取り、その場に跪《ひざまず》く。

「この夢が続く限り永遠に、あなただけが私に君臨《くんりん》するのですから」

深沢は和貴の右手に恭《うやうや》しく唇を寄せる。

それは、終わることのない、永遠の愛の誓《ちか》いだった。

蜜よりも夜は甘く

1

――ああ……また、あの夢だ。

伏見義康《ふしみよしやす》に組み敷かれ、父は甘い声を上げている。

その艶《つや》めいた表情。媚態《びたい》。男の腰に巻きつけられた、父の――清澗寺冬貴《せいかんじふゆき》の透《す》けるように白い脚。

美しいひと。

美しくて怖い、魔性の生き物。

わかっている。これは夢だ。

だが、夢だとはわかっていても、足が竦《すく》んで動けない。目を逸《そ》らすことも叶《かな》わなかった。

魅入《みい》られたようにその光景を凝視《ぎょうし》する清澗寺和貴《かずたか》は、組み敷かれている男が、いつしか父でなくなっていることに気づいた。

驚きに鼓動《こどう》が跳《は》ね上がる。

甘く喘《あえ》いでいた男が、ふとこちらに顔を向ける。

その男の顔を見て、和貴は恐怖に息を詰めた。

そこには、ほかでもない。

和貴自身の姿があった。


「――和貴様……和貴様」

穏やかな声が和貴の名を呼び、ふっと呼吸が楽になった。急速に意識が覚醒《かくせい》していく。

「あ……」

いつからそこにいたのか。ベッドサイドに腰かけた深沢直巳《ふかざわなおみ》が、濡れた手拭《てぬぐ》いを手に、和貴の額《ひたい》の汗を拭《ぬぐ》っていた。

「随分魘《うな》されていましたが、大丈夫ですか？」

触れてきた彼の手に、和貴は思わず猫のように頬《ほお》を擦り寄せる。その穏やかなぬくもりを存分に味わおうとして、和貴ははっとして顔を背《そむ》けた。

無意識とはいえ、そんな甘えた仕種《しぐさ》をした己《おのれ》のことが、我《われ》ながら信じられなかった。

「すまない。おまえを起こしてしまったのか？」

「いえ、たまたま部屋の前を通りかかったのですが、あなたの声が聞こえたので」

和貴はのろのろと身を起こし、そして俯《うつむ》いた。

「――嫌《いや》な夢を見たんだ。それで……」

「大丈夫ですか？」

「ああ」

まだ仕事をしていたのか、ネクタイこそしていなかったが、深沢は普段着《ふだんぎ》のままだ。

湿気を含んだ夏の夜気《やき》が、和貴の躰を包み込む。

「熱は下がったようですね」

彼の掌《てのひら》が、そっと和貴の額に触れる。冷たい指の感触が、火照《ほて》った膚《はだ》には気持ちよかった。

「このあいだは、あなたがあまりにも可愛《かわい》いから、虐《いじ》めすぎてしまった。反省しています」

若干《じゃっかん》の揶揄《やゆ》を込めた口調に、和貴は自分の耳までもが熱くなるのを感じた。


――三日前のことになる。

和貴が深沢に、捨てないでくれと迫ったのは。

もう駄目だと思った。全部が終わりなのだと。

だが、予期せぬことに、和貴は「愛している」という言葉を与えられ、深沢に身も心もとろとろにされた。あの大きな鏡の前で何度も貫《つらぬ》かれて、熱に浮かされたように恥ずかしい言葉を言わされて。

導《みちび》かれるままに心ごと丸裸にされてしまっただけに、素面《しらふ》に戻った今は、どうやって深沢に接していけばいいのか。それがわからない。

己の深部に生まれた感情を、あの日からずっと、和貴は持て余している。

心身の疲労からこうして熱を出して寝込んだのは、和貴にとっては有り難くもあった。

「当分、寝苦しい日が続くそうです。そうでなくとも和貴様は暑さに弱いですし、離れのほうが過ごしやすいのではありませんか？　建物にも手を入れさせましたし、よろしければあちらに……」

「嫌だ！」

彼の言葉を遮《さえぎ》り、和貴は強い調子で拒絶を示した。

「あそこは嫌だ。絶対に、嫌だ」

そう言い募《つの》ってから、これではまるで駄々《だだ》を捏《こ》ねる子供のようだと恥ずかしくなり、和貴は口を噤《つぐ》む。

「——申し訳ありません。でしたら、ほかの方法を考えておきます」

幸《さいわ》い、深沢は深追いをしてこなかった。その事実に安堵《あんど》し、和貴は深沢の肩に額を乗せて己の上体を預けた。

彼の手が、和貴の髪や背中を優しく撫でる。

いつになく愛《いと》おしげなその仕種《しぐさ》に、和貴の心には安息が広がっていく。そこかしこに残っていた悪夢の片鱗《へんりん》が、彼の与える熱に蕩《と》けていく気がした。

深沢ならば、あの悪夢さえも追い払えるのだ。

幼い頃《ころ》から和貴を片時も自由にしてくれなかった、恐ろしい幻影《げんえい》さえも。

「あなたが眠るまで、ここにいましょう」

「……子供じゃないんだ。その必要はない」

本当は——できることなら、そばにいてほしい。

だけど、素直にそう言うことができずに、和貴は思わず憎まれ口を叩いてしまう。

彼に甘えたくなる自分の気持ちに、まだ慣れることができなくて。

「でしたら、今は何も心配しないで寝たほうがいい」

彼の唇が、頷《うなず》いた和貴の額に触れる。

体温が離れていく淋しさに俯くと、深沢が顎《あご》を持ち上げ、今度は唇《くちびる》を塞《ふさ》いできた。

「ん……」

すぐに甘い声を漏らす和貴の躰を、深沢は壊れもののようにそっと横たえる。

閉ざした瞼《まぶた》にも、キス。

和貴の瞳にとどまる悪夢の残像を消し去り、封印《ふういん》しようとするかのような、優しい接吻《せっぷん》だった。

「おやすみなさい、和貴様」

いつになくやわらかな声音が鼓膜《こまく》を震わせる。

こんなに丁重《ていちょう》に扱われると、困ってしまう。

明日から、どんな顔をして深沢に会えばいいのだろう。

そんなことを考えながら、和貴は眠りの淵《ふち》に沈んでいった。

着替えを済ませて階下に降りた和貴は、普段の食事に使う小食堂へと向かった。

「おはようございます、和貴様」

食卓の花を替えていたメイドのサヨに声をかけられて、和貴は口元を綻《ほころ》ばせる。

「おはよう」

「もうお加減はよろしいんですか?」

「ああ。心配をかけたね」

頷いた和貴にサヨは嬉しげに「珈琲《コーヒー》をお持ちします」と告《つ》げ、厨房《ちゅうぼう》に姿を消した。

日曜日のせいか、十時過ぎだというのに家人《かじん》が起きてくる気配はない。いつもはかっちりした服装を好む和貴も、今日はネクタイを締めていなかった。

椅子《いす》に腰かけた和貴は、扉の開く音に、何気なく顔を上げた。

深沢の姿に、心臓が跳ね上がる。

「おはようございます、和貴様」

「……おはよう」

歯切れの悪い挨拶《あいさつ》を返し、和貴はさりげなく視線を逸《そ》らして外を見やる。夏の陽射しはじりじりとあたりを照りつけ、今日も暑くなりそうだった。

今までにこんな朝は何度も繰り返してきたはずなのに、今日に限って深沢を正視することができない。

「起きてもよろしいのですか?」

「うん」

そっと頬に手を添えられ、和貴は上を向かされる。

「顔色もだいぶよくなりましたね。安心しました」

こんな場所で大胆にも与えられた唇を啄《ついば》むような接吻に、和貴は眩暈《めまい》さえ覚えた。

深沢からこんな風に恋人のように扱われたのは初めてで、思考はほとんど停止状態だった。

昨晩顔を合わせたことで少しは免疫《めんえき》ができたと思っていたのだが、その予想は甘かったようだ。

心臓が激しく脈を打ち、それが鎮《しず》まりそうにない。

「和貴様……？」

無言のまま、深沢を押し退《の》けるように席を立った和貴は、階段を早足で上がる。そして、息を切らせて自室に飛び込んだ。

顔を上げると、鏡には情けないくらいに真っ赤になった自分の顔が映っている。

「――どうしよう……」

深沢の顔を、直視できなかった。

今更《いまさら》、どうやって彼に接しろと言うのだろうか。

唐突《とうとつ》に、あの夜のやり取りを思い出してしまう。

自分が彼に愛を告白し、彼からも「愛している」と言われた。あれは夢ではなく、確かな現実なのだ。

反芻《はんすう》しただけで、頬が熱くなってくる。いたたまれなくなった和貴は、室内をうろうろと歩き回った。

そこで扉が叩かれて、和貴はびくりと立ち止まる。

「和貴様、珈琲をお持ちしました。入ってもよろしいですか」

深沢の声だ。おそらく、サヨに頼まれたのだろう。

「そこに……ドアの外に、置いておいてくれ」

「危ないですよ」

駄目だ。今、深沢と顔を合わせるのなんて、無理に決まっている。これ以上彼に、無様《ぶざま》なところを見られたくはなかった。

「今は、誰の顔も見たくない」

そう言い切ってから、和貴は己の尖《とが》った物言いを反省した。しかし、ひとたび口にしてしまったものは引っ込めることができない。

「わかりました」

深沢が扉越しにそう応えるのが聞こえ、和貴はほっと息を吐いた。

彼の足音が遠《とお》ざかっていく。

だって……自分はおかしい。変なのだ。

深沢のことを考えただけで、胸の奥が熱くなって、無性《むしょう》に躰が疼《うず》いてくる。こんな状態で触れられたりしたら、とろとろに蕩けて跡形《あとかた》もなくなってしまうかもしれない。

それとも、募る熱情のままに、深沢に身を委《ゆだ》ねてもいいのだろうか。

今だって、こんなにも深沢の体温が恋しい。

あの膚に触れたいという衝動が止まらない。

――深沢が、欲しい。

無意識のうちに和貴は、扉に手を伸ばしていた。

だが、ひやりとした取っ手に触れた瞬間、そこで硬直してしまう。

一瞬のうちに、思い出したくない悪夢が――爛《ただ》れた性交に耽溺《たんでき》する己の痴態《ちたい》が脳裏《のうり》を過《よぎ》ったのだ。

ぞっとした。

深沢のことを考えるだけでもおかしくなるのに、実際に触れられたら、自分はいったいどうなってしまうのだろう。

父のように、淫楽《いんらく》に溺《おぼ》れてしまうのではないか。

自分を愛していると言った深沢の言葉に、嘘はないはずだと信じている。深沢は、和貴を冬貴とは違うと、誰とも違うのだと教えてくれた。

だが、肉欲に耽《ふけ》る和貴を見たらどう思うだろうか。

あの夜の己の淫《みだ》らさを思い出すと、恥ずかしくていても立ってもいられなかった。

あれほどの乱れようも一度きりだから許されるのであって、何度もそんなところを見せれば、今度こそ深沢に愛想《あいそ》を尽かされるかもしれない。

深沢に、嫌われてしまうのではないか。

もし――もし、深沢が自分を捨てたら……？

悪寒《おかん》が走り、和貴は身を震わせる。

深沢を見失えば、自分は今度こそ壊れてしまう。

そんな恐ろしい予感に、和貴は凍りついた。

2

幕間《まくあい》のロビーは、着飾った人々で混み合っている。夜会も劇場も、訪れる顔ぶれに大差なかった。

「あら、清澗寺《せいかんじ》さん」

顔見知りの公爵《こうしゃく》夫人に声をかけられ、和貴《かずたか》は「ご機嫌《きげん》よう」と婉然《えんぜん》と微笑してみせる。

「相変わらず、羨《うらや》ましいくらいにお美しいこと。日に日に、冬貴さんに似てこられるようだわ」

「あなたこそ、いつまでもお若くていらっしゃる」

この程度の社交辞令は、和貴にはお手のものだ。

「お上手ね。今夜は深沢《ふかざわ》さんはご一緒ではないの？」

「妹と一緒に客席にいますよ」

「あのお二人は本当にお似合いで、とても素敵だわ。お式の日取りはもう決められたのかしら？」

小さな棘《とげ》が心臓に突き刺さったが、和貴にも平静な顔で頷《うなず》くことはできた。

「鞠子《まりこ》もまだ学生ですので、決めかねております」

「早いほうがよろしくてよ。田島《たじま》公爵のご令嬢は、すっかり深沢さんに夢中なのだとか。公爵も深沢さんの才覚を買っておいでだし、気をつけないと取られてしまいますわよ？」

「肝《きも》に銘《めい》じておきます」

胸をちりちりと焼くものは、焦燥《しょうそう》だろうか……。

深沢は今や、清澗寺家の——いや、社交界の『顔』だ。後見人の件は保留《ほりゅう》になっているが、深沢にはその風格が十二分に備わっている。夜会に行けば錚々《そうそう》たる人物に囲まれ、令嬢たちの熱い視線を浴びる。生まれや育ちに関して口さがない噂《うわさ》をする者もいるが、以前の雇用主《こようぬし》で、深沢を養子《ようし》にした木島《きじま》が上手く処理しているため、特に問題は起きていない。

夫人との会話を終えた和貴は、ワイングラスを給《きゅう》仕《じ》に手渡す。そこで肩を叩かれて顔を上げると、数年来の知己《ちき》である久保寺孝一《くぼでらこういち》が立っていた。

「お久しぶりです。パリからはいつお戻りに?」

和貴が口元を綻《ほころ》ばせて艶《つや》めいた笑みを見せると、久保寺の顔に驚きの色が過《よぎ》った。

「先月だ。君は相変わらず……いや、以前よりもずっと麗《うるわ》しくなったな。驚いたよ」

画家を目指して留学中の久保寺は、前《さき》の大戦で大儲《もう》けをした新興成金《しんこうなりきん》の一人息子だった。画才に溢れ、パリでは華々《はなばな》しい活躍をしていると聞く。

「噂には聞いていたが、まさかこれほどまでとは」

「僕ごときの噂が、パリにまで届くと?」

「君はいつでも社交界の中心だからね。噂には事欠かないよ。それより、今日は連れは?」

人目につかぬようにカーテンの陰に導きながら、男は和貴に問う。

「――いえ、特には」

いかにも芸術家然とした指先で腰のラインを辿《たど》り、久保寺は和貴のうなじに唇《くちびる》を押し当てる。それを拒《こば》まずにいると、彼は和貴の下肢に腿《もも》を押し当て、意図をもって軽く刺激してきた。不躾《ぶしつけ》さと裏腹の官能的な戯《たわむ》れを仕掛けられて呼吸が乱れそうになるが、和貴はそれを理性で以《もっ》て律する。

「だったら抜け出さないか? 積もる話もあるし、週末までそこの帝国《ていこく》ホテルに投宿《とうしゅく》しているんだ」

和貴が頷《うなず》くと、男は「俺の部屋に行こう」とさりげなくその腰に腕を回してきた。

もとより、恋の鞘当《さやあ》てにも似た駆け引きは、嫌いではなかった。むしろ、こういう遊びに興じることのほうが、和貴にとっては自然な気がしてくる。

深沢《ふかざわ》と一緒にいると、自分が自分でなくなってしまう。これ以上惑乱《わくらん》させられることを恐れ、和貴は以前の自分を取り戻そうと必死だった。

深沢を嫌いなわけではない。忌々《いまいま》しいことに、むしろ好きだからこそ、こうするほかないのだ。

自分が、見知らぬ自分になることを、和貴は何よりも恐れていた。

「来週は葉山《はやま》の別邸《べってい》に向かうつもりだ。よかったら、君も遊びに来ないか？」

「それも素敵ですね」

そろそろ休憩が終わるため、ロビーは人影もまばらになっている。久保寺と連れだってそこを抜けようとしたとき、冷然たる声音が響いた。

「――和貴様、お帰りですか？」

和貴を呼び止めたのは、ほかならぬ深沢だった。

「気分が優れないんだ」

足を止めた和貴が高慢な口調で言ってのけると、彼はその端整な顔に穏やかな微笑を浮かべた。

「では、お供《とも》いたします」

「鞠子を置いて帰る気か？　僕は久保寺さんに送っていただくから、鞠子を頼む」

その言葉に、久保寺がこれ見よがしに和貴の躰を抱き寄せたため、互いの体温が一段と近くなった。

「鞠子さんでしたら、ご学友の三沢伯爵《みさわはくしゃく》のお嬢様とご一緒なさるそうで、先ほど席を移られました」


彼はそう告《つ》げると、和貴の腕を軽く掴《つか》んで久保寺から引き離す。礼を失しない程度の強引さではあるものの、久保寺は不快そうに眉をひそめた。

「清澗寺君……彼は？」

「妹の婚約者だ。深沢、こちらが久保寺さんだ」

「ああ、君が深沢君か。お噂はかねがね」

久保寺は笑みを浮かべ、和貴の手を取ろうとした。だが、深沢はそれをやんわりと押しとどめる。

「申し訳ございませんが、和貴様は一昨日《おととい》まで伏せっておられたので、今日はこのあたりで失礼いたします。――では、戻りましょうか」

不機嫌な顔つきで、和貴は深沢の言葉に従った。

劇場の従業員が自動車を運転してきたので、深沢は椅子《いす》を倒して和貴を後部座席に座らせると、自《みずか》らは運転席に収まった。

「おまえはいつから僕の秘書になったんだ」

運転手の成田《なりた》は夏風邪《かぜ》を引いており、深沢は運転手の役割も兼ねてこの劇場にやって来たのだ。和貴の邪魔をさせるために連れてきたわけではない。

「具合が悪かったのは本当のことでしょう?」

「誰のせいだと思っている?」

苛立《いらだ》ちに任せ、和貴は剣呑《けんのん》な声音で言い放った。

「弁解はいたしませんが……今のあなたの体調では、ほかの男を咥《くわ》え込むのはまだ無理ですよ」

「彼とは話をするだけで、寝るとは言ってない」

「それであの方が納得されるとは思いませんね」

「そうだとしても、おまえには関係ないはずだ」

和貴が好むのはきわどい駆け引きであって、躰の関係を結ぶかどうかはその結果次第だ。

何よりも、和貴がほかの男を誘ったことを容認する、深沢のその態度が無性《むしょう》に腹立たしかった。

「私なりに責任を取る必要がありますから」

「責任? 何の?」

無言のまま深沢は速度を落とし、やがて車を路肩《ろかた》に停めた。大きな屋敷が建ち並んだ通りは塀《へい》が続き、街灯も少ないために闇の気配が濃い。

彼は運転席から降りると、椅子を倒して後部座席に乗り込む。そして、和貴の細い腕を摑んだ。

「何をする気だ」

車から引きずり出されるのかと、和貴は思わず後ずさる。しかし、それはかえって逆効果だった。

「男を誘える躰になったかどうか、私が確かめて差し上げます」

何でもないことのように深沢はそう言い放ち、逃げ場を失った和貴に覆《おお》い被《かぶ》さる。

「馬鹿! やめろ!」

「三日も寝込んでらしたくせに、つくづくあなたは堪《こら》え性がない」

「あれは怪我《けが》をしたわけじゃなくて、熱を出しただけだ。おまえも知ってるだろう」

「自覚症状がないだけかもしれません」

深沢の台詞《せりふ》はあくまで冷徹だった。呆《あき》れているか怒っているかのどちらかだろうと推測したものの、和貴にはその区別がつかない。

「今やあなたは、一挙手一投足が噂の的《まと》だ。儚《はかな》げな色香を増した清澗寺家の次男を誰が落とすか、彼らは競っているのですよ。ご自分がどれほどお美しいか、その自覚さえないのですか？」

狭い車内では和貴が逃れる場所などなく、ろくな抵抗もできぬうちに衣服を緩《ゆる》められてしまう。

「友人と旧交を温めて何が悪い」

「そのご友人が、あなたを連れて仲間と落ち合う計画を立てていたのをご存じでしたか？　あなたに大勢で愉《たの》しまれる趣味がおありとは、私も初耳です」

そこに仄《ほの》めかされた意味を知って、和貴はその高貴な美貌《びぼう》を怒りに染めた。久保寺が——和貴の友人が、そんな下劣《げれつ》な企《たくら》みをする男だと思っているのか。

「おまけに、優しくされるのはお嫌いなようだ。今度から、相応に扱って差し上げましょう」

「おまえに優しくされても気味が悪いだけだ」

ここまで来ると、売り言葉に買い言葉だった。

「なるほど。覚えておきますよ」

「んく……」

反論するより先に口腔《こうこう》に指を差し入れられ、和貴は眉をひそめた。その指はすぐに引き抜かれて、今度は堅く閉ざした蕾《つぼみ》に押し当てられる。

「…あっ！」

「静かになさい。人が来たら、困るのはあなたです」

唾液《だえき》で多少濡れていたとはいえ、その指を受け容《い》れるのは容易ではない。なのに深沢は、容赦《ようしゃ》なく和貴の秘所をこじ開けようとする。

「診《み》られ…ない、だろう……これでは…っ…」

少しずつ指を差し入れられているだけだというのに、過敏な入り口を辿られて、和貴の呼吸はあっという間に乱れていく。直《じか》に愛撫《あいぶ》されたわけでもないのに、花茎《かけい》はすでに先走りの蜜《みつ》を滲《にじ》ませていた。

「触診《しょくしん》という手もあります。——ほら、もう濡らしてらっしゃる。これではご友人のホテルに着く前に、おねだりしていたでしょうね」

下肢《かし》の付け根を軽くなぞられて、和貴の顔は憤《いきどお》りと羞恥《しゅうち》に炙《あぶ》られたように熱くなる。

「そういえば、この木立の向こうが三沢伯爵のお宅です。鞠子さんは、歌劇が終わったらお茶に呼ばれるので、お帰りが少し遅くなるとか」

その言葉に、和貴ははっとした。

公演が終わるのは、果たして何時だったろうか。

「痛い……痛い、から……やめて……」

甘さと媚《こび》が入り交じった声で和貴がそう訴えると、深沢は微《かす》かに笑ったようだ。

「痛くても、欲しくて欲しくて我慢ができないのでしょう？　あなたはここに咥えるのが大好きですから。もうしっとりとして熱くなっていますよ」

「あ、あんっ……もう……もう…ッ…」

「まだです。もっと奥まで診なくてはなりません」

鋭敏な襞《ひだ》を嬲《なぶ》られ、和貴は気が狂いそうだった。

「やだ……や、めろ……」

「いつも、ここがどうなっているかご存じですか？」

声が乱れて答えることもできぬ和貴は、涙で潤《うる》んだ瞳で深沢を睨《にら》みつける。

「柘榴《ざくろ》のように淫《みだ》らに熟《う》れて、いつでも男を欲しがって、いじらしくひくついているんですよ」

「そう、いう…ことを…っ…」

「こちらは特に問題がないですね。それどころか、挿《い》れられるのを悦《よろこ》んでいるようだ。――少し動かしてみましょう。こうされると痛いですか？」

「あぁッ」

狭隘《きょうあい》な内壁を指で引っ搔《か》くようにされて、和貴は小さな悲鳴を上げて深沢の首にしがみついた。

「んうっ……も…離せ…」

言葉とは裏腹に、和貴は張り詰めた己《おのれ》の性器を深沢のタキシードに押しつけてしまう。

「すっかりびしょびしょになさってますね。ああ、そうはしたなく腰を振るものではありません。悪戯《いたずら》をなさると、服を汚してしまいますよ」

「いい、加減に……しろ…っ……」

どれほど快楽が欲しくても、ここで深沢に屈するのはプライドが許さない。口に出してねだろうとしない和貴の強情さに、深沢は微笑した。

「これだけで感じてしまう、あなたが悪い」

深沢は和貴のそこをハンカチーフで包み込む。

「……くう、っ……、あ、ああ――っ！」

同時に浅い部分にある快楽の根源をぐうっと押されれば、もうひとたまりもない。ひときわ高い声を上げて、和貴は深沢の手の中に体液を放った。

恥ずかしかった。深沢に過敏な襞を暴《あば》かれただけで射精してしまった自分の淫らさが情けない。

「診るだけだと申し上げたはずです。それをこんなにたっぷり出すとは……いけない人だ」

深沢が指を引くと、自分の肉襞がそれにまとわりつく。彼によって曝《さら》された部位には爛《ただ》れた熱が生まれており、このままでは耐えられそうになかった。

「まだお辛いようですし、しばらくどなたともなさらないほうがいいでしょう」

素っ気ないほどの冷淡さで告げ、深沢は淫欲に打ち震える和貴から身を離す。

痛みを与えたのは、どう考えても今の深沢の行為だ。しかし、ここでそんなことを言えば藪蛇《やぶへび》になりそうなので、和貴は口を噤《つぐ》む。

これもせめて嫉妬《しっと》から出た行動であれば我慢もできようが、そういうわけでもないのだろう。

結局は己の淫らさを詰《なじ》られただけというのが、あまりにも惨《みじ》めだった。


「何を見ているんだ？」

その声に、自室の窓から外を見下ろしていた和貴はゆるゆると振り返った。いつ部屋に入ってきたのか、伏見《ふしみ》が背後に立っている。

「いえ……べつに」

「ああ、深沢君たちか。帰ってきたんだな」

小径《こみち》を抜ける鞠子と深沢を見ながら伏見はそう耳打ちし、背後から和貴の耳朶《じだ》を軽く嚙《か》んだ。

深沢は、鞠子の買い物と思《おぼ》しき荷物を手にしている。差《さ》し詰《づ》め、姫君と忠実な従者というところか。

多少年は離れていても、二人が似合いであることには変わりがない。それは誰もが認める事実だった。

あの歌劇の晩以来、和貴は深沢とはまともに口を利《き》いていなかった。当分男とは寝ないほうがいいという言葉を自《みずか》ら遵守《じゅんしゅ》しているのか、深沢は一度も和貴に触れてこない。それが和貴の苛立ちを増す。

「このところ、君の噂話ばかり聞くよ。近頃《ちかごろ》君はとみに美しくなり、尖《とが》ったところもなくなった。いったいどんな相手と関係を持っているのか——とね」

「馬鹿馬鹿しい」

「おまけに、深沢君を婿《むこ》にできないかという相談ばかり持ちかけられて、困っているんだ。あんなにあの二人はお似合いだというのにね」

和貴のシャツの釦《ボタン》を外し、伏見はそのなめらかな膚《はだ》の感触を愉しむように指を這《は》わせる。

「君たち二人が社交界の噂を独占するとは、華やかでいいものだな」

「……小父様《おじ》」

不埒《ふらち》な指の動きを咎《とが》めようとしたそのとき、深沢が何気なくこちらを見上げた。

——視線が絡み合う。

心臓がきりっと痛くなる。

どう考えても、言い逃れできない構図だった。

伏見の仕掛ける淫靡《いんび》な悪戯《いたずら》に目元を染める和貴に、深沢は酷薄なまなざしを向ける。

それに気づいた伏見が和貴の胸を更《さら》に大胆にまさぐるものだから、否応《いやおう》なしに吐息《といき》が乱れてしまう。

だが、鞠子に話しかけられた深沢は視線をそちらに戻し、何事もなかったように姿を消した。

和貴には一片の興味もないという風情《ふぜい》に、和貴は改めて動揺を覚えた。しかし、自らの心情の揺れを、わざわざ伏見に見せてやることもない。

「鞠子の教育に悪いですし、こういう悪戯はやめていただけませんか？」

いつになく厳しくその手をぴしゃりと叩《はた》き落とし、和貴は彼から身を離して伏見に向き直った。

「よく言うな。君こそ、深沢君に見せつけたかったんじゃないのか？」

伏見は余裕に満ちた態度を崩さなかった。

「ご冗談を」

「では、君がこの頃男ばかり引っかけるのは、深沢君と冬貴《ふゆき》と、どちらへの当てつけなんだ？」

「な……！」

彼が自分たちの仲を知っているのは仕方がないとしても、こうもあからさまに揶揄《やゆ》されれば腹も立つ。

「当てつけのための道具になってあげようか？」

伏見の指が、和貴の顎《あご》に添えられる。

「やめてください」

あえかな声で和貴は抵抗を示し、身を捩《よじ》った。媚《び》態《たい》と紙一重の抗《あらが》いを見て、伏見は唇を綻ばせる。

「君がこんなに可愛いとは思わなかった」

「そういうことをおっしゃるのは、反則です」

「深沢君の前でも、それくらい素直になればいい。おおかた君の悩みはそんなところだろう？」

そう言われて、和貴は黙り込んだ。

素直に振る舞えれば、もっと楽になるのだろうか。深沢に焦《こ》がれる感情と、彼の膚に触れたいと願うこの欲望。心も躰も深沢に満たされたいという願いは、日に日に強くなる。

なのに、父のことを考えると、和貴は深沢に向かって足を踏み出せなくなった。

快楽に溺れて父のようになれば、いずれ深沢に見放されてしまうかもしれない。

彼との情交に耽溺《たんでき》すればそうした分だけ、和貴は冷静になったときに己を羞《は》じずにはいられなかった。

結局、自分は怯《おび》えているのだ。

好かれてしまえば、嫌われるのが怖くなる。

愛していると告《つ》げられれば、その愛が消えることを恐れてしまう。

彼の約束する「永遠」を無邪気に信じていられる

ほど、和貴は子供ではなかった。

だが、己の弱さをすべて打ち明けることは、和貴のプライドが許さない。

それどころか、深沢に触れられることを恐れ、和貴は寝室に鍵をかけて眠るようになった。

和貴から彼の部屋に行くことと、彼が自分の部屋に来ることの、どちらに自分は怯えているのだろう。深沢のほうから和貴の部屋に来たことなど、未《いま》だかつてないくせに、滑稽《こっけい》なことだ。

自分と彼の関係は、前進するどころか後退しているように思えた。

「褒《ほ》めているんだよ。思春期からやり直すといい。君にはそれが必要だ」

「そんな時間、ありません」

図らずも、それは真実だった。

深沢は魅力的な男だし、今や財界の寵児《ちょうじ》としてその名を知られている。そんな彼がどうして清澗寺家に留《とど》まるのかと、疑問を持つ者も多い。

「深沢君をこの家に引き留めておきたいのなら、鞠ちゃんをその気にさせて、結婚を早めるに限る。あの子は優しいし、君と深沢君が関係を持っていても文句は言わないだろう」

何もかも見透かしたような答えに、和貴の心は容易《たやす》く揺らいだ。

「ねえ、お兄様。この夏の休暇はどうなさるの？」

仕事から戻った和貴の寝室にやって来て、鞠子は明るい声音でそう尋ねた。

「特に決めてないけど、どうかしたのか？」

タイを緩めながら尋ねると、彼女は顔を上げる。

「道貴《みちたか》兄様は、お友達と四国へ行くんですって」

「――この暑いのに四国か……」

「海水浴をなさるそうよ」

そういえば、休暇のことはすっかり忘れていた。

年相応にはしゃいでいる鞠子を見ていると、何も考えていなかったとは言いにくい。

とはいえ、軽井沢にあった別荘はとうの昔に手放してしまっている。これからホテルを手配しようにも、おそらく無理だろう。だが、ほかでもない可愛い妹の願いを、無下《むげ》にはできない。

「旅行の計画でも立てようか」

和貴は優しく微笑《ほほえ》んだ。

「本当？」

「涼しいところがいいね。早速《さっそく》、手配しておくよ」

「ええ、とても素敵！　ありがとう、お兄様」

鞠子の表情が喜びに輝くのを見て、和貴も改めて安堵を覚える。できることなら、この妹には誰よりも幸せになってもらいたかった。矛盾《むじゅん》しているようでありながら、それは真実だ。

「お兄様も一緒でしょう？　勿論《もちろん》、直巳《なおみ》さんも！」

「深沢も……？」

「ね、いいでしょう？　折角《せっかく》だもの、皆で楽しく過ごしたいわ」

和貴はあくまでおまけで、鞠子の目的は深沢ということか。そう思うと苦笑は漏れたが、あるいはそれも、彼らにはいい傾向なのかもしれない。

たまには伏見の忠告も聞き入れてみよう。

「わかった。深沢にも話しておこう」

「楽しみにしてるわ。じゃあ、おやすみなさい」

「おやすみ」

上流階級の人々の多くは避暑《ひしょ》に出かけ、当分は夜会の予定もない。和貴は暇を持て余しており、同時に深沢との関係も停滞していた。

無為《むい》に日にちが過ぎるにつれ、和貴の憂鬱《ゆううつ》は深まるばかりだった。

彼に好きだと言う前と、何も変わらない。それどころか、むしろ状況は悪くなっているようだ。

深沢が特に何も仕掛けてこないことが、和貴にとっては尚更《なおさら》不安の種となっていた。

もう、飽きられただろうか。和貴は用済みになってしまったのか。

それを問いただすことさえできず、かといって、自ら深沢の躰を求める勇気もない。話をしたくとも、それさえもひどく緊張してしまう。自然に振る舞えというのが無理な要求だった。

もっと素直に、鞠子のように感情を露《あらわ》にすることができれば、自分は愛されるのだろうか。

いっそ、情熱のままに躰を開いてみれば、彼もそれに溺れてくれるのか？

――駄目だ……わからない。

思考は混沌《こんとん》とした淵《ふち》に沈んでいく一方だ。

この躰で深沢を籠絡《ろうらく》させることは、まず無理だろう。むしろ、和貴にとっての肉体は諸刃《もろは》の剣《つるぎ》だ。深沢を繋《つな》ぎ止めようとして躰を使うのはいいが、それで自分が溺れてしまっては洒落《しゃれ》にならない。

「馬鹿みたいだな……」

自嘲交じりのため息をついた和貴は、テーブルの上の郵便物を手に取る。

その中には、深沢宛《あて》のものが交じっていた。

放っておくこともできたが、いい口実かもしれない。和貴は意を決して、深沢の部屋へ向かった。

「深沢？」

扉を叩くと、「どうぞ」と声が返ってきたので、そのまま部屋に足を踏み入れる。

彼はちょうど着替えていたところで、ネクタイを外していた。目のやり場に困りつつも、和貴は平静を装《よそお》って封書を差し出す。

「これが、僕のところにあったから」

「わざわざ申し訳ありません」

会話はすぐに途切れた。

訪れた沈黙に促されるように、和貴は気まずい心境で口を開く。

「――鞠子が、その……夏にどこかで避暑をしたいと言うんだ。つき合ってやってくれないか？」

「夏休みを取る分には問題ありませんが、結婚前の女性を私がお連れするのですか？」

「そのあたりは上手くやっておく。おまえに迷惑をかけるつもりはない」

「かしこまりました。では、あなたは?」

「できれば同行したいが……友人に、葉山の別邸に招待されている。残念ながら、そちらが先約だ」

咄嗟《とっさ》の嘘にしては、ましな部類に入るだろう。

「そうですか。わかりました」

「……邪魔をして、悪かった」

そう言い残して立ち去ろうとした和貴の腕を摑み、深沢はその躰を唐突《とうとつ》に引き寄せた。

「あっ」

彼の胸に抱き留められるかたちになり、動揺に声が上擦《うわず》ってしまう。

「何か、おっしゃいたいことはございませんか?」

深沢の体温をこれほどまでに近くで感じたのは久しぶりのことで、和貴は頰を染めた。

「白状させられるよりも、先に言ってしまったほうがあなたも楽でしょう……?」

拒《こば》むいとまもなしに濃厚なくちづけを与えられ、和貴の躰は甘やかな熱を帯びてくる。

「心配させないでください……私のことを」

優しい言葉に、頑《かたく》なになった心も溶けそうになる。

刹那《せつな》。

脳裏に甦《よみがえ》ったのは、伏見に組み敷かれた父親——否《いな》、和貴自身の痴態《ちたい》だった。

「っ」

途端《とたん》にびくりと躰が震え、和貴は反射的に深沢の躰を押し戻していた。

「和貴様……?」

「——気分が……」

「え?」

「気分が悪い。今日は……もう寝る」

深沢は一瞬押し黙ったが、ややあって頷いた。

「かしこまりました」

その素っ気なさに心が疼いたが、仕方のないことだろう。ここで深沢の体温を乞《こ》う勇気など、和貴には欠片《かけら》も残されていなかった。

3

蟬の鳴き声が、鼓膜《こまく》に突き刺さるようだ。

夏が苦手な和貴《かずたか》には、この猛暑はひどく堪《こた》えた。食欲はまるでなく、昨日から口にしたものはワインと固くなったパンくらいのものだ。

今頃《いまごろ》、鞠子《まりこ》と深沢《ふかざわ》は軽井沢《かるいざわ》で休暇を楽しんでいることだろう。三沢伯爵《みさわはくしゃく》が娘の遊び相手にと鞠子を別荘に招待したため、和貴はそこへ二人を送り出した。

道貴《みちたか》は四国旅行に出かけ、伏見《ふしみ》はやはり暑さが苦手な冬貴《ふゆき》を連れ出して避暑《ひしょ》に向かった。

自身は葉山《はやま》にある久保寺《くぼでら》の別荘に行くという和貴《かずたか》の言葉を疑う者は誰もおらず、ならば使用人たちに暇をやろうと言ったのは深沢だ。

あれほど久保寺を疑っていた深沢が何も言ってこなかったのは、きっと和貴を突き放したせいだろう。友人に襲われて酷《ひど》い目に遭《あ》えばいいとでも、思っているのかもしれない。

人の気配がない静かな邸宅は、ざわざわとざわめく和貴の心とは正反対だ。

蟬が鳴く声と風が梢《こずえ》を揺らす音だけが、この世界にある音のすべて。

家族を追い出したのは、一人になりたかったからだが、鞠子と深沢のことも一因となっていた。

この期《ご》に及んでも鞠子を利用しようとする己《おのれ》は、吐き気がするほど醜《みにく》い。しかし、和貴にはそれ以外の選択肢《し》は残されていなかった。

この夏のあいだに、彼らに愛が芽生えればいい。

深沢は鞠子のことを可愛がっているし、彼女もまんざらではなさそうだ。鞠子が彼と結婚したいと言い出せば、深沢も拒《こば》むことはないだろう。深沢なら、よい夫になって鞠子を幸せにしてくれるはずだ。

和貴には、結婚する意思も子孫を残す意思もない。

道貴は家を継《つ》ぐことには興味がないようだから、深沢が婿養子《むこようし》になればちょうどいいだろう。そうすれば、深沢は和貴のそばにいてくれる。和貴には、深沢がどうしても必要なのだ。

「暑いな……」

皮膚《ひふ》を伝う汗が不快で、和貴は着替えようと箪笥《たんす》を開く。箪笥を探っているうちに、仕立てたきり着たことのない浴衣《ゆかた》を見つけて眉をひそめた。

和貴が和服のたぐいを受けつけないのは、父の影響が大きい。父に似ていると言われるのが嫌《いや》で、和貴は己と冬貴を近似《きんじ》させるものは徹底して遠ざけてきた。礼服や背広を好むのもそのためだ。

父の呪縛《じゅばく》は、日ごと年ごとに強くなる一方だ。

これほど祈ってもなお、自分は父に似ているのだろうか。自分は永遠に、父とは違う人間になれないのだろうか……?

深沢は違うと言ってくれたけれど。

和貴は和貴だと、教えてくれたけれど。

こうして彼と離れれば、あっという間《ま》に見失う。深沢が定義してくれなければ、不安になる。

和貴にとって、深沢は一種の抑止力《よくしりょく》だった。

彼がいるからこそ、和貴は、己が父とは違うという事実を確かめられた。そう信じることができた。

気を緩《ゆる》めれば、和貴は冬貴と同じ生き物になってしまうだろう。自分にその性向があることを、和貴は誰よりもよく知っている。

それでも和貴は、深沢に嫌われたくない一心で、必死になって己を制御し続けてきた。

もはや和貴の拠《よりどころ》は、そこにしかなかったからだ。

彼の言葉が和貴を定義するからこそ、その言葉に呪縛されるために、和貴は己を律しようとする。

それとも、もう大丈夫なのだろうか。

深沢がいなくても、和貴はやっていけるのか。

和貴は、父とは違う人間になれるのか……?

それさえわかれば、深沢に執着《しゅうちゃく》する理由もなくなる。鞠子のことを利用しなくても済む。己のおぞましさに、のたうち回らなくてもよくなるのだ。

今ならば、それを確かめられるのかもしれない。

和貴は服を脱ぎ捨て、おそるおそる浴衣に袖を通す。そして、裸足《はだし》のまま深沢の寝室へと向かった。

扉を開けると、室内の空気は澱《よど》んでいる。部屋の窓を開けて回った和貴は、そこではっと足を止めた。姿見《すがたみ》にかけてあった布が、おりからの風で捲《めく》れ上がり、蒼褪《あおざ》めた顔つきで立ち尽くす自分自身の姿が映し出されたのだ。

——眩暈《めまい》が、した。

こうして浴衣を着て佇《たたず》む自分は、吐き気がするほど父親に似ていた。

深沢が違うと言ってくれたから、自分は父のようにならないと信じていられる。

だけどその深沢がいなくなってしまえば——。

「畜生……」

和貴は鏡の中の自分を何度も両の拳《こぶし》で殴りつけ、引き攣《つ》った深呼吸を繰り返した。


大丈夫だ。まだ、大丈夫だ。

深沢のかけた魔法は、まだ利《き》いているはずだ。

唇を噛み締め、和貴は自分にそう言い聞かせる。

どうして冬貴は、斯様《かよう》に自分を苦しめるのだろう。

解放してほしいと願えば願うほど、和貴は囚《とら》われる。果てのない迷路に引きずり込まれていく。

和貴を救えるのは、深沢だけだ。

彼だけなのに。

「——深沢……」

深沢のベッドに倒れ込み、和貴は目を閉じた。

そこかしこから、深沢の匂いがする気がした。

欲しいと思えば思った分だけ、和貴は臆病になる。

中毒のように快楽に溺れる自分自身の姿を、深沢に軽蔑《けいべつ》されたくはない。訣別《けつべつ》に怯《おび》えるたびに彼の体温は更に遠くなり、苛立ちばかりが増した。

だけど本当は、淋しい。

淋しくて淋しくてたまらない。

一人は嫌だ。

一人で生きていくことなんて、できやしない。

だから、深沢が欲しい。

許されることなら、彼の……彼の、愛が欲しい。

「深沢……深沢……っ」

敷布《しきふ》を掻きむしり、和貴は押し殺した声音で彼の名を呼んだ。

こんなにもそばにいてほしいのに、なぜ自分は深沢を鞠子に差し出してしまったのだろう……！

結局、和貴は全然進歩していない。

以前、鞠子と深沢を婚約させたことをあれほど後《こう》悔《かい》したくせに、今もまた似たような真似《まね》をして、それを悔《く》いている。

「あ」

ずき、と下腹が疼《うず》いた気がして、和貴は自分の浅ましさが情けなくなってきた。

自分だけが深沢を欲しがって、飢《う》えて、渇いて、あんなに恥ずかしいところばかり見せてしまう。

なのに、今も——欲しくて。


おそるおそる手を伸ばして、自分で触れてみる。

下肢がわずかに熱を帯びていたため、和貴は深沢のやり方を思い出してそれをなぞった。

「ん……」

和貴は自慰を嫌忌《けんき》しており、滅多《めった》にしたことがない。それでも満たされぬ躰はすぐに熱くなり、和貴は珍しくその戯《たわむ》れに没頭《ぼっとう》した。

「ふ…、…深沢…っ…」

深沢、とその名を呼びながら、和貴は自分の掌《てのひら》に白濁《はくだく》を吐き出す。けれども、己のやり方では深沢が与える酩酊《めいてい》を再現することは叶《かな》わず、凝《こご》った熱を解消することができなかった。

あてどなく視線をさまよわせた和貴は、サイドボードにあの香水瓶《びん》があることに気づいた。

果肉にあれを挿《い》れられたときの恥ずかしさを思い出すと、下腹部がじんと痺《しび》れてくる。

和貴はおずおずとその瓶を手に取った。

掌に受け止めていた精液を、それになすりつける。

和貴は肩をベッドに突くかたちで腰を掲げ、改めて浴衣の裾《すそ》を捲り上げた。

「んん……っ」

空いている左手で、和貴は固く閉ざされた蕾《つぼみ》を無理に拡《ひろ》げようと試みる。

「う…くッ……」

少しだけ先端が入る。だが、それまでだった。

「…ど…して……」

慣れぬことに、つい力が入ってしまう。望み通りにできず、和貴は焦《じ》れて腰を振った。

「素敵な眺めですね」

冷たい声音が降ってきて、和貴はどきりとした。靄《もや》がかかったような意識が、覚醒《かくせい》を始める。

――嘘だ……。

慌《あわ》てて裾を直して振り返ると、スーツ姿の深沢が腕組みし、扉に寄りかかるようにして立っていた。

「深沢……!」

「欲求不満でもほかの男を探しに行かなくなったのは利口ですが、そんなものであなたが満足するとは思えない。遅かれ早かれ、どこかに男漁《あさ》りに出かけるのでしょうね」

深沢のまなざしは剣呑《けんのん》な光を帯び、いつになく彼が苛立っているようにも見えた。

「それでも咥えるものが欲しいなら、私が挿れてあげましょう。貸してごらんなさい」

呆然と座り込んだ和貴から瓶を奪い、肩を押さえつけるようにして力ずくでその場に這わせる。

「嫌だ! やめろっ!!」

「この期に及んで嘘をつく必要はありません」

深沢は半ば強引に窄《すぼ》まりを拡げ、無造作にそれを蕾に差し入れた。

「っ!」

衝撃に、和貴は躰を撓《しな》らせる。

「相変わらずこちらは欲しがりだ。独り寝のときは、こうして慰めてらしたのですか?」

「いや…だ…、……やだ…っ…」

遠慮なしにぐちゅぐちゅと音を立てながら、深沢は固い瓶を和貴の躰の中で回した。

「そうですか？　腰が動いてますよ」

凍《こご》えた口調で言われて、和貴は何度も首を振った。

敷布を握り締め、なんとか深沢の与える波をやり過ごそうとする。だが、無駄なことだった。

「この瓶をここまでお気に召《め》したとは、存じませんでした。あのときはあんなに嫌がっていらしたのに」

「…きらい、だ……」

「では、逢い引きの準備に馴らしていたのですか？　殊勝《しゅしょう》なことをなさいますね」

「ちがう…ッ…」

反応してしまえば、深沢の不興を買う。そうはわかっていたのだが、少しでも楽になりたくて、淫らに腰をくねらせてしまう。

「…あ、ぁ……ああっ！」

抗うこともできずに白濁を零《こぼ》したところで、深沢は瓶をずるりと引き抜いた。抜かれることを拒み、襞が未練がましく瓶にねっとりと絡みついていく。

「こんなに美味《おい》しそうに召し上がって……今夜はどなたと愉《たの》しむおつもりだったのですか？」

「だから……誤解だ」

怯える和貴を見て、深沢はそこで初めて微笑《ほほえ》んだ。ただしそれは、冷笑に近いものだったが。

「浴衣がべとべとになっていますよ。久しぶりですから、たっぷり溜まってらしたのでしょう」

羞《は》じらいに頬を染める和貴をその場に置き去りにし、深沢は一度姿を消す。ややあって戻ってきた彼は、和貴に派手な緋《ひ》色の長襦袢《ながじゅばん》を突きつけた。

「何のつもりだ？」

「着替えです。汚れた服のままいるつもりですか？」

「そんなものを、僕に着せる気か……！」

どう考えてもそれは、父の衣装だった。女物の長襦袢には花の文様《もんよう》が織り込まれており、その華やかさは、淫らな欲望を掻き立てるたぐいのものだ。

「聞き分けのない方だ」

のしかかってきた深沢は、すでに力を失った和貴の性器を摑み、緩く愛撫を施《ほどこ》してくる。

「放せ……!!」

だが、貪婪《どんらん》な肉体を盾《たて》に取られれば抗うことなどできず、和貴は三度目の放埒《ほうらつ》と引き替えに、自分が忌《い》み嫌う父親と同じ格好をすることを強《し》いられた。

精液にまみれた躰に父の長襦袢を纏《まと》い、腰紐《こしひも》を結《ゆ》わえた和貴を睥睨《へいげい》し、深沢は冷然と口を開く。

「立ちなさい」

もはや理由を問う気力もなく、ベッドに座り込んだ和貴は深沢を見やった。

「離れへ行きますよ」

冷え切った声音でそう告げられて、和貴は今度こそ逃れようと立ち上がった。だが、素早くそれを封じられ、深沢の胸に抱え込まれてしまう。

「仕方のない人だ。相変わらず、縛られるのがお好きなんですね」

そのまま和貴をネクタイで後ろ手に縛り、深沢は和貴の両脚を押さえ込むようにして抱き上げる。そして、大股《おおまた》で歩き出した。

「下ろせ！　この馬鹿っ！」

「暴れたら落ちますよ。軽くはないのですから、怪我《けが》をしたくなければじっとしてなさい」

外に出た途端《とたん》、夏の陽射しが二人を照りつける。

本当にこの男は、自分を離れに連れて行くつもりなのだ。

和貴の顔から、すうっと血の気が引いた。

「いや……嫌だ、深沢……」

躰が震えてくる。

「嫌だと言っているだろう！」

最後の力を振り絞って和貴は暴れたが、それくらいでは深沢はまるで動じない。彼は無言で離れの潜《くぐ》り戸を抜け、和貴を広間へと運んだ。

思ったよりも丁重《ていちょう》に畳に横たえられて、和貴は慌てて身を起こす。その場に立とうとする和貴の機先《きせん》を制し、深沢は襦袢の裾を踏みつけた。ちょうど脚のあいだを踏まれれば、起き上がれない。

おまけに膝を割るようにして深沢が立っているので、脚を閉じることもできなかった。

「馬鹿なことはやめて、これを外せ！」

「あなたに必要なのは、荒療治《あらりょうじ》です。しばらく私につき合っていただきましょう」

「ふざけるな！」

「鞠子さんと使用人が戻るまで、あと一週間ある。それだけあれば、あなたを躾《しつ》け直すには十分です」

躾という言葉に、さすがの和貴もぞっとした。これではまるで、幼児や動物扱いだ。

「鞠子……鞠子はどうした」

「三沢伯爵のお嬢様と、しばらく別荘に滞在なさるそうですよ」

奇妙な胸騒ぎを覚え、和貴は呆然と顔を上げた。

「——まさか、おまえ……最初からこのつもりで、使用人に暇をやったのか？」

「いけませんか？」

さりげなく肯定《こうてい》されて、和貴は言葉を失う。深沢を出し抜いたつもりが、逆に利用されていたとは。

「この先、私に抱かれること以外、考えられないようにしてあげてもよろしいのですよ？」

不意に、彼は布越しに和貴の性器に足で触れた。その微細な刺激に、和貴は思わず息を呑む。

「私としても、それが一番有り難いかもしれませんね。従順すぎるあなたもつまらないとは思いますが、目の届かないところで死なれるよりはいい。どうせ今だって、食事さえしていないのでしょう？」

「僕だって、腹が減れば食事くらいする」

「あなたのことなど、信用できません」

深沢の言葉は、いっそ冷淡なものだった。

「——話があるなら、聞いてやる。だから、まずはこれを解け」

「いいえ」

「こんなやり方、卑怯者《ひきょう》のすることだ」

「卑怯で結構です。あなたが私を理解するのに躰では意味がないかもしれませんが、私の場合は意味がある。そのことを教えてあげましょう」

「いい加減にしないか！」

恐怖はそのまま怒りに転化され、和貴は声を荒らげる。だが、深沢は何の感情も窺《うかが》うことができぬまなざしで、和貴をひたりと見据えた。

「それは私の台詞《せりふ》です」

「なに……？」

「あなたは、私だけでなく鞠子さんを利用しようとした。鞠子さんに私を気に入ってもらえばいいとでも思ったのでしょう？」

「鞠子がおまえを気に入っているのは、事実だ」

彼は、鞠子を利用しようとした和貴の醜悪《しゅうあく》さを糾弾《きゅうだん》しているのか。

「結婚相手として意識させたかったのですね？　あなたはそんなに我々を結婚させたいのですか？」

「おまえたちは婚約者同士だ。何が悪い」

その言葉を聞いて、深沢は和貴の髪をぐっと摑んで顔を上げさせた。

「本気でそんなことをおっしゃっているのですか？」

「本気でなければ、大事な妹をやれるものか」

「あなたはつくづく、ご自分を追い詰めるのがお好きなようだ。では、鞠子さんの卒業を待たずに式を挙《あ》げましょう。これで私は、あの人のものになる」

「ああ」

和貴は平静を装《よそお》ってそう答えた。それすらも受け容れるのが、和貴のせめてもの矜持《きょうじ》だった。

「私が鞠子さんを抱いても構いませんね？　勿論、子供も作りますよ」

「夫婦になれば当然のことだ」

声が震えなかったのが、我《われ》ながら不思議だった。

「それで、あなたはどうなさるのです？」

さすがに、その問いには答えられない。

ただ深沢のそばにいることだけを許してほしいと、願っていたとしても。

「愛人でもいいのでしょうが、あなたのような淫乱には、愛人も務まらないはずだ」

次々と投げつけられる侮蔑《ぶべつ》の言葉に、和貴は怒りに声を荒らげた。

「それくらいできる！」

「そうですか？　では、咥えてみなさい」

男は和貴の髪を摑んでその躰を引き起こし、強引に上を向かせた。

そして、片手で前をくつろげる。

和貴はその場に跪《ひざまず》き、諦念《ていねん》とともに深沢の性器に舌を這わせた。

両腕を縛《いまし》められているため、上手く咥えることができない。深沢は和貴の頭を前後に揺すぶり、いつになく乱暴に口腔《こうこう》を犯した。それでもその稚拙《ちせつ》さゆえに深沢を感じさせているのか、次第に彼の容積は増していく。

「くう…んッ…」

倒錯《とうさく》的な行為に、脳も蕩《と》けていく気がした。

鼻にかかった甘い声が漏れ、和貴はいつしか夢中になってそれを舐《ねぶ》っていた。

「…んん、っ……」

顎《あご》が怠《だる》くなり、舌が痺れてくる。

下肢の付け根に血液が集中し、そこが熱くなるのが自分でもわかる。だけど、止められなかった。

「下手ですね。あなたには、雄の悦ばせ方から躾け直す必要がありそうだ。この程度では、愛人どころか玩具《おもちゃ》にもなれませんよ」

深沢はそう言い捨てる。

「目を閉じなさい」

低い声で深沢が命じ、ややあってそれが引き抜かれる。覚悟していたとはいえ、顔に淫液《いんえき》をかけられる感触に、和貴は情けなさを覚えるほかなかった。

零れ落ちた深沢の体液が、緋襦袢を汚していく。

もう一度それを突きつけられ、和貴は舌を巻きつけて深沢の残滓《ざんし》を啜《すす》り、それを清めた。

「ッ！」

深沢に足で下肢の付け根に触れられ、思わず躰を竦《すく》める。

「こんなことで感じるとは、盛りのついた雌犬並みだ。雌犬は雌犬らしくしていれば、死ぬまで飼ってあげます。その姿はよくお似合いですよ」

低く笑った深沢はそう言って衣服を直す。そして、ろくな抵抗もできない和貴を広縁《ひろえん》に引きずり、腕を拘束《こうそく》するネクタイを更《さら》に腰紐で柱に結わえつけた。

一連の作業を手際《てぎわ》よくやってのけた深沢は立ち上がると、真っ直ぐに玄関と向かう。

「……深沢」

躊躇《ためら》いがちに声をかけても、彼は振り返らない。

まさかこのまま置き去りにされるのだろうか。

よりによって、この離れに？

ぴしゃりと玄関が閉められる音が聞こえ、和貴は慌てて自分の腕を縛めるネクタイを外そうとしたが、思いの外《ほか》拘束はきつく、引っ張れば引っ張るほど結び目が締まり、腕に食い込むだけだった。

「深沢！」

たまらずに声を張り上げたが、返答はなかった。

「深沢！　深沢!!」

和貴は子供のように深沢の名を呼び続けた。

涙の滴《しずく》と、皮膚に散った飛沫《ひまつ》が乾いて張りついていく。声は嗄《か》れてしまい、喉《のど》が酷《ひど》く痛かった。

どうして、こんなことになったのだろう……。

深沢を手放したくないだけだったのに。

泣き疲れた和貴はしばらく項垂《うなだ》れていたが、玄関の戸が開閉される音に、ゆるゆると顔を上げた。

戻ってきた深沢は、手に盆《ぼん》を持っている。そこには水差しと小さな土鍋《どなべ》が載《の》っていた。

傍《かたわ》らに片膝を突き、和貴の顎を持ち上げた深沢は、顔についた精液を濡れた手拭《てぬぐ》いで拭いた。

口移しに、白湯《さゆ》を飲まされる。

「食べられますか？」

深沢は匙《さじ》にすくった雑炊《ぞうすい》に息を吹きかけ、冷ましてから食べさせようとしたが、和貴は顔を背《そむ》けた。

「――この腕を解けば、自分で食べる」

「犬は餌《えさ》を食べるのに、手など使わないでしょう」

侮辱された怒りに頬に朱《しゅ》を走らせた和貴を見て、深沢は低く笑った。

「最初に申し上げておきますが、下手に消耗するのはあなたには不利ですよ。少なくとも一週間は、あなたをここから出すつもりはありません」

「こんな真似をして、いったい何のつもりだ?」

「あなたを飼い馴らしたいだけです」

「ふざけるな!」

思わず和貴は声を荒らげる。しかし、深沢はまるで動じなかった。

「あなたが愛され方を知らないことを、忘れていました。あなたには、私に愛されることから慣れていただく必要があります」

「こんなものが……」

こんなやり方が、愛だというのか。


「今のあなたは、生まれたての赤ん坊のようなものです。何もかも、最初からお教えしなくてはいけない」

深沢は微笑し、和貴の口元に匙を押しつけた。和貴が唇を結んでそれを拒むと、彼はふっと口元を綻ばせ、不意に和貴にくちづけてきた。

唇を何度か舌先でなぞられているうちに、拒もうとする心と裏腹に唇が解《ほど》けてくる。

すると、そこから彼の舌が入り込んできた。

「…んん…」

粘膜を蹂躙《じゅうりん》されるその甘い感覚に、思わず鼻にかかった声が漏れる。呼吸が苦しくなって和貴が抵抗を忘れるまでそのくちづけは続き、三度目に深沢が雑炊を押しつけたときは、すでに反抗する気力は失われていた。

雑炊は上品な味つけで、悔しいことに、ひどく美味しかった。

4

「和貴《かずたか》様。風呂の支度《したく》ができましたよ」

柱に寄りかかってうとうとしていた和貴は、深沢《ふかざわ》の言葉に気怠《けだる》げに視線を上げた。

二日間で、深沢がこの柱から和貴を解放したのは、厠《かわや》へ行くときだけだ。

最初はその隙《すき》を狙って逃げようとしたのだが、それはものの見事に失敗した。

罰として庭に転がされた和貴は、性器の付け根を縛られたまま、国貴《くにたか》の愛用していたペーパーナイフを蕾《つぼみ》に挿《い》れられた。繊細な薔薇《ばら》の装飾が施《ほどこ》された柄《え》を挿れられ、やるせない刺激に身を震わせるたびに、和貴は高潔《こうけつ》な兄を汚《けが》しているという罪悪感に啜《すすり》り泣いた。国貴に許しを乞《こ》う台詞《せりふ》を強要されながら、何度も射精に導《みちび》かれ、それでも感じずにはいられぬ淫《いん》奔《ぽん》な肉体を深沢に嘲弄《ちょうろう》された。

本当に厠へ行きたいと訴えても、嘘をついて逃げるつもりだろうと責められ——結局、失禁《しっきん》しそうになるまで放置された挙《あ》げ句《く》、深沢の気まぐれによって救い出されたときには、和貴の反抗心など風前の灯火《ともしび》だった。

深沢に手ずから食事を与えられ、厠へ連れていかれ、こうして風呂に入れられる。深沢はほとんど和貴につきっきりで、家事のとき以外は和貴の傍《かたわ》らで本や書類を読む。もしくは、空いた時間は和貴の『躾《しつけ》』に当《あ》てられていた。

今も和貴に抵抗する力がないことを見抜いているのか、深沢は腕を縛り上げていたネクタイを解き、緋襦袢《ひじゅばん》を脱がせる。どのみち腕はひどく痺《しび》れており、逃げようにも上手く動かせそうになかった。

深沢は衣服を身につけたまま、和貴を抱きかかえるようにして浴室に足を踏み入れた。

「湯加減はいかがですか?」

慎重《しんちょう》に浴びせられた湯が、ひどく心地よい。

「——ちょうどいい」

「それはよかった」

己《おのれ》の洋服が濡れることをまったく厭《いと》わずに、深沢は和貴を丁寧《ていねい》に洗い立てた。髪も手足も、和貴が自分で洗うときよりもずっと丁寧に扱われる。

尤《もっと》も、狭い洗い場では深沢に背中から抱き込まれるほかない。それに羞《は》じらい、和貴は頬を染めた。

「あっ」

突然、そこを軽く摑まれて、和貴は声を上げる。

「それ、くらい……自分で、できる…っ……」

「遠慮なさることはありません」

泡でぬめる深沢の指先が性器を包み込み、洗うというよりは、悪戯《いたずら》をするように上下に動かされる。

く、と和貴は小さく息を吐いた。

自分が深沢の腿《もも》に座っていることを意識すると、口淋しさに蕾が疼《うず》くような気がした。以前だったら、和貴がその気になればすぐに挿れてもらえたのに。

もう嫌だ。こんなことは、沢山《たくさん》だ。

情けないというよりも、悲しみのほうが先に立つ。

一刻も早く、ここから逃げ出したかった。

「もう……いい、だろう……? おまえの、言うとおりにする……全部、するから……」

「だから許してほしいと?」

その間も休むことなく性器を弄《もてあそ》ばれ、和貴はがくがくと頷《うなず》く。こうして深沢に屈した振りでもしなければ、彼の淫《みだ》らな色責めから逃れられないことは、わかりきっていた。自分で弄《いじ》れば、どれほど酷い罰が待ち受けているかも。

「駄目ですよ、和貴様。これくらいであなたが折れるわけがない。私を欺《あざむ》くのはあなたには無理だ」

「な……!」

その通りといえばそうなのだが、そう言われると腹が立った。ではこの男は、何を以《もっ》て『躾』が完了したと認識するつもりなのか。

「まだわかりませんか？」

低い声で囁《ささや》きつつ、深沢は和貴の性器を弄ぶ。

「あなたは私がいないと生きていけないのですよ？」

同時に先端の小さな孔《あな》を弄られ、喉《のど》の奥から呻《うめ》きとも喘《あえ》ぎともつかぬ声が漏れた。こんなことで感じてしまう自分が、ひどく情けない。

「ちがう……ちが……あ、あっ…やだ、よせっ……！」

そんな恐ろしいことを——たとえ真実だとわかっていても、認めるわけにはいかなかった。

この脆《もろ》い精神を支えるためには深沢が必要だということは、自分でも骨身に染《し》みて理解している。

しかし、彼がいないと生きていけないのだということまでは、さすがに認められなかった。

それを認めてしまえば、深沢を失ったときに、自分はきっと崩壊してしまう。

和貴は首を振り、深沢の手を外そうと抗《あらが》ったが、拘束《こうそく》はきつくなる一方だ。裸の背中に深沢の濡れた衣服が張りつき、直《じか》にその体温が伝わってくる。

「いい加減、認めてしまいなさい」

「……できな…、…そんな…こと……っ…」

「頑固な人だ」

呆れたような口調が滲《にじ》み、深沢はいっそ優しいともいえる手つきで花蜜《かみつ》が湧出《ゆうしゅつ》する部分を弄った。

「いや……いやだ…、……もう、出て……」

「洗っているだけですよ。何が出そうなんですか？」

和貴が首を振ると、深沢が質問を重ねてくる。

「おっしゃってください、和貴様」

押し潰《つぶ》すように軽く括《くび》れの部分を圧迫されて、和貴はびくりと肩を震わせる。同時に付け根を押さえ込まれ、和貴の躰に震えが走った。

そこでようやく小声で和貴はその言葉を口にしたのだが、深沢は意地悪だった。

「聞こえませんよ」

「——もう、許してくれ……頼むから……」

耳に舌を差し込まれ、その刺激に戦《おのの》いた和貴の肢《し》体《たい》は跳《は》ね上がる。

「言えないのですか？　強情を張るあなたも可愛いですが、そうしているといつまでも出せませんよ」

言えない、と和貴は必死でかぶりを振った。

「和貴様。ここから何が出そうなんです？」

もう一度、促すように先端を撫《な》でられる。

脳を溶かすような優しい声に観念し、和貴はおそるおそる口を開き、その言葉を発音した。

恥ずかしかった。強《し》いられた行為も、己の欲望の深さも。それでも、達《い》きたいという淫欲には逆らうことすらできないのだ。

躰は嫌だ。こんなもので言うことを聞かされたくはない。なのに、和貴は逆らうことができずに、快楽に足を取られて溺《おぼ》れてしまう……。

「昼間あれだけ出したのに、まだ達き足りないんですか？　本当にあなたは、色狂いの淫乱ですね」

押し寄せる射精感に浚《さら》われ、和貴は男の掌《てのひら》に自分のそれを擦りつけて「許して」と何度も訴えた。

「…あっ……ん……あっあッ……！」

和貴は半泣きになり、男の手の内で放埒《ほうらつ》を遂げた。

「すっかり薄くなってしまいましたね。毎日粗相《そそう》ばかりしているからですよ」

深沢は低く笑って、下腹に飛び散った和貴の精液を洗い流す。

ここ二日で何度彼にこうして搾《しぼ》り取られたかを思い出し、和貴は羞恥《しゅうち》に頬を染めた。

感じやすい肉体は、ほんの少し刺激を加えられただけで、朝となく夜となく蜜を滴らせてしまい、深沢はそのことをしばしば責める。

「こんなことで感じてしまうとは、まだ躾が足りないようだ。咥《くわ》え込めるなら、あなたは雄でなくても
……玩具でも道具でも何でもいいのでしょう？」

「違う……ちがう……」

弱い声音で訴え、和貴は何度も首を振った。

「でしたら、今度はこちらを洗ってあげましょう」

こめかみにくちづけながら深沢は優しく囁《ささや》いて、和貴の慎《つつ》ましやかな蕾の入り口を撫でた。

「ッ」

「これくらいで感じたら、またお仕置きをしますよ。それが嫌なら、いい子にしていなさい」

無理だとわかっていても和貴は必死で頷き、その波を堪《こら》えようと唇を噛み締めた。

指では物足りない。もっと太く逞《たくま》しいもので、この躰を貫《つらぬ》いてほしい。

いっそのこと、言ってしまいたい。

犯してほしいと。抱いてほしいのだと。

深沢でなくては駄目なのだと、どうして自分には言えないのだろう。

プライドも何もかも投げ捨てて懇願《こんがん》すれば、許されるのかもしれない。しかし、そんなこともできぬまま、和貴は喘ぎ、翻弄《ほんろう》されるほかなかった。

何よりも信じられないのは、自分自身の感情だ。ここまで徹底的に貶《おと》しめられ、辱《はずかし》められているのに、和貴は充足すら覚えている。

この瞬間、自分こそが、深沢を独占している。

鞠子《まりこ》ではなく、和貴が。

この世界に、自分と深沢のたった二人しかいない。深沢で始まり彼で終わる、完結した世界に閉じ込められている。

毎日、このままでいられればいい。

そうしたら、誰にもこの男を渡さなくて済む。

彼を手放す恐怖を味わわなくていい。

細胞の一つ一つまで、深沢に支配され、管理され、満たされる。だが、そのあいだ、彼を支配しているのは和貴のほうなのだ。

これが深沢の愛し方だというのだろうか。

「深沢…、…深沢…っ……」

歪《いびつ》な悦《よろこ》びに打ち震える和貴の唇からは、いつしか切なげな色声が溢れ出していた。

広縁《ひろえん》には涼しい風が吹き込み、居心地がいい。

鉄製の風鈴《ふうりん》が、先ほどから風雅《ふうが》な音を奏《かな》でていた。

深沢は和貴を向かいに座らせ、その足の爪を切っている。

二人の姿を、月光が照らすばかりだ。

後ろ手に縛られてはいたものの、和貴はもはや柱にくくりつけられてはいない。

逃げようとしても、捕《と》らえられるのは目に見えている。無駄な努力をする気にはなれなかった。

まるで見えない鎖に繋《つな》がれているかのように、自分は深沢の虜囚《りょしゅう》となっている。

あれから何日経ったのか、よく覚えていない。

たぶん四日目くらいだろうとは思うが、だんだん日にちを数えることに飽《あ》きてきたのだ。

「深沢、水……」

「はい」

あたりを片づけ終えた深沢は穏やかに微笑し、脇に置いてあった盆《ぼん》から湯呑みを取る。そして、和貴に覆《おお》い被《かぶ》さるようにして口移しに水を飲ませた。

ぬるい水が喉を伝い、緋襦袢の襟《えり》に落ちる。

水でさえも、こうして深沢の手を借りなければ飲むことができない。最初はそれが嫌だと反発したのだが、次は犬に与えるように皿に水を注いで出された。それには閉口し、和貴も諦めたのだ。

汗を掻けばそれを拭き、着替えさせてくれる。深沢は必ず冬貴の長襦袢を着替えに選ぶが、次第にそのことに文句を言う気力も薄れていた。

いや、たぶんこれがいいのだろう。

深沢に身支度を整えられ、食事を与えられ、日中の大半を彼の腕の中で過ごす。気まぐれに愛撫《あいぶ》を与えられ、睦言《むつごと》と責め苦に脳髄《のうずい》まで溶かされる。欲しいものがあれば、深沢が何もかも用意してくれた。

自由と、そしてもう一つのものを除いては——すべてを。

「もっと……」

甘えるように和貴が訴えると、再び口移しで水が与えられる。毒のように蠱惑《こわく》的なその雫《しずく》を何度もねだっているうちに、だんだん、水が欲しいのか、深沢のキスが欲しいのかわからなくなってきて。

「もっと……深沢……」

「水を、ですか?」

——キスして。

囁きに応じるように押しつけられた深沢の唇を、和貴は夢中になって貪《むさぼ》った。深い接吻《せっぷん》はすぐに和貴の官能を揺り動かし、躰を濡らしてしまう。そのはしたなさを責められるのはわかっていたが、彼のくちづけが欲しくてたまらなかった。

深沢は和貴に快楽を与えはするが、それは自慰と大差ない、一人きりの虚《むな》しい遊戯《ゆうぎ》だった。相手の肉体を感じる悦びさえなく、和貴は彼の手で弄ばれ、放埒と引き替えにあらゆる羞恥を教え込まれた。

それは切なく、淋しいだけの行為でしかない。

空虚な肉体に意味を与えるというのなら、それは深沢にだけできることだ。

躰を使ってはいけないとわかっている。

肉の悦びに頼っては、きっと本質を見失う。

だが、相手の存在を感じて一つになる悦楽がなければ、和貴の淋しさは永遠に消えはしないだろう。

愛されたい。抱き締められたい。彼が自分を欲し、求めるところが見たい。

深沢の存在に満たされていると感じる一方で、淋しさに頽《くずお》れてしまいそうになる。

その、忌《い》まわしいほどの矛盾《むじゅん》。

「——深沢、して……」

明確な意図を持って、和貴は媚《こ》びた声で誘いかけたが、深沢は取り合ってくれなかった。

「駄目です」

「言うこと、聞くから……」

後ろ手に縛られたまま、和貴は腰を突き出すようにしてその場に這《は》い、男の下腹に顔を埋《うず》めた。浴衣《ゆかた》ならば、歯を使って布をはだけさせられないかと思ったのだが、それは無理だった。仕方なく服地の上からそれを舐め、舌先でかたちを確かめる。

欲しくてたまらない。

深沢の欲情を味わいたい。

せめて、男の蜜だけでも啜りたかった。

だが、その髪を乱暴に摑んで身を起こさせた深沢は微笑を浮かべて和貴の双眸《そうぼう》を見据えた。

「いけません、和貴様」

「どうして……?」

「まだ躾の途中です。あなたは、咥え込めるなら誰でもいいのでしょう?」

「違う」

「嘘つきですね。ここ一カ月であなたが誘った男の数を、教えて差し上げましょうか?」

私が知る限りですが、と深沢はつけ加える。

言い訳をすることさえできずに、和貴は困惑したように深沢を見上げた。

「久保寺《くぼでら》様とご友人を、ここに招待してもいいですよ。たっぷり咥えさせてもらえるはずです」

一片の感情も窺《うかが》えぬ冷淡な台詞を聞かされ、戦くように和貴の躰は震えた。

このまま自分は、永遠に深沢に触れてはもらえないのだろうか。飼い犬のように扱われ、埋まることのない断絶の深さを思い知らされつつ生きていかねばならないのか。

躰の渇きならば、誰かほかの男に満たしてもらえるかもしれない。だが、それでは嫌だ。

そう、嫌なのだ。

久保寺にも伏見《ふしみ》にも、本気で抱かれたかったわけではない。あれはただの当てつけで、和貴が欲しいのは、今でも深沢だけだ。

なのに、これまでの自分の言動を考えれば、それを説明することもできそうになかった。

犬では嫌だ。こんなやり方は嫌だ。

和貴は和貴として、深沢のその腕に抱き締められたいだけなのに。

途方《とほう》に暮れて俯《うつむ》く和貴の瞳に、涙が滲《にじ》む。

「——そんな顔をなさるのは反則ですよ、和貴様」

そのまま抱き寄せられて、和貴は彼の胸に顔を埋めた。深沢は和貴の頬や顎《あご》を撫で、首筋に触れる。その熱を求めて、和貴は彼の手に頬を擦り寄せた。

「おまえだから、いいんだ……」

それだけをようやく口にして、和貴は深沢の胸に顔を擦《こす》りつけた。

「意地を張って、私を拒《こば》んだりするからです。最初から素直に、そうおっしゃればいい」

驚くほどに、甘く優しい声だった。

「だって……」

「仕方のない人だ。そんなに冬貴《ふゆき》様のことが気になるのですか?」

出し抜けにその名を出されて、和貴はどきりとして双眸《そうぼう》を見開く。

「この離れを、以前冬貴様が使っていたことは伺《うかが》っています。あなたが浴衣や着物を嫌うのも、お父上のせいでしょう?」

「——わかっているくせに、こんなことをして……やっぱりおまえは酷い男だ」

「荒療治だと言ったのを、聞いていませんでしたか? あなたがいつまでもそうしたことにこだわっているから、私も実力行使をせざるを得ない」

「こだわらずにいろと言うほうが、おかしいんだ」

それは呪《のろ》いのように、和貴を苦しめる。生まれたときからこの方、永遠に解《ほど》けることがない鎖。

兄のように何もかもを捨てられない理由は明白だ。和貴は、すべてにおいて、あまりにも父に似すぎていた。和貴が和貴である限り、この家の呪詛《じゅそ》からは逃がれられない。

深沢への恋情は、同時に和貴の忌《い》むべき資質を引き出してしまった。色深く快楽に弱い己の躰を自覚すればするほど、和貴は絶望に囚《とら》われていく。なのに、深沢と繋がらずにはいられない。

そうして相手を確かめなければ、不安になる。求められなければ、孤独に押し潰《つぶ》されそうになる。たとえ一瞬であっても、あの夜の自分は愛される悦びを知ってしまった。

だから、こんなにも怖いのだ。

「では、あなたはこの先ずっと、私を拒み続けるつもりですか？」

「拒んでなんかない！」

ただ、どうすればいいのかわからないだけだ。

言ってしまっていいのだろうか。

こんなに情けない己の姿を深沢にさらけ出してもいいのか。

今、正直に告白しなければ、自分は彼を永遠に失ってしまうのだろうか……？

「──おまえが……おまえが必要なんだ……」

この手が自由ならば、深沢にしがみつくのに。

縋《すが》るものもないままただ両手を虚《むな》しく握り締めると、その掌《てのひら》に指が食い込んだ。

「おまえが好きだ……」

感情の高ぶりとともに溢れ出した涙が、板張りの広縁を濡らす。

「好きだけど、どうすればいいかわからない。どうすれば僕を好きでいてくれるのか……どうすれば、そばにいてくれるのか」

わからないんだ、と和貴は繰り返した。

「僕のことなど、好きでなくてもいいから……だから、せめて捨てないでくれ」

こんなことを聞く自分自身がいることを、ほんの数カ月前の和貴だったら絶対に信じることができなかっただろう。

「捨てないと約束したのを、もう忘れてしまいましたか？」

「嫌わないとは言わなかった」

和貴の瞳から零《こぼ》れ落ちる雫を深沢は指の背で拭ったが、涙は止まらなかった。

「あなたは私を困らせてばかりですね。なぜそんなに、捨てられることを怖がるんです？」

「──あの人でさえ、僕を捨てた。二度も僕を置き去りにした。それなのに、他人のおまえが僕のそばに一生いてくれるわけがない」

「お兄様のことですね」

無言は肯定《こうてい》を意味した。

国貴は人生において、和貴を二度捨てた。

たった一人の共犯者は、和貴を見捨てたのだ。

その事実がどれほど和貴を傷つけるか、兄は一度として考えてくれたことはなかった。

「あなたは今でも、国貴様に置き去りにされたときの子供のままだ。人一倍臆病で怖がりで、捨てられることにいつも怯えている。あなたがそうして心を閉ざす限り、私にも、今のあなたを救えない」

それは訣別《けつべつ》の言葉なのだろうか。

押し寄せる痛みに耐えかねて目を伏せた和貴の頬に手を添え、深沢はそっと上を向かせる。彼の真摯《しんし》なまなざしが自分を見据えており、和貴はそこから目を離せなくなった。

「救われたいのなら、いい加減に覚悟を決めて、私を受け容《い》れなさい」

緩やかだが冷厳《れいげん》な声音が、和貴の鼓膜《こまく》に注ぎ込まれる。唇を寄せて、深沢は和貴の頬に落ちた涙をそっと吸い上げた。

「あなたはこの先一生、私のものだ」

「深沢……」

「あなたを追い詰めることも、傷つけることも、私だけにしか許されない。あなた自身にさえも、あなたを傷つける資格はない」

その言葉に、和貴は自分の心臓が疼くのを感じた。

「もう、何も背負わなくていいと言ったはずです。あなたの手枷足枷《てかせあしかせ》となるのは私だけだと」

「僕を捨てたりしないのか？」

「あなたを愛していると申し上げました。私のその言葉が、信じられませんか？」

「愛なんて、いつか……なくなるものだ」

「では、永遠になくならないことを私が証明しましょう」

それでも和貴は、頑《かたく》なに首を振った。いくら綺麗事を言っても、淫らな和貴を見ればきっと嫌いになる。冬貴と同じ淫乱《いんらん》だと蔑《さげす》むことだろう。

「――おまえは僕を軽蔑《けいべつ》する。きっと嫌いになる」

「どうして?」

「おまえに触られると、いつもあんな風になって……あれでは……あれでは、父と一緒だ」

「私のせいで乱れるからこそ、よけいにあなたが可愛いということをご存じないのですね」

深沢は低く笑った。

「不安になるなら、一生かけて何度でも教えてあげます。あなたは冬貴様とは違う人間なのだと」

じわりと胸が熱くなってくる。

「それでも不安ですか? まだ怖いですか?」

受け容れるというのは、こういうことなのか。

深沢だけが和貴を定義するという事実を、認めることなのか?

和貴は一度視線を落とし、そして深沢を見据えた。

「――僕を捨てたら……殺してやる」

押し殺した声で和貴は告《つ》げた。

「おまえだけが、僕の存在を定義する。おまえがいなければ、僕はたぶん……壊れてしまう」

深沢が和貴を和貴として扱うことで、自分はようやく存在意義を得られる。

和貴の魂《たましい》は満ち足りるのだ。

その事実を否定することなど、もうできなかった。

だから、怖くて。失うのが恐ろしくて。

「おまえが、必要なんだ……」

不意に深沢は和貴の顎を摑み、その唇に嚙みつくようにしてキスをしてきた。こんなに荒々しいくちづけを与えられたのは、初めてだった。

戸惑う和貴の瞳を、深沢は真剣な表情で見つめた。

「――あなたが私を必要としているのと同じように、私もあなたを必要としている。そう考えたことは、ありませんか?」

考えたこともなかった。いつも和貴だけが深沢を欲し、求めているとばかり思っていたから。

「勘違いなさっているようですが、あなたこそが私に君臨し、縛りつけているのですよ。終わりが来るとすれば、それはあなたが私を捨てるときです」

胸が詰まって、言葉が出てこない。

「私の愛し方がわかったでしょう？　逃げたいのなら、あなたには逃げる権利がある。いつでもここから出ていって構わない」

和貴は無言のままで首を振った。

自分でも、わかっていたからだ。

今までだって、逃げる機会は何度もあった。

そうしなかったのは、和貴自身の意思だ。

和貴のほうこそ、深沢に縛られることを望んでいたのだ。

「――僕はもう二度と、おまえから逃げたりしない」

もう、この甘い檻《おり》から逃げたくない。愛を失うことに怯えて、その愛を自ら捨てたくはなかった。

「このままずっと、おまえのそばにいたい。おまえだけしかいらない。おまえがいないと……」

そこで和貴は逡巡《しゅんじゅん》し、いったん言葉を切る。

「おまえがいないと、生きていけない」

その言葉を、ようやく和貴は告げることができた。

「だから、ずっと……愛してくれ」

彼のその愛が和貴を縛っていると、いつでも確かめられるように。永遠がこの世界にあるのだと、信じることができるように。

「約束しましょう」

もう一度、キスが与えられる。

心を濡らすのは、耐え難《がた》いほどの悦びだった。

身も心も魂も全部、彼に縛られる。何もかもすべてを深沢に捧《ささ》げることができるのだ。

これこそが深沢の愛し方なのだと、和貴は初めて知った。

穏和な顔の下に、深沢は暴君の表情を隠している。

和貴を捕らえ、その魂までも束縛し、支配しようとする。

だが、彼の支配は甘美《かんび》で狂おしいものだ。

このまま深沢に身も心も委《ゆだ》ね、搦《から》め捕《と》られ、どこまでも溺れきってしまいたいと望むほどに。

「いつかあなたは、いっそ壊れたほうが楽だと思う日が来るかもしれません。私の愛は、あなたにはきっと重すぎる」

答えることも能《あた》わぬ和貴の唇を塞ぎ、深沢は更《さら》に囁いた。

「ですが、あなたがその苦しみにどれほど喘いだとしても、私にはあなたを手放すつもりなどない。あなたがこの先味わう幸福も苦痛もすべて、私によって与えられるのですから」

和貴にしてみれば、それは何よりも熱烈な愛の告白に等しかった。


寝間《ねま》には夜具《やぐ》が用意され、行灯《あんどん》が灯《とも》されている。

そこに横たえられて、和貴は小さく笑った。久方ぶりに腕は解《ほど》かれたが、まだあちこちが痺れている。

「どうしましたか？」

「布団《ふとん》で寝るのは、久しぶりだ」

「では、今夜はお休みになりますか？」

和貴は囁くように、「抱いてくれ」とせがんだ。

もう、その言葉に躊躇《ためら》いを覚えなかった。

「おまえの愛し方を、教えてほしいんだ」

「かしこまりました」

深沢は己の浴衣を脱ぎ捨て、改めて和貴を組み敷く。腰紐は結わえたまま、長襦袢の裾だけをはだけさせ、その白い脚に指先でそっと触れた。

彼の右の二の腕にはかつて尾口《おぐち》に刺された傷が生々しく残っており、その事実に和貴の胸は騒いだ。

「これ……」

痺れる指先で傷跡に触れると、深沢は和貴のそれに己《おのれ》の手を重ねる。

「私の命でさえもあなたのものだという、証《あかし》です。これでもまだ、あなたは捨てられるのが怖いとおっしゃいますか？」

胸がいっぱいになって、和貴は無言で首を振った。

「それでいい」

深沢は微笑し、和貴の躰を指先と唇で辿る。

「あっ」

「立てなくなるまで犯して差し上げます。私から逃げる気力など、なくなるまで」

深沢の手指は和貴の膚《はだ》を愛《め》でるように撫で、その奥深くにまで官能の火を点していく。

彼は襦袢の胸元に手を入れ、そこを開かせる。腰《こし》紐《ひも》が結ばれているため襦袢は脱げなかったが、胸元と裾が乱れた和貴の姿態《したい》はひどく煽情《せんじょう》的だった。

「んっ」

慎ましい胸の突起《とっき》を深沢に舌先で転がされ、和貴は躰をぴくんと仰《の》け反《ぞ》らせた。深沢がここを執拗《しつよう》に弄ることは滅多になく、それだけに和貴も過敏になってしまう。舌で転がされ、音を立てて吸われるだけで、痛いくらいに凝《しこ》ってくる。

「そこ、…や…だッ…」

いつしかうずうずと腰を揺らす和貴の下肢に触れ、深沢は「感じてらっしゃるのに?」と尋《たず》ねた。

「いつも……こんなに、しないくせに……」

「開発していないところもなければ、私も愉しみがなくなってしまいますから」

その言葉とともに、もう一方も抓《つま》まれる。

「今日はじっくり練習をしましょう」

「なに……?」

「ここだけで達《い》けるように」

冗談ではないと反論したくとも、この状態でまともな会話など成り立つはずもない。

「やだ、っ……嚙まな……!」

軽く甘嚙みされただけで、和貴は色声を上げる。ここを開発されると宣告されてしまえば、嫌でも胸に意識が集中し、かえって性感が募《つの》る一方だった。

「練習だと言ったでしょう。ご自分でどうぞ」

「…馬鹿…っ…」

乳首を自分で抓《つま》むように促され、和貴は羞恥に髪を振り乱す。そんなこと、できるはずがなかった。

「お一人でなさるときの愉しみが増えますよ？」

深沢に自慰を見られたことを思い出すと、舌を噛みたくなるほどに恥ずかしい。なのに、そんな言葉でさえも、和貴の官能を増幅《ぞうふく》させるのだ。

「してごらんなさい」

深沢は和貴の両手をそこに導《みちび》き、重ねた手の上から操《あやつ》るようにその突起を摘《つま》んだ。

「可愛いところを見せてください」

「や、だ……やだ、いやだ…」

言葉とは裏腹に、いつしか和貴は、胸を突き出すようにして自らその乳首を愛撫していた。焦《じ》らすように腿やその付け根に唇を落とされるもどかしい刺激に耐えかね、和貴の性器は先走りの蜜を孕《はら》んで震えてしまう。

「こんなに溢れさせてらっしゃるのに？」

「言うな…っ…」

「そこだけで達けたら、もっと可愛がってあげます」

深沢は低く囁く。

「できなかったらお仕置きをしますよ。瓶《びん》を挿れたまま、夜会に連れて行ってあげましょう。前は縛らないで、何度でも達けるようにして」

薬もたっぷり使いましょうね、と鼓膜に注ぎ込まれて、和貴は啜り泣きながら首を振った。

「……ひどい……」

卑猥《ひわい》な想像を強いられて、ますます全身が過敏になってしまう。膚に襦袢がまとわりつくその感触でさえも、巧《たく》みな愛撫のように和貴を酔わせた。

「そんな真似はされたくないでしょう？　私も、そんなあなたを誰にも見せたくない」

促されるままに指先は勝手に淫欲に尖った乳首を押し潰し、捏《こ》ね回す。ひっきりなしに潤《うる》んだ嬌声《きょうせい》が溢れて、和貴は懊悩《おうのう》に身をくねらせた。

「…もう…、…やめて……やめさせて……」

「こんなに可愛いあなたは、私だけのものだ」

「ああ……ッ！」

睦言に唆《そそのか》されるまま、和貴は泣きながら達した。

「よくできましたね」

下腹部に散った体液を親指の腹で拭い、深沢はそれを和貴の口に含ませる。教え込まれた通りに、和貴はその指を音を立てて啜った。

「よほど口淋しかったようですね。約束通り、ご褒《ほう》美《び》をあげましょう」

耳語《じご》した深沢は和貴の腰のあたりに枕を入れ、腿を割り拡げる。そして、窄《すぼ》まりに舌を這わせた。

「あうっ」

いきなりそこを責められるとは思わず、和貴は濡れた声を上げてしまう。

和貴は羞じらいに身を捩り、敷布を摑んで爪を立てるが、わき起こる愉悦《ゆえつ》をやり過ごせるはずもない。

すぐに内部は熱を帯び、幾重《いくえ》にもなった襞は、舌を差し入れられただけでふしだらに蕩けていく。

「手がお留守になっていますね」

「ごめ…なさい……ちゃんと……する、から……」

もはや逃れることも能《あた》わず、和貴は紅く凝った突起を抓み、それを指先で擦り合わせた。

直接触れられもしないのに、下腹に熱がたまっていく。零れていく和貴の体液と深沢の唾液が混じり合い、躰にまとわりつく襦袢を濡らした。

「あっ！」

深沢は顔を上げ、口元をその手の甲で拭う。

次いで舌の代わりに蕾に押し込まれたのは、深沢の指だった。官能に蕩かされて熱くなった部分は指ではもはや物足りない。なのに深沢は、襞の微妙な感触を味わうように、そこを丁寧《ていねい》に慣らしていく。

「ん、あ……あ、あっ…もう……っ」

明確な意図をもって、和貴は淫靡《いんび》に誘いかける。

「おねだりには早すぎますよ」

「い…から、きて……」

「慣らさないと、辛いのはあなたのほうです」

深沢はあくまで冷静だった。

「……だって……あああっ！」

浅ましく蠕動《ぜんどう》する内壁を二本の指で引っ掻かれて、和貴は耐えきれずに啜り泣いた。

「欲し……っ、……早く……」

「頼み方を忘れてしまいましたか？」

「なんで……いじわる……」

どうして意地悪なことを言うのかと切れ切れに問うと、深沢は小さく笑った。

「私を拒んでいた罰です」

深沢も、欲しいと思ったことがあるのだろうか。

和貴に触れたいと望むことが。

「…く、…ください……」

喘ぎながら、和貴は懇願《こんがん》した。

「——嵌《は》めて……ください……」

「何を？」

そう問われて、和貴は自分の頬がますます火照《ほて》るのを感じた。

「……おまえの……を…」

強張る舌を動かし、熱に浮かされるように卑猥な言葉を囁く。充溢《じゅういつ》を求めて蠢く熟れきった肉壁を、彼の雄蘂《ゆうずい》で貫いて満たしてほしかった。

「——知らなかったのでしょう？」

低く、どこか掠《かす》れた声が耳元に注ぎ込まれる。

「私がどれほど、あなたを欲したことか」

深沢はそう告げて、和貴の腰を軽く持ち上げる。

そして、引き寄せるようにして挿入を始めた。

「……ッ！」

久しぶりの衝撃に、躰が撓《しな》る。

和貴は、汗のせいでまとわりつく緋襦袢の裾を捌《さば》き、ほっそりした脚を深沢の腰に絡める。

穿《うが》たれた部分から切ないくらいに甘い疼きが広がり、互いの躰を溶かしていくような気がした。

「そう、きつくなさらないでください」

深沢は囁き、手を伸ばして和貴の頬を撫でる。

「入らなくなってしまう」

「だ、って……ん、んんっ……ふ…」

和貴は深沢を受け容れようと、深呼吸を繰り返した。粘膜《ねんまく》がしどけなく緩むたびに深沢が更に奥へと入り込むのを感じ、擦られた部分が痺れてくる。

「あ、あっ…いやあっ……」

ようやく全部入ったと思うと、今度はいつになく激しく突き上げられる。襞を捲られるたびに満ちるそのやるせなさに、和貴は咽《むせ》び泣くほかなかった。

「お嫌ですか？」

和貴は首を振り、夢中で深沢にしがみつく。

「いい……いい、深沢……すご…くっ…」

自分でも何を言っているのかわからないほど、和貴はひどく乱れていた。

「…おっきい…の…が、…ああっ……そこ……」

淫蕩な腰つきで深沢に責め立てられれば、ひとたまりもない。熱く爛《ただ》れる粘膜を緩急《かんきゅう》をつけて責められ、和貴はもはや息も絶え絶えだった。

「どこですか？」

「きて……もっと、…中、まで…っ…」

誘い込むように腰を振り、和貴は深沢との結合を深めようと夢中になる。精緻《せいち》で貪婪《どんらん》な襞の一つ一つが、彼を食《は》んだまま離さない。

「そんないやらしい誘い方はどこで覚えたんです？」

そう聞きながら彼が意地悪く腰を引くものだから、和貴はいやいやと首を振る。

今それを抜かれたら、淋しくて死んでしまう。

「奥…まで、……嵌めて……」

「嵌めるだけでよろしいのですか？」

「やだっ…やだ……、…突い…て…、いっぱい……」

抉《えぐ》って、貫いて、中でたっぷり出してほしい。

自分が深沢のものだと実感できるように。

「お願いばかりですね。あなたは本当に欲張りだ」

互いの下腹に擦られた和貴の性器から蜜が零れ、滴り、流れ落ちる。

たまらなかった。自分の体内で深沢が脈打つのがわかるほど、ぴったりと重なり合っているのだ。

「どうしてそんなに欲しがってばかりなんです？」

「……すき…だから…」

言葉が自然と溢れた。

その言葉を意識すると、もうそれ以外に思いつかなくなってしまう。

「こうされるのが？」

「ちが…、…おまえを……好き、だから……っ」

しゃくり上げるようにして和貴は続けた。

「好き……好きだ……」

「そんなに可愛い言葉を聞かされてしまうと、この唇を塞ぐのは忍びなくなってしまう」

そう囁きつつも、深沢は和貴の頬や顎にくちづけ、そして唇にそれを重ねてくる。

「……すき……」

全身が蕩け落ちるような甘いキスの合間に、和貴は深沢を見つめてそう囁き続けた。

何度だって、一晩中だって言える。

好きだと。愛していると。

「すきって、いって……」

舌足らずにそうねだると、彼はくちづけをやめ、和貴の耳朶を噛む。

「——愛しています」

次いで与えられたのは情熱的で濃厚な接吻だった。深沢が低く呻《うめ》き、和貴の体内に精を放つ。それすらも繋がったままやり過ごし、和貴は腰をくねらせて、更に続きを求めた。

幸せだった。

彼の望むままに揺さぶられて蜜を零し、その愛を受け容れる快楽に溺れて。


「——鞠子に、悪いことをした……」

胡座《あぐら》を掻《か》いた深沢に膝枕《ひざまくら》をされ、和貴はそっと呟《つぶや》いた。筋肉がほどよくついた深沢の腿は堅いが、人肌は気持ちがいい。深沢は団扇《うちわ》で風を送り、和貴の火照った膚を冷やそうとする。

「当初からこのつもりでしたし、特に問題はないはずです。鞠子さんを軽井沢に送り届けて、その足で私はこちらに戻る予定でしたから」

「え……!?」

「あなたの考えていることなど、お見通しです」

「だって、鞠子は」

いくら鞠子でも、婚約者が自分を置いて帰れば、不審に思うはずだ。

「鞠子さんは、私たちのことにも気づいておられます。あなたは彼女をいつまでも子供だと思いたいようですが」

「なんだって……?」

彼は涼しい顔でそう言ってのけた。

「あれほど毎晩私の部屋に通って、隠し通せると思っていらしたのですか?」

「そ、そういうわけじゃないけど……」

使用人たちには知れてしまっているだろうとは、思っていた。だけど、鞠子までとなると話が別だ。

おまけに彼女は、その一週間で和貴がどういう目に遭わされるか知っていたのだろうか……?

「あなたが思っているよりも、鞠子さんはずっとあなたのことを考えています。避暑を持ち出したのも、和貴様を心配してのことですよ」

そのことに、和貴は表情を曇らせる。

不甲斐《ふがい》ない兄を思いやってくれる妹を利用しようとした自分の浅はかさが、情けなかった。

「鞠子に謝らなくては……」

「あなたが元気になることが一番嬉しいと、鞠子さんはおっしゃっていました。今頃、軽井沢で楽しく過ごしてらっしゃることでしょう。謝られるよりも、劇にでも誘って差し上げてはいかがですか?」

「そう、だな」

複雑な感情に駆られて俯く和貴を見て、深沢は低く笑った。

「——私としたことが、迂闊《うかつ》でした」

「何が?」

「あなたの弱みは鞠子さんでしたね。我々の関係を彼女に知られたくなかったらと言って、しばらくあなたを虐《いじ》めることができたのに」

「な……！」

自分を愛していると語る男とは思えぬ酷い言いぐさに、和貴は目を見開く。口調は冗談めかしていたが、あながち冗談とも取れなかった。

「どうしておまえは、いつも意地悪なんだ」

拗《す》ねて深沢の腿を抓《つね》ると、彼が小さく笑った。

「泣いているあなたが、一番可愛いものですから」

「あまり酷い真似をして、僕が壊れたらどうする気だ？」

「大丈夫です。匙《さじ》加減《かげん》は心得ていますので」

呆れてものも言えなかった。

ふと、顎に手を添えられてそちらを見上げると、深沢が真顔になって和貴を見つめている。

「壊れまいと必死で踏みとどまろうとする、あなたのその危《あや》うい均衡《きんこう》が一番美しい。そんなあなたを、簡単に壊してしまうわけがないでしょう……？」

「まるで僕を壊したいみたいだな」


「家なんてものを背負っている限り、遅かれ早かれあなたは駄目になる」

だが、和貴はこの家で生まれたのだ。

逃れられない呪縛に満ちた、清澗寺という家に。

「実際、私にはよく理解できません。あなたたちが囚われている『家』というものの正体が」

私はあいにくと貧農の生まれですから、と彼は自嘲するように告げた。

「いっそ、この家を捨ててしまえばいい。お兄様のようにこの家を捨てれば、あなたは楽になれる」

和貴は一瞬考え込み、そして首を振った。

「駄目だ。父上も、道貴も鞠子も……それに使用人もいる。僕一人が、自由になるわけにはいかない」

「では、その重荷を私に手渡しなさい」

誘《いざな》うような言葉だったが、和貴には頷くことはできなかった。

「もし、おまえがこの家を欲しいのなら、道貴と相談して、後見人にでも何でもしてやる。でも、おまえが望むわけではないのなら、自分に背負えないものをおまえに押しつけるわけにはいかない」

「あなたがこの家の重みに壊れていくのを、私に黙って見ていろと言うのですか？」

「そうじゃない」

そこで口ごもり、和貴は小声で呟くように言った。

「僕は、そんなものには壊されない。僕を壊していいのは、おまえだけだ」

視線を上げ、和貴は深沢をじっと見据えた。

「そういうことなんだろう……？」

深沢にはすべてを許し、すべてを与え、すべてを奪われる。

和貴には、そういう愛され方しかできない。

そして深沢にも、そういう愛し方しかできない。

自分たちは、互いの愛に囚われたつがいなのだ。

だからこそ、もっと、知りたい。その愛し方も、愛され方も。深沢という男の、すべてを。

「僕には、おまえしかいない。おまえだけがいれば、それで構わない」

それを聞いた深沢は微笑し、和貴を引き寄せ、褒美を与えるようにその唇にくちづけた。

キスをされれば、心ごと溶かされてしまう気がする。陶然《とうぜん》とそのくちづけに酔う和貴の耳元で、深沢が密《ひそ》やかに囁いた。

「愛していますよ、和貴様」

終末を迎えるその瞬間まで、深沢は自分を呪縛する。愛という呪詛で縛《いまし》める。

その――喩《たと》えようのない、絶望的で絶対的な幸福。

あとがき

こんにちは、和泉桂です。

今回は、清澗寺家の次男・和貴の物語をお届けします。

清澗寺家のお話は、毎回主人公が違う一話完結物なので、どこから読んでいただいても大丈夫です。舞台は大正時代ですが、今作はいつも以上に恋愛面を重視しているので、時代物というほどの取っつきにくさはないと思います。この本から入って長男・国貴に興味を持たれた方がいらしたら、前作「この罪深き夜に」もお読みいただけると幸いです。

さて、今回のテーマはずばり「調教」です。淫靡な空気の中、欲望で搦め捕るようにして、気位の高い御曹司の心と躰に快楽を教え込む――というお話を目指しました。

それにこの舞台設定ならではの「身分差」「下克上」などの個人的な萌え要素も加えたところ、楽しさのあまり筆が乗りすぎ……結果、濡れ場は自分史上でも前例のないほどの分量と濃度になってしまいました。まさに全身全霊で、入魂のあまり、書き終わると同時に燃え尽きたくらいです。調教に対する己の情熱の激しさを思い知りました（笑）。

勿論、そちら方面だけでなくストーリーもメロドラマを目指して頑張りました。和貴と深沢の危うい関係がどうなるのか、物語の展開ともども楽しんでいただけると嬉しいです。

あとがき

実は、この本が和泉にとって30冊目の単行本となるのですが、おかげでとても思い入れのある一冊になりました。いつかまた深沢と和貴の話を書ければと、切に願っています。

最後に、お世話になった皆様に御礼の言葉を。

まずは今回も美麗なイラストを描いてくださった、円陣闇丸様。艶っぽいイラストの数々はため息ものの素晴らしさで、特にカラーイラストを拝見した日は、幸せのあまり一日原稿に手が着かなかったほどです。本当に、どうもありがとうございました！

前担当の小林様と現担当の根上様ほか、編集部の皆様にも感謝の言葉を捧げます。

また、煩悶しすぎてSさんにすべての稿（改稿回数は二桁超…）を読ませてしまったり、縛り方に悩んだ挙げ句、チョコレート一欠片を報酬にAさんを柱に緊縛したり、責め方や「ペーパーナイフ」という素敵アイテムをFさんに伝授していただいたりと、書ききれないほど多数のお友達のお世話になりました。いろいろとありがとうございました。

最後に、このお話を読んでくださった読者の皆様にも、心より御礼申し上げます。

清澗寺家の物語の第三弾は、ノベルズ書き下ろしで登場予定です。それまでは、「小説リンクス」誌上で別の話でお目にかかれることと思います。

それでは、またどこかでお会いできますように。

和泉　桂

公式サイト→http://www.k-izumi.jp/

初出
第一話　夜ごと蜜は滴りて――――2003年　小説リンクスVOL.1・2 掲載作品を加筆修正
第二話　蜜よりも夜は甘く――――書き下ろし

この本を読んでの
ご意見・ご感想を
お寄せ下さい。

〒151-0051
東京都渋谷区千駄ヶ谷4-9-7
(株)幻冬舎コミックス　小説リンクス編集部
「和泉《いずみ》 桂《かつら》先生」係／「円陣《えんじん》闇丸《やみまる》先生」係

リンクス ロマンス

夜ごと蜜は滴りて

2003年7月31日　第1刷発行
2007年8月25日　第6刷発行

著者……………和泉《いずみ》 桂《かつら》
発行人…………伊藤嘉彦
発行元…………株式会社　幻冬舎コミックス
〒151-0051　東京都渋谷区千駄ヶ谷4-9-7
TEL 03-5411-6431（編集）
発売元…………株式会社　幻冬舎
〒151-0051　東京都渋谷区千駄ヶ谷4-9-7
TEL 03-5411-6222（営業）
振替00120-8-767643
印刷・製本所…図書印刷株式会社
検印廃止

ISBN4-344-80267-5　C0293
Printed in Japan

幻冬舎コミックスホームページ　http://www.gentosha-comics.net